让思想流动起来

鲸歌

东坡有佳作

陈鹏／著

The Secret in Su Dongpo's Poems

四川人民出版社

图书在版编目（CIP）数据

东坡有佳作 / 陈鹏著. — 成都：四川人民出版社，2023.6
ISBN 978-7-220-13163-9

Ⅰ.①东… Ⅱ.①陈… Ⅲ.①苏轼（1036-1101）- 文学欣赏 Ⅳ.①I206.2

中国国家版本馆CIP数据核字（2023）第042885号

DONGPO YOU JIAZUO
东坡有佳作
陈　鹏　著

出 版 人	黄立新
责任编辑	唐　婧
版式设计	最近文化
封面设计	李其飞
责任印制	祝　健
出版发行	四川人民出版社（成都三色路238号）
网　　址	http://www.scpph.com
E-mail	scrmcbs@sina.com
新浪微博	@四川人民出版社
微信公众号	四川人民出版社
发行部业务电话	（028）86361653　86361656
防盗版举报电话	（028）86361653
照　　排	四川最近文化传播有限公司
印　　刷	成都东江印务有限公司
成品尺寸	143mm × 203mm
印　　张	11.5
字　　数	201千
版　　次	2023年6月第1版
印　　次	2023年6月第1次印刷
书　　号	ISBN 978-7-220-13163-9
定　　价	68.00元

■版权所有·侵权必究
本书若出现质量问题，请与我社发行部联系更换
电话：（028）86361656

一个人的写作风格是他的精神思想的外相。

——叔本华

序

东坡的宏大丰盛，
隐藏在他的每一首诗词里

我对汉语中的"三"有种莫名的情结。

《道德经》里说："道生一，一生二，二生三，三生万物。"为何不是一、二生万物？

《庄子·齐物论》中有"二与一为三"，《论语·公冶长》中称"季文子三思而后行"……"三"在数量上既能表示真实的"三"，因而有"约法三章"；还能表示"多"，因而有"举一反三"。在民间语境里，人们常说"再一再二不能再三"，大家对错误的容忍程度到三为止。

2017年底《苏东坡传》出版后，我才萌生出写作"东坡三书"的念头，但对具体内容并没有完整的规划，全是机缘和灵感推着前行：一本东坡传记未足以描述东坡，因此有《苏东坡的下午茶》，换个角度写东坡的更多人生细节；"下午茶"完成后，又觉得应该深入他的作品，写一本《东坡有佳作》，我以为诗词更能靠近他的内心。

刻意又漫不经心地完成这三本书，自觉对这位自己偏爱的古人有了一个阶段性的"自作多情"的交代，并发自内心地爱上了他。

东坡作品，涉及题材之广，内容之丰，让人叹为观止。饮酒、饮茶要作诗词，耕地、种田要作诗词，吃饭、走路要作诗词，人间万事万物、诸种情状皆可纳入诗词，正所谓"无意不可入，无事不可言"。东坡路走得远，书读得多，所见人与事也杂，所思所想也深，再加上艺术创作的敏感和自觉，因而写出这许多脍炙人口的好作品。

苏氏诗词，朗朗上口者不乏，晦涩难懂者不缺。写作过程中，经常被拦住去路，有时为弄懂一字一词，要查三五天，为弄懂一句诗（词），要想六七天，老人家到底要表达什么？

东坡用典多，且古奥难懂，再加上时代隔膜及语言环境缺失，解读过程中常觉隔着一层，并为此所苦——打个比方——就是"知道自己得了什么病，但开不出合适的药方"，隔靴搔痒，反而更痒。清人韩崶说："注古人之诗难矣，注大家之诗更难，若夫杜少陵苏长公二家之诗则尤有难者。""（苏诗）雄词奔放，一泻千里，而规行矩步，密入毫发，一字无来历不道，扣之则此穿彼插，一句征数典，意尚不尽。予每叹以为难。"回想写作两年来遇到的各种艰难险阻，不胜感慨。

经典之所成为经典，在于它的丰富性、开放性和多向度诠释——可以这样解，可以那样解，都不算错，但也可能都没有抓住真正的魂——在经典这儿，标准答案往往是失效的，你唯一能做的，就是融入这丰富性，做它的一分子。

想明白这一点，就不再挣扎——我提供的，只是理解东坡诗词的一种方式、一个维度。

董仲舒讲："诗无达诂，文无达诠。"这世界上不存在完美的解释，要想完全贴合原诗之意，难比登天。

不过，我仍试着做些创新。

一是呈现形式。

本书不求大求全，不会将东坡2700余首诗和数百首词逐一罗列解释，而是设定若干主题，如"叹老""赏月""饮酒"等，根据主题展开诗词解读。仅希望能够给读者提供一种进入东坡作品的方法，愿大家都可以举一反三，理解其作品。

二是选择标准。

既有口口相传连小朋友也能背诵的经典诗词，亦有大众未曾留意但非常优秀的诗词。东坡的好作品太多，必然有一些被淹没被忽略，我试着打捞起一些沉入水底的好作品。

三是解读方式。

苏氏诗词，历来注家众多，但多数只做注解，不阐述，不生发。这本书尝试做的，一曰"回到现场"，结合当时的历史背景、细节去理解作品；二曰"close reading"（中文可以译为"体贴"），从同理心、同情心出发感受作品内涵；三曰"以苏解苏"，东坡诗词中经常出现的意象是一贯的：若有"孤鸿"，多数喻不得意；若有打猎场面，多数与建功立业相关；若出现妓女的名字，多数写欢乐时光。有此认知，就容易建立起对某一类作品的基本解读模式。

四是写作方式。

对这本书所呈现的内容，我并没有设定任何条条框框，虽是解读东坡作品，但实际上所诉诸的范围更广一些，写作时，使用了现代人的歌词，引用了唐诗或其他朝代的诗，必要时还会讲一些故事。总之，是以开阔思路和方便更好地理解东坡作品为出发点而做的尝试。曾有朋友说，《苏东坡的下午茶》是"生活切片式的传记"，在某种意义上，本书或者可以看作是"用诗词串起的切片式传记"。

东坡作品宏大丰富，解读空间实则无限，受制于学识见识,本人的解读必然存在种种问题,甚至是基本的释义也可能有错讹之处,恳请读者诸君指正。

要感谢前辈所做的工作,使我受教的,包括历代学人(王文诰、冯应榴、纪昀、王国维、龙榆生,等等)的各种注解和评论;孔凡礼先生的《苏轼年谱》,林语堂、李一冰、张炜先生的苏东坡传记,朱刚的《苏轼十讲》等书也给了我不同程度的启示。此外,还参考了一些学者的论文、随笔。

感谢微信群"齐豫一家"中陪我讨论苏轼作品的诗人流马、导演老耿、古文献专家华伟。

感谢王曦老师,他带领我等数位朋友共读经典十余年,这些阅读对我理解史料起到了极大助益。我要大力推荐他的著作《论语绎读》。

愿每位读者都能从苏东坡的作品里,观照到本我、自我与超我,并实现个人提升。愿每位读者都可以从他巨大高阔的作品中,领略人生的苍凉、繁华和无限诗意。

袁枚在《随园诗话》里说:"所谓诗人者,非必其能吟诗也。果能胸境超脱,相对温雅,虽一字不识,真诗人矣。如其胸境龌龊,相对尘俗,虽终日咬文嚼字,乃非诗人矣。"在当代社会,会不会写诗没那么重要,重要的是,有一颗诗意的心——这是我们对抗凡俗生活和消解无意义的重要方式。

目 录

生活不在别处	001
使我有名全是酒	025
世间那些美好的女子啊	055
不爱鬼神爱苍生	081
那个叫老的人	103
寂寞沙洲冷	133
占得人间一味愚	151
猎鹿人:老夫聊发少年狂	165
夸儿狂魔养成记	181
我的朋友陈季常	195
从公已觉十年迟	213

嗟予寡兄弟，四海一子由	225
我的偶像陶渊明	245
夜来四万八千偈：东坡禅	267
从来佳茗似佳人：东坡茶	287
只恐夜深花睡去：东坡花	309
叹息斯人不可见：东坡和弟子	327
参考书目	353

生活不在别处

记得读初中时,我有一颗躁动不安的心,如饥似渴地阅读《中外少年》和《辽宁青年》,翻来覆去地听齐秦那首《外面的世界》,幻想着北京、上海、哈尔滨、烟台的繁华,热衷于通过杂志结交笔友,给素不相识的陌生人写信、回信,试图通过他们了解"外面的世界"。

——法国诗人兰波有句诗,"生活在别处",短短五个字,道尽了人们对远方的想象和向往——这句诗也成为文艺青年逃避乏味现实的最佳出口。

就人类的本性而言,"此处"意味着熟悉和厌倦,意味着一成不变;"别处"则代表着幻想和憧憬、希望和激情:从"此处"到"别处",便成为我们的追求,即便不能抵达,也会借助想象来完成心理上的补偿。文艺青年们把"生活不只有眼前的苟且,还有诗与远方"挂在嘴边,"眼前"成为"苟且"的代名词,"远方"则被幻化成为"诗"。

波德莱尔却道出了"远方"的真相:"现实的生活就像是一家医院,每个人都疲于更换自己的病床。有人喜欢靠近暖气片的病床,有人喜欢靠窗。"

多数文艺青年出发上路之前,大抵没有想过,从本质上来讲,别处也是此处,故乡即是他乡。

老实说,在此处过不好生活的人,到别处也一样。

你未曾欣赏过故乡的麦浪,也看不懂他乡的油菜花;你未曾热爱过脚下这片土地,也不会理解别处那片土地的可爱之处。

余秀华在她的诗里写:

> 如果给你寄一本书,我不会寄给你诗歌
> 我要给你一本关于植物,关于庄稼的
> 告诉你稻子和稗子的区别
> 告诉你一棵稗子提心吊胆的
> 春天

生活贫瘠穷困,身体为病痛所扰,生命被限制在一个院子和一个村落,她仍能将这平淡乏味的日子过出诗意。

还记得东坡笔下那个柔弱的女子柔奴吗?苏先生问她在岭南的种种情状,她并未诉说岭南生活的艰苦,只道出一句"此心安处是吾乡"。这回答让东坡先生极为钦佩,挥笔而有《定风波》。

——生活只在此时,此地,此刻,当下。

当然,谁不向往美好的景色?谁不留恋极致的山水?

——旅游是我们增长见识、丰富阅历、练达人情的重要手段。但大多数时候,受限于各种条件,我们并不能亲临梦想之地,感受它的精美或壮阔。生活永远充满了矛盾,"有时间的时候没钱,有钱的时候没时间",未能抵达之前,最好的选择,仍是过好此时的生活。

苏先生从繁华的杭州到达偏僻的密州时,生活品质下降一大截,夜深人静之时,孤独寂寞之时,亦难免会怀想杭城的灯火、诗酒应酬的热闹和熙熙攘攘的人群。短暂的怀想之后,依然可以回到当下,欣赏密州种种,他到超然台上高歌,到常山附近游览打猎,即便普通至极的马耳山、卢山在他眼里也一样可赏可看。他站在高处欣赏密州城,目之所及,真个"半壕春水一城花"。

苏先生到黄州时,人生滑落谷底,眼见着无路可走,却通过精神和思想的重建,获得了心灵的大自由。初至此地,各种无奈,各种厌弃,没多久,他便爱上了这黄州城,爱上了这里的人和风物。夜晚的长江，月光下的东坡，地里的庄稼，枝头的鸟雀，归家的老农，都成为他歌咏的对象，黄州成就了苏东坡。

即便在海南，条件无比艰苦，无房可居，无家可归，无肉可食，无药治病，还要经常饿肚子，他依然怀抱着乐观的心态，越过层层阻碍。

在杭州这样繁华的都市里生活固然好，但在密州、黄州、儋州这样的偏僻荒凉之地，依然能感受到它们的美——那是一种能力。

阅尽繁华之后，我们终于发现，此处即是别处，别处也是此处，本质上没有任何差别。

——当下才是全部。

一旦悟得了这一点，你距离幸福就更近一些。

一

苏轼进入职场的第一份工作，是陕西凤翔府签判，相当于秘书一类的职务，掌管文书等事务。初入仕途，他的感受并不算好：一则日常事务繁杂；二则难以应付官场琐碎的规矩。本想着靠一腔热血建功立业，到头来却只是干一些无关紧要的事，有时还要面对复杂的人际关系，满身才华无处施展，心底也只能暗自着急。

未抵达前，凤翔是远方；抵达之后，凤翔才是真实的眼前。

凤翔还有一个让人失望的地方，此地风景差强人意，气候干燥，经常刮风，黄沙漫天，本就不顺畅的心情，难免因此产生很强的挫败感。眼前的景色，不免令他忆起故乡眉山的青山碧水，心理落差可想而知。

看这首《凤翔八观·东湖》，正是东坡此时心理之写照：

> 吾家蜀江上，江水清如蓝。
> 尔来走尘土，意思殊不堪。
> 况当岐山下，风物尤可惭。
> 有山秃如赭，有水浊如泔。
> 不谓郡城东，数步见湖潭。
> 入门便清奥，恍如梦西南。
> 泉源从高来，随波走涵涵。
> 东去触重阜，尽为湖所贪。
> 但见苍石蟠，开口吐清甘。
> 借汝腹中过，胡为目眈眈。
> 新荷弄晚凉，轻桡极幽探。
> 飘飘忘远近，偃息遗佩篸。

东坡有佳作

深有龟与鱼,浅有螺与蚶。
曝晴复戏雨,戢戢多于蚕。
浮沉无停饵,倏忽遽满篮。
丝缗虽强致,琐细安足戡。
闻昔周道兴,翠凤栖孤岚。
飞鸣饮此水,照影弄毵毵。
至今多梧桐,合抱如彭聃。
彩羽无复见,上有鹯搏鹌。
嗟予生虽晚,好古意所妉。
图书已漫漶,犹复访侨郯。
卷阿诗可继,此意久已含。
扶风古三辅,政事岂汝谙。
聊为湖上饮,一纵醉后谈。
门前远行客,劫劫无留骖。
问胡不回首,毋乃趁朝参。
予今正疏懒,官长幸见函。
不辞日游再,行恐岁满三。
暮归还倒载,钟鼓已韽韽。

凤翔没有美景可赏,好在东门外有个东湖,东湖古称"饮凤池",相传周文王元年,瑞凤飞鸣过雍(凤翔古称雍州），在此饮水，因而得名。东湖风光颇有点家乡眉山的样子，成为苏轼情感上的寄托，他曾数次前往游玩。诗中写的尽管全是东湖风光，但心里想的却都是家乡，人在他乡，故乡便成为异乡，成为"远方"，"恍如梦西南"，诗中用极重的篇幅描述东湖景色，但他无法掩饰思乡的那颗心，描述东湖之美，其实是写思乡之甚。作此诗时，诗人正年轻，驿动的心还无法从平淡中看到美景，还远未及"此心安处是吾乡"的那种旷达。

年轻时，对外面世界的向往，多是由想象延伸而来，等到了目的地，想象又回归到现实世界，像齐秦所唱的，"外面的世界很精彩，外面的世界很无奈"。苏轼未入仕途前，盼望入仕，入了仕途，对现实有了一定认知，"精彩"渐为"无奈"替代，囿于见识和眼界，一时无法从"无奈"中拔出双脚，只是恨不得赶紧离开，去寻找另一个"外面的世界"——岂不知，人间从无"外面的世界"和"里面的世界"之区别，有的只是一个"现在的世界"。

苏轼也曾努力打破这种情绪，试图在凤翔过得快乐些，他游玩，交友，努力适应官场规则，但似乎用处不大。他陷在自己的情绪当中无法抽离，或者思念家乡和亲人，或者让孤独和寂寞占据。寄给弟弟的诗作中，要么是"愁肠别后能消酒，白发秋来已上簪"，要么是"既得又忧失，此心浩难收"。

这首《馈岁》也是在凤翔时所写：

农功各已收，岁事得相佐。
为欢恐无及，假物不论贷。
山川随出产，贫富称小大。
置盘巨鲤横，发笼双兔卧。
富人事华靡，彩绣光翻座。
贫者愧不能，微挚出春磨。
官居故人少，里巷佳节过。
亦欲举乡风，独唱无人和。

本诗为《岁晚三首》之一，另两首分别为《别岁》《守岁》。诗前有序：岁晚相与馈问为"馈岁"；酒食相邀呼为"别岁"，至除夜达旦不眠为"守岁"，蜀之风俗如是。余官于岐下（凤翔），岁暮思归而不可得，故为此三诗以寄子由。

"馈岁"就是年底乡邻、亲戚间互相馈送礼物，相互问候致意。

年底想起家乡风俗，又起思归之心，写了三首诗寄给弟弟。前面讲的是家乡风俗，穷人和富人馈礼之差别，但这不是重点，重点是最后四句：我做官的这个地方老朋友稀少，只能孤独地度过佳节。我试着想要与人互相馈赠问候，但没有人附和我啊。

寂寞，真是寂寞。

年轻的苏签判被困在眼前的世界里了——他似乎动弹不得，情绪因而不能不低落如是——"也无风雨也无晴"的东坡，也不是一开场就可以练就的。

二

苏轼从杭州到密州，职务也从通判做到知州，官是升了一级，但生活却发生了相当大的变化：杭州繁华，密州萧然；杭州灯红酒绿，密州偏僻安静；杭州有众多诗友围绕，密州知音故交稀少。古人说"由俭入奢易，由奢入俭难"，我等旁观者忍不住为苏大人捏一把汗，不知道他能否安然度过这贫乏无趣的生活。

初时，苏大人想必有一个过渡期，他这么好热闹的人，这么喜欢开派对的人，如何度过漫漫长夜，如何忍受没有诗酒红颜的日子？未去之前，他自度密州风景不如杭州，先写诗为自己做心理建设：

胶西未到吾能说，桑柘禾麻不见春。

不羡京尘骑马客，羡他淮月弄舟人。

——《次韵孙巨源，寄涟水李、盛二著作，并以见寄》

意思是说，我将要去任职的地方，荒凉偏僻，好景有限，定不如南方舒服惬意，再见了，江南水乡的月亮，以及我那些在江南月下泛舟戏耍的朋友，从今而后只有羡慕你们的份儿了！

苏轼到达密州后，大多时间都忙于公务，一则天灾，一则人祸，贵为一州长官，只能将全部精力投入到工作中。忙碌倒也可以原谅，不能原谅的——是眼前没有谈得来的朋友。到除夕时，又生一场病，连日卧床，情绪十分低落，在《除夜病中赠段屯田》诗中，他描述自己心情的苦闷："岁暮日斜时，还为昔人叹。……此生何所似，暗尽灰中炭。"在《乔太博见和复次韵答之》诗中，他感慨被命运播弄的痛楚："颠倒不自知，直为神所玩。"前诗中他将自己喻为灰中炭，长埋地下，默默销熔；后诗中他痛恨把握不了自己的命运，只能被安排，而自己无法掌控。

老朋友刘攽、李常来信问他在密州的近况，他回诗作答：

何人劝我此间来，弦管生衣甑有埃。
绿蚁沾唇无百斛，螳虫扑面已三回。

磨刀入谷追穷寇,洒涕循城拾弃孩。

为郡鲜欢君莫叹,犹胜尘土走章台。

——《次韵刘贡父李公择见寄二首其一》

来密州这个地方,真让人后悔,整日里忙于公务,不可开交,乐器忘了弹,饭也忘了吃。酒没喝上几回,蝗灾已闹了三场。一面急于捉拿盗贼,一面还要拾捡弃婴。不过,既然做了郡守,这也是分内之事,老朋友莫为我叹惜,这总比奔走于京城权贵之间要好一些吧。

不只公务繁忙,娱乐生活也少。别说弦歌侑酒,连喝酒都受了限制。他招待客人时,因为供酒有限,还要请人家谅解,"请君莫笑银杯小,尔来岁旱东海窄",有时请客却发现无酒可饮,"几回无酒欲沽君,却畏有司书簿帐",身为一州之长,连酒都不能敞开供应,叫人怎能不惆怅。

熙宁八年(1075年)元宵节这晚,他再也忍不住怀念起杭州时的美好生活,作《蝶恋花·密州上元》词:

灯火钱塘三五夜,明月如霜,照见人如画。帐底吹笙香吐麝,更无一点尘随马。

寂寞山城人老也!击鼓吹箫,却入农桑社。火冷灯稀霜露下,昏昏雪意云垂野。

杭州城的正月十五才叫人难忘：满城灯火通明，月色如此清朗，把眼前人儿个个照得如画一般。气氛浪漫柔美，帷幕下有人吹笙，燃香的味道如同麝香，街道清洁，一点儿灰尘也没有。而在密州，我整个人都变老了：这里真是冷清啊！人们只有在社祭时才击鼓吹箫，眼前火冷灯稀，霜露降下，天气昏沉，云朵低垂，摆出一副想要下雪的样子——我想回杭州了。

杭州暂时回不去，还是要想办法过好眼下的生活。

待蝗灾终于消停，盗贼逐渐溃退，捡拾弃孩的工作也告一段落，他终于可以松一口气，去寻密州的风景，他不愿再放纵消极的情绪滋长——尽管此地不比杭州，但他还是努力去体会和感受此地之美好——生活不在别处，眼下即是全部。

他修建了一座超然台，名字是弟弟苏辙取的，子由给出的理由是：天下之士，奔走于是非之场，浮沉于荣辱之海，嚣然尽力而忘返，亦莫自知也。而达者哀之，二者非以其超然不累于物故耶！苏轼自作《超然台记》，"余弟子由适在济南，闻而赋之，且名其台曰'超然'，以见余之无所往而不乐者，盖游于物之外也。"——子由命名"超然"的原因是，他看到我去哪儿都快乐，因为我能超然物外——这大概不是实话，从他此前流露的情绪里，离"超然"境似乎尚远,我理解,这是子由与老兄共勉,劝老兄面对凡事不妨超然一些。不过,超然台的建造,可以看作东坡精神升华的一个转折点——他开始追求不为外物所役的状态,这是他努力活在当下的证明。

心思沉潜下来,放眼密州,风景虽比杭州简陋,却仍然可以一观。当以一种全新的心态面对当下时,眼前的景色竟然变得可爱起来。他登台远望,浮想联翩,作《江城子》:

> 前瞻马耳九仙山。碧连天。晚云间。城上高台,真个是超然。莫使匆匆云雨散,今夜里,月婵娟。　　小溪鸥鹭静联拳。去翩翩。点轻烟。人事凄凉,回首便他年。莫忘使君歌笑处,垂柳下,矮槐前。

登高远眺,马耳山与九仙山赫然在目,碧山与天相接,晚云悠悠飘荡。站在超然台上,心旷神怡,顿觉超然。朋友啊,不要匆匆散去,让我们将欢乐延长,今夜将会有美好的月光。

小溪中的鸥鹭安静地聚在一起,离去时身姿翩翩,扬起点点轻烟。仕途多坎坷磨难,转眼就会成为过去。不要忘了我们唱歌取乐的地方啊,就在眼前的垂柳下、矮槐前。

一旦把自己从消极的情绪中解放出来,诗人的狂放豪迈便被调动起来,写下的诗句格外让人回味。

他登上常山之顶,吊古怀今,写下《登常山绝顶广丽亭》:

> 西望穆陵关,东望琅邪台。
> 南望九仙山,北望空飞埃。
> 相将叫虞舜,遂欲归蓬莱。
> 嗟我二三子,狂饮亦荒哉。
> 红裙欲先去,长笛有余哀。
> 清歌入云霄,妙舞纤腰回。
> 自从有此山,白石封苍苔。
> 何尝有此乐,将去复徘徊。
> 人生如朝露,白发日夜催。
> 弃置当何言,万劫终飞灰。

诗歌前四句叙作者与友人登绝顶四望,至于是否真的看到了穆陵关和琅邪台,并不十分重要,诗人要的是这样一种氛围:时间被拉长,空间延展开,为后面的抒情做准备工作,这也是很多诗人惯用的一种创作技巧。穆陵关在沂水县龙山北,为齐鲁长城之要隘;琅邪台在诸城东南,是周秦时之古迹;九仙山是东鲁名山。以上三者都是人文胜景,为何第四景是"空飞埃"?"空飞埃"指的是平原,孔凡礼先生解释:"盖以诸城北部冲积平原之中,有传为舜生地——诸冯。其具体位置在今诸城市区北十五华里之潍河西岸。"因此"空飞埃"里也隐藏着一定的人文内涵。

胜景仍在,古人则杳无踪迹。

"相将叫虞舜,遂欲归蓬莱",为何要叫上虞舜?是因为舜生诸冯,这两句是对"北望空飞埃"之补充,意思是,我们叫上虞舜,一起到蓬莱仙境,隐居仙游。

作者写四望,为的是引发诗末之抒情。抒发什么情绪呢——"人生如朝露,白发日夜催。弃置当何言,万劫终飞灰",人生如早晨之露珠,短暂且急促,头上日夜催生的白发便是证明。且将眼下的情绪丢到一边,让我们把时间拉长,即便长如万世,终究还是灰飞烟灭——言外之意是,不必纠结于一时之情绪,人生苦短,享受当下。

一边狂饮闲聊,一边赏乐听歌,清凉的歌声入云霄,美妙的舞蹈让人迷,常山之游令诗人一扫公务疲惫,以至于将要返城时心有不舍,"将去复徘徊"——他已从低迷中走出来,对密州有了新的认知和领悟。

他爱上了常山,爱上了马耳山,爱上了卢山,爱上了障日山,原先他眼中风景贫乏的密州,变得美好起来,立体起来。他骑马射猎,他饮酒高台,他吟诗赋词,密州这个存在感略低的东鲁小城,因与苏轼的关联而有了丰厚的文化底蕴——在密州，他写下"老夫聊发少年狂"，写下"明月几时有"，写下"十年生死两茫茫"——密州令诗人雄姿英发，密州让苏轼诗性大发，密州于苏轼有特殊意义——他开始寻求积极主动的人生，开始确立起自己的诗词风格。某种意义上可以说，密州于苏轼之重要，仅次于黄州。

密州也让他意识到，随遇而安，享受当下，是破解坏情绪的不二法门——"休对故人思故国，试将新火试新茶"。

饮将起来啊，朋友！

三

乌台诗案和中年危机一起袭来，令苏轼措手不及，他惊惧，难过，不安，焦虑，陷入人生最大的困境当中：以身许国，却因言获罪，功业未立，却被放逐江湖，成为戴罪之身。"得罪以来，深自闭塞，扁舟草履，放浪山水间，与樵渔杂处，往往为醉人所推骂，辄自喜渐为人不识。平生亲友，无一字见及，有书与之亦不答，自幸庶几免矣。"

人在偏远之地，无亲无友，只好寄情山水，和樵夫、渔夫聊天。之前的亲友，害怕被牵连，不敢给他写信；他写给别人的信，也没人敢回。

怎么办？怎么办？

直到黄州给了他答案。有人评论说，黄州之前，他是苏轼；黄州之后，他是苏东坡。狂放的天才亦须经历淬炼，才能成就纯粹的人生——放下荣辱得失，扫去团团迷雾，坚定而自由地向前行走。

初到黄州时，无所事事，心神不定，所能做的，竟只是闭门不出，蒙头睡觉，"昏昏觉还卧，展转无由足"，到晚上，才一个人从住处定惠院出来散步，偶尔买杯酒润喉，但不敢喝醉，他怕自己酒后胡乱说话，再引起一场祸端，"看似平静的生活，心里隐藏着恐怖的创伤，还在那里隐隐作痛"。①

《寓居定惠院之东，杂花满山，有海棠一株，土人不知贵也》正是此时情绪之写照：

> 江城地瘴蕃草木，只有名花苦幽独。
> 嫣然一笑竹篱间，桃李漫山总粗俗。
> 也知造物有深意，故遣佳人在空谷。
> 自然富贵出天姿，不待金盘荐华屋。
> 朱唇得酒晕生脸，翠袖卷纱红映肉。

---

① 引自李一冰《苏东坡新传》。

林深雾暗晓光迟,日暖风轻春睡足。
雨中有泪亦凄怆,月下无人更清淑。
先生食饱无一事,散步逍遥自扪腹。
不问人家与僧舍,拄杖敲门看修竹。
忽逢绝艳照衰朽,叹息无言揩病目。
陋邦何处得此花,无乃好事移西蜀。
寸根千里不易到,衔子飞来定鸿鹄。
天涯流落俱可念,为饮一樽歌此曲。
明朝酒醒还独来,雪落纷纷哪忍触。

在定惠院东边的土山上散步时,苏轼惊异地发现,开满杂花的竹篱间,竟有一株海棠,兀自盛开,嫣然含笑,这海棠把满山的桃花、李花都衬得粗俗了。海棠本是东坡家乡蜀地的名产,为何却忽然现身于黄州这如此偏僻之地?当地土人却又不知道它的名贵,真是暴珍天物!你看这海棠,美艳绝妙,"朱唇得酒晕生脸,翠袖卷纱红映肉",像饮酒之后的美人,将红唇之红晕到脸上去了,像卷起衣袖的美人,红纱映衬,肌肤如雪。"林深雾暗晓光迟,日暖风轻春睡足",山林浓密,雾气重重,阳光无法透进来,但这海棠好似在和风暖日中睡醒的美女。"雨中有泪亦凄怆,月下无人更清淑",风雨来袭时,海棠又似含泪的佳人,神情凄婉可怜。月下无人之时,更显清秀美好。

诗人不惜篇幅,描写海棠之美,其实是为引出海棠与"我"之关联,依然是为后面的感慨做铺垫:海棠的命运即我之命运。写完海棠,开始写自己,清人查慎行点评说:"读前半竟似海棠曲矣,妙在'先生食饱'一转。此种诗境从少陵《乐游园歌》得来,寓其神理而化其畦畛,斯为千古绝作。"

"先生食饱无一事,散步逍遥自扪腹",我来黄州,无所事事,只好独自一人散步——说是"逍遥",其实沉重,散步不过是消磨时间的方式之一种,没有目标,胡乱走走,不管走到哪里,看见风景,不管是人家院里还是僧舍之内,都会敲敲门想要进去一观,这株"绝艳"海棠,令诗人眼前一亮,心里一惊,赶紧擦拭自己的眼睛:他无法相信,如此美丽的花竟开在这个无人问津的地方,只好推断,这大概是好事者从他的家乡蜀地移植过来的吧。仔细想想,他又给否定了,西蜀距黄州有千里之遥,谁肯费这么大工夫移植,莫不是大雁或天鹅把树种子衔来的?

接下来四句是诗人的感慨,是本诗之诗眼。"天涯流落俱可念,为饮一樽歌此曲。明朝酒醒还独来,雪落纷纷哪忍触",我和这海棠,都流落异乡,远离家乡西蜀,此时我俩应该共饮一杯,吟唱一曲沦落天涯的流浪歌。明天酒醒后,我还要独自前来,只怕雪落纷纷,不忍触及往事。

诗人的心凝结了，冻住了，为命运的不公而悲伤，为个人的境遇而难过——此时诗人心里充满幽怨，他大概还不知道——黄州将成为他生命里的顿悟之地，是他收获无数精神财富的宝地。

是放任这种情绪蔓延，在自怨自艾的泥潭里一路下滑；还是重新振作，寻找生命天空里最闪亮的那颗星辰？

他意识到，唯有自救，才能走出困境。当苏轼从短暂的负面情绪中惊醒，他的自救行动便轰轰烈烈地展开了。

他的自救，不外乎几点：一是反省过往，重新估量自己；二是阅读经典，从佛道中汲取力量；三是活在当下，从纷繁杂乱中抽身，拥抱那些世俗的快乐；四是重建精神生活，体验审美的愉悦。

他在黄州，参禅打坐，耕田播种，广交朋友，感悟人生，五年的时光，令他摇身一变，从苏轼而苏东坡。他活泼泼的生命力重又焕发，他重建了一套全新的价值体系，获得了思想和精神上的大自由，有了凝视深渊的勇气，他不再惧怕所有的坎坷和挫折，而是安于当下，心有所住。

他不再感慨"寂寞沙洲冷"，他不再叹惜"老来事业转荒唐"，他不再担心"但恐朋友缺"，他不再念叨"天涯流落俱可念"……他在黄州完成了彻底的蜕变。

他被友情包围，陈季常来看他，黄州当地的朋友围着他，吴复古、米芾、巢谷、崔闲、杨世昌、参寥等从远方来探他。

他被巨大的创作力所萦绕，被源源不断的新感悟所激发，写下众多名篇佳作，前后《赤壁赋》、"大江东去""小舟从此逝，江海寄余生""也无风雨也无晴""此心安处是吾乡"……创作迈向一个全新的高度。

他与自然融为一体，他成为黄州风景的最佳代言人，"雨洗东坡月色清，市人行尽野人行。莫嫌荦确坡头路，自爱铿然曳杖声。"

他不再为名利牵肠，不再为困难挂肚。

《定风波》便是苏轼成为苏东坡的最佳证据，他的潇洒和随性，他的放达与迷人，经历过风雨之后的巨大蜕变，都在这首词里了：

> 三月七日，沙湖道中遇雨。雨具先去，同行皆狼狈，余独不觉，已而遂晴，故作此。
>
> 莫听穿林打叶声，何妨吟啸且徐行。竹杖芒鞋轻胜马，谁怕？一蓑烟雨任平生。　料峭春风吹酒醒，微冷，山头斜照却相迎。回首向来萧瑟处，归去，也无风雨也无晴。

元丰五年（1082年）三月初七，苏轼一行人到距黄州三十里一个叫沙湖的地方去看田，他打算再买一块地以弥补东坡之不足。田在山谷间，当地有经验的农人告诉他，此地肥沃，播一斗种，可收十斛，东坡不解，问为何这么厉害，对方告之，此地多野草，可以散水，之前未曾种过五谷，地气不耗，因而肥沃。看完田回家路上，突然下雨了，来时本来带着雨具，觉得用不上，先让人带回去了，现在只能挨淋。同行之人个个飞奔，想要找个地方躲雨，结果被淋得狼狈不堪，而我们的苏先生却不慌不忙，依然照着此前的速度行进。雨过天晴，东坡颇为自己的坦荡和随性得意，因而有此词。

此词不难释读，理解上无难点，词眼也很明白，就是那句"也无风雨也无晴"，雨既不怕，晴亦不喜，我心坦荡，不必在意。东坡怕是很得意这一句，到海南时作《独觉》诗，又用了一次，"悠然独觉午窗明，欲觉犹闻醉鼾声。回首向来萧瑟处，也无风雨也无晴。"

清人郑文焯的《手批东坡乐府》赞之："此足征是翁坦荡之怀，任天而动。琢句亦瘦逸，能道眼前景。以曲笔直写胸臆，倚声能事尽之矣。"郑氏认为这首词绝了，在技巧上达到了顶峰。

他过于专注技巧，却未能说出这首词所表现的意境和心胸及作者的人生观（我对前人要求太多了）。

在黄州几年的生活，诗人实现了在密州时的宏愿，"真个是超然"，在雨中行走，他心中没有晴与雨之分，自然无所谓雨，无所谓晴，仿若生活中，没有苦恼和欢乐之分，没有悲苦和幸福之分，没有低谷和高潮之分，就自然无所谓前后之别。人生在世，风云变幻是常态，以不变应万变，超脱于物外，方不为情绪及外物所役，才能活得安然自足。

补充一个细节：这首词作得洒脱、坦荡，但这雨淋得并不美妙，因为是春天之雨，寒气未尽，苏轼回家后，左臂肿痛不已，很久之后方才治愈。

四

黄州之后，苏轼的命运像是坐了过山车，先是一路腾跃，官升数级，并与弟弟一起成为哲宗皇帝的座上师；之后又急转直下，先贬惠州，再贬海南，但因有了黄州的历练，他再也不为自己的境遇而痛苦，而萎靡，而伤感。

海南的生活品质极差，但他却可以随遇而安，苦中作乐。食芋饮水也罢，断米少粮也罢，朋友稀缺也罢，屋毁房漏也罢，都不曾让他的乐观精神打半点折扣。垂老投荒，本是人生中极致之悲惨，但未见他流露出半点怨气。

他在海南的日子过得惬意，惬意到让政敌觉得难受。

看他的诗里，哪有半点不开心的样子。

得知被贬海南，他写下"他年谁作舆地志，海南万里真吾乡"。

登上海南岛，他写下"安知非群仙，钧天宴未终。喜我归有期，举酒属青童"。

在海南汲江水煮茶，他写下"雪乳已翻煎处脚，松风忽作泻时声"。

将离海南时，他写下"云散月明谁点缀？天容海色本澄清"。

……

海南这个让人闻而生畏的地方，竟然成为他的乐土。非是他比别人更能抗饥抵饿，非是他比别人更能过恶劣的生活，而是他拥有一颗心——随遇而安的心，"此心安处是吾乡"的心，无差别对待的心。

——因为生活不在别处，就在此时，当下。

当离开海南北归时，他写下"九死南荒吾不恨，兹游奇绝冠平生"——那是怎样的潇洒，怎样的快意，怎样的通达。

使我有名全是酒

酒是中国传统文人的标配。

一部中国文学史,也是一部饮酒史。文人雅士,只须手握一杯美酒,动人诗句便自胸中汩汩流淌。

酒之神奇,就在于它在文化的演进过程中,起到催化剂一般的作用。

没有酒,文化照样发展;有酒,文化中便会更多一些伤感、快意与柔情。

没有酒,李白、苏轼的豪情无处寄托;有酒,杜甫、辛稼轩的失意则有地儿挥洒。

德国大诗人歌德说:酒使人心欢愉,而欢愉正是所有美德之母。但若你饮了酒,一切后果加倍:加倍的率直、加倍的进取、加倍的活跃。我继续对葡萄树芽做精神上的对话,它们能使我产生伟大的思想，使我创造出美妙的事物。

提倡酒神精神的大哲尼采则自称为"酒神哲学家"。

——无论中西，酒皆是产生伟大思想和创造妙物的媒介。有所差别的，不过是酿酒的方法以及对酒的命名和认知。①

来感受一下那些因饮下美酒所产生的诗句，看它们是不是格外灵动活泼。

曹孟德自问自答：何以解忧，唯有杜康。

李太白豪爽放言：人生得意须尽欢，莫使金樽空对月。

杜牧之怀古思今：落魄江南载酒行，楚腰纤细掌中轻。

白居易发出邀请：晚来天欲雪，能饮一杯无？

范仲淹满腹思乡情怀：浊酒一杯家万里，燕然未勒归无计。

易安女士惆怅寂寞：三杯两盏淡酒，怎敌他、晚来风急？

宋祁留恋易逝光阴：为君持酒劝斜阳，且向花间留晚照。

……

太多了，难以穷尽。

但爱饮酒到东坡先生这个份儿上的文人，还真不多。他曾认真地夸过一个海口："天下之好饮，亦无在予上者。"

---

① 葡萄酒在中国历史悠久，但一直未成为主流饮品。两宋时，葡萄酒为稀缺资源，一般士大夫也难有机会喝到。陆游有诗云：如倾潋潋蒲萄酒，似拥重重貂鼠裘。

跟我比谁更喜欢饮酒,各位都是渣渣、青铜,你们不行。

关键问题是,东坡酒量奇差,他自己也乐于承认,像他这种没有酒量还喜欢饮酒,且把饮酒当成人间乐事的人,怕也不多吧。

理论上讲,酒量这件事,分先天和后天两种情况,有人生下来便是善饮者,有人通过后天培养也能成为善饮者,东坡先生属于先天和后天都与善饮无关的人,却依然对酒情有独钟。

以下这几句话都是他对自己酒量的说明,是直接证据,无法赖账。

"吾饮酒至少,常以把盏为乐。"(我酒量虽然不行,但只要拿起酒杯,就能感受到饮酒的乐趣。)

"吾饮少而辄醉兮,与百榼其均齐。"(我一喝就醉,但所获乐趣与善饮者不相上下。)

"若仆者又何其不能饮,饮一盏而醉。"(像我这种不能喝的人,一杯就醉了。)

"吾少年望见酒盏而醉,今亦能三蕉叶①矣。"(我小时候一看到酒杯就醉了。现在有了进步,能饮三小杯。)

---

① 蕉叶,是一种浅底的酒杯。宋时酒杯,唯钟鼎为大,屈卮螺杯次之,梨花蕉叶最小。

"予饮酒终日，不过五合，天下之不能饮，无在予下者。"（我喝一天也不过五合，天底下没有比咱酒量更差的人了。）

五合，换算成现在的重量是一斤半，这酒量小吗？按今天的白酒（暂不管高度与低度），能喝一斤半当然厉害，但按宋朝的酒计，这酒量算一般中的一般。

苏东坡生活的北宋时期，烈性酒还没有出现，那时的酒，一般都是黍、秋、麦、糯米煮烂后加上酒母酿成的，成酒过程短，未经蒸馏，酒精含量远低于现在的白酒，度数很低，所以，苏东坡一天才喝了不到一斤半，实在是相当小的酒量。

自称酒量小尚有谦虚之嫌，按我们的生活经验，在酒桌上，有许多自称量小但实际上特别能喝的人——按这个理解，苏先生可能只是谦虚。

酒友黄庭坚的证言，则基本将"东坡酒量甚小"这一说法坐实："东坡居士性喜酒，然不能四五龠已烂醉，不辞谢而就卧，鼻鼾如雷。"这里的龠，等于半合，和东坡自称的酒量大差不差。

为让大家对东坡先生的酒量有个直观的认识，举个例子，宋初有个名将曹翰，天生好酒，喝几斗而不醉。一斗等于十升，一升等于十合，换算下来会发现，苏东坡的酒量只相当于曹翰的几十分之一，甚至百分之一。

但这一点也不妨碍他对酒的爱——真真切切的爱，实实在在的爱。在他的作品里，"酒"出现的频次不可胜数，遍布诸种文体，诗里写酒，词里写酒，文章里也不例外——字字句句，酒香四溢。

东坡先生所迷恋的，似乎并不是酒本身，而是酒所代表的人生体验。悲愁时要饮酒，开心时要饮酒，痛苦时要饮酒，寂寞时要饮酒，看到好风景要饮酒，与好友相聚也要饮酒。

在某种程度上，酒能强化人生体验。

酒于中国文人，终究不只是杯中物，不只是让人上瘾的琼浆玉液，它还是与天地沟通的媒介、抒发情感的通道、写作灵感的助产婆、加强友情的润滑剂。

酒之于苏东坡亦是如此。

他不是在饮酒，就是在去往饮酒的路上。

一

使我有名全是酒。

敢说这话的，除了李白，怕也只有苏轼了。李太白豪放不羁，潇洒天性，大嘴一张，俱是傲气："古来圣贤皆寂寞，唯有饮者留其名。"饮者如何留名？凭酒量，那最多不过是一酒鬼而已——凭的当然是天纵才华，只须饮下美酒，妙句便汹涌不止，喷薄而出，随之流芳千古，这得何等狂妄与自信？

东坡的这句"使我有名全是酒"也狂，与李太白有异曲同工之妙，但在读者的接受度上，却比李太白高太多。李白的诗句狂略显偏执（还要拿圣贤垫背），东坡的诗句狂则显温和（只拿自己说事）——至少表面上给人的感觉是这样。

东坡大约在说：苏某人之所以闻名天下，皆因为有酒相伴，才写下诸多名诗/名词/名篇。但仔细琢磨，这句的狂，哪里输给李白半点？明里是说酒，内里仍然是夸自己才华横溢，无人抵挡。

不过，这两位再狂，我们也没话讲，并且乐于接受——他们都是千年一遇的天才，下凡到人间的文曲。

使我有名全是酒——不只是诗人的豪放之语，且有具体的数据做支撑。据统计，《东坡全集》中，"酒"字一共出现了九百余次，而在他的三百余首词作中，"酒"字亦出现了八十次之多——况且，还有许多作品中写饮酒场面，并未直接写出"酒"字。

苏东坡的诸多名篇，皆为酒后所作，因为酒的助力，这些名作更显飘逸洒脱——或许是掩藏在背后的现实太过沉重，才不得不借助于酒的力量来获得暂时之解脱，因而越要写得飘逸潇洒——以至于人们总以为他是神仙下凡，尊其为坡仙——这算后人对于东坡的一种有趣的误读——他的沉重被后世刻意忽略了。

老实说，像东坡这样的全才型人物，在当世觉得寂寞，在后世亦然寂寞——因有时代的隔膜，我们对他只能有更多的误读和曲解。

强调酒在东坡创作中的作用，但仍需要说明一个特别浅显的道理：没有才情，喝多少酒都没用，才情本就横溢，酒便成为最好的催化剂。

鲁迅先生在其演讲《魏晋风度及文章与药及酒之关系》中说："不过何晏王弼阮籍嵇康之流，因为他们的名位大，一般的人们就学起来，而所学的无非是表面，他们实在的内心，却不知道。因为只学他们的皮毛，于是社会上便多了很没意思的空谈和饮酒。许多人只会无端的空谈和饮酒。"——有些人读书，读成了书橱；有些人喝酒，喝成了酒坛子。

来看东坡的几首酒后名作。

其一，千古传诵的《水调歌头》：

> 明月几时有？把酒问青天。不知天上宫阙，今夕是何年。我欲乘风归去，又恐琼楼玉宇，高处不胜寒。起舞弄清影，何似在人间。　　转朱阁，低绮户，照无眠。不应有恨，何时长

向别时圆？人有悲欢离合，月有阴晴圆缺。此事古难全。但愿人长久，千里共婵娟。

词前有题："丙辰中秋，欢饮达旦，大醉。作此篇，兼怀子由。"此词作于熙宁九年丙辰（1076）年中秋，时苏轼在密州做知州，为地方政府首长。"欢饮达旦"是说喝了一个通宵，"大醉"两个字，是说作词时的状态：喝多了，上头了，但还没到烂醉的地步，一时兴奋，文思泉涌，喷薄而出，挥毫落纸，写下这首不朽名作。

这是苏轼在密州度过的第二个中秋节，前年冬天到密，去年春天便遇蝗灾，很长一段时间忙于救灾，终于灭蝗成功，之后又忙于捕盗和其他公务。这年中秋，苏知州与同僚终于有了一次彻底放松的机会。我们大约可以想象：当晚月色如水，凉风习习，苏轼与诸位同僚坐在超然台上，举杯望月，肆意谈笑，此前的诸多辛苦在这月圆之夜一笔勾销，因此精神上格外轻松，格外欢乐。

苏轼此前便有词名，但到"明月几时有"，他在词坛的地位，便从一般偶像直接封神了！假如说《兰亭集序》是王羲之书法的封神之作，《将进酒》是太白诗的封神之作，《水调歌头》便是东坡词的封神之作。

读者诸君有无发现，这三首（篇）"神作"皆与酒有关：羲之酒后书《兰亭集序》，飘逸遒媚；李白豪饮高歌作《将进酒》，起伏跌宕；东坡欢饮达旦而有《水调歌头》，大开大合——借由酒，艺术创作得以解脱束缚，获得绝对的自由（哪怕只是暂时获得），艺术家对人生的了悟亦进入了新的境界。

尼采所提倡的"酒神精神"主张，人应从生命的绝对无意义中获得悲剧性陶醉：人生是幕悲剧，最大的悲剧就在于它没有终极根据，但生命敢于承担自身的无意义而并不消沉衰落，这正是生命的骄傲——从这个意义上讲，王羲之、李白、苏轼都是酒神精神的承载者。

对于《水调歌头》，后世论家赞美之词甚多，略举几例。

胡仔称："中秋词自东坡《水调歌头》一出，余词尽废。"各位，你们不要（也没必要）再写中秋词了，努力也是枉然。后世才子当然不信邪，依然照作，不过直到目前，胡仔的判断仍然有效。

张炎称："清空中有意趣，无笔力者未易到。"没达到一定水准，断断写不出此词的境界。

沈际飞评之为"谪仙再来"（苏先生就是李白再世啊），杨慎则总结为"中秋词古今绝唱"（李白也比不了苏先生）。

陈廷焯称："落笔高超，飘飘有凌云之气，谪仙而后，定以髯苏为巨擘矣。"苏先生文笔极妙，读之若腾云驾雾，李白之后最牛的就是他！

王国维先生的评论最得我心："东坡之《水调歌头》，则伫兴之作，格高千古，不能以常调论也。王国维认为这首词是情感积蓄已久的释放，是格调高绝无法企及的巅峰，不能拿一般评论诗词的标准套到它身上。"

确实，这种神作，属于不讲理的天纵之笔，没办法以常理度之。岂独外人无法作出，就连东坡自己，恐怕也不能写出第二首。

上阕开头"明月几时有？把酒问青天"，便营造出不凡气势，既有面对浩茫宇宙的巨大空间感，又有思接千载的漫长时间感，纵李白的名句"青天有月来几时？我今停杯一问之"在前，亦不能挡住它所散发的光芒。

顺着"明月几时有"之问，顺而生出"不知天上宫阙，今夕是何年"之问，这句为用典，化自牛僧孺（一说韦瓘）《周秦行记》中诗句"共道人间惆怅事，不知今夕是何年"。牛诗写的尚是人间，东坡词一下子把目光提到天上，视野顿时变得极为开阔——一种巨大无比的开阔。这句虽是设问，但并没有求得一个答案的意思，是何年并不重要，重要的是引出下面的"我欲乘风归去"，活在人间琐事缠身，忙碌种种，烦恼种种，如此美好夜景，月影婆娑，水银泻地，怎不让人浮想联翩——想到那天上，做个逍遥神仙，消除一切无趣乏味的人生，快意潇洒。读至此处，以为作者要快活地飞向天宫去了——他只须给自己装一对翅膀，就能飞起来，这事东坡干得出来——哪料这先生却将笔锋一转，来了个一百八十度的大回头："又恐琼楼玉宇，高处不胜寒。"许多人将"寒"理解为寒冷，不能算错，但不确切，寒冷有甚可怕，多穿件衣服就是了。这里除了气候，更是指气氛和环境，是指孤冷凄清的状态，矛盾心情只这一句便彻底露馅了！厌烦于人间的不好，却又胆怯于天上的孤冷凄清，只此一个念头，就把自己又拽了回来，从天上又到了地上，怕只有苏东坡敢这么写：起舞弄清影，何似在人间。其实，不必到天上去，不必到月宫中，苏某人在这月色下，伴着自己的影子跳舞，清影随人，哪里像在人间？此便是神仙矣！在人间，亦可以做神仙。

——既有逃离现实的瞬间之思，又有对人世的无限依恋，最后中和出一个折中的解决方案：在人间做个神仙吧。

下阕主题完全明朗起来，彻底回到现实，决不再提天上事，即便那句"月有阴晴圆缺"，说的也还是人间事，用来强调"人有悲欢离合"。

作者把浩渺广大的思绪收回来，回到本体——"我"，回到对人世的关怀，"转朱阁，低绮户，照无眠"，是写景，是为后面的情绪铺垫的,月光在朱阁上移动,照射进雕花的门窗,照着不眠人——当然也包括"我"。为什么无眠?为那人间的诸多"不能团圆",如东坡和弟弟子由,一个在齐州(今山东济南),一个在密州(今山东诸城),相距不算遥远,却因种种原因无法相聚。即便如此,东坡又宽慰自己和世人"不应有恨"(其实恨也无用,徒增烦恼耳)——不应恨月圆之时人不能团圆。"恨"是一种负面情绪,如"恨"无法消解,只能让生活变得更加难过,让自己一直被烦恼纠缠下去——因此我们要想办法克服这种情绪。

但只说"不应有恨",并没有什么说服力,就像日常生活中,家长对孩子的那些命令,这样不行,那样不准,孩子嘴上服从,但心里未必接受。东坡仍要给出一个答案:为何"不应有恨"?

他的答案是明确又明确的:人有悲欢离合,月有阴晴圆缺。所谓悲欢离合,本是人间平常事;所谓阴晴圆缺,本是天上平常事,既然是平常事,自然应以平常心待之,谁也勉强不得。自古以来,没有人可以违背规律行事。我们何必自寻烦恼,跟规律作对呢?接受它,融纳它——换个现代的词,叫"和解"。与天地和解,与规律和解,与自己和解——唯有如此,方能获得内心的平静,不拧巴。此为内在的和谐。

看到这里，心情是否放松了一些，思念是否纾解了一些？但内心仍然会有隐隐的遗憾吧，请放心，东坡先生早窥到了你的所思所想，于是便有了一句美好的收尾："但愿人长久，千里共婵娟。"这句既是他的祝福，是他对世间所施行的人文关怀，也是他提供的纾解思念的终极解决方案：看那轮明月，你和你思念的人都在看它，感受它，它可以帮我们传达思念和祝福，传达你心底最想说的那些话。此为外在的和谐。

心情一下子好多了，转沉重而轻盈——你的思念被月光传递到了另一个空间，对方心领神会。这不只是作者对自己的宽慰以及与世人的共勉，还是作者的哲学观和方法论，它切切实实地可以在精神上给我们以自洽和放松，让我们的情绪得到释放。类似的诗句还有"海上生明月，天涯共此时""唯应待明月，千里与君同""海内存知己，天涯若比邻""别后唯所思，天涯共明月"，这些诗句之所以千古流传，除了审美意义外，还因为它们有相同的属性和作用：宽慰我们的情绪，解放我们的精神。

其二，写于黄州时的《临江仙》。

> 夜饮东坡醒复醉，归来仿佛三更。家童鼻息已雷鸣。敲门都不应，倚杖听江声。　　长恨此身非我有，何时忘却营营。夜阑风静縠纹平。小舟从此逝，江海寄余生。

这首词创作的具体时间，有的说是元丰五年（1082年）九月，有的说是元丰六年（1083年）四月，无论是哪个时间，都不影响我们对它的创作背景做一大体之了解：写作此词时，距苏先生被贬黄州，已经过了较长一段时间，他习惯了东坡的农耕生活，在当地有了不少朋友（外地的朋友也纷纷来黄州看他），平日里，劳动、会友、饮酒、写作、郊游、练习书法、研究美食，日子充实满足，内心平和宁静。根据他在黄州这几年的表现，我们甚至可以推断：若没有太大意外，他可能考虑在黄州定居——正是在这片土地上，他成功地化解了自己的中年危机，并拥了前所未有的生命体验，他爱上了这里的山水、这里的美食，以及这里的人和这里的生活。一个切实的可以证明苏先生想定居黄州的证据是，他在元丰五年三月还特地跑到沙湖看田，想要购置一块不动产。

退一步讲，即便不想定居，至少也会在此地住上十年八年。当然，后来的事实证明，他没有。

这个佛教和道教的信徒，骨子里却是个地道的儒士，他总想将自己的一腔热血，付与大宋朝廷，付与黎民百姓，付与万里河山。哪承想，偏偏就没有人给他一个机会或一个平台。他只能在偏僻的黄州小城中，任岁月匆匆流逝，任年华随意凋落——他心里一定暗暗着急吧：朝廷再不起用老子，老子可就真的老了！

老去诗人怨寂寥——他的这种寂寥，别人不懂，包括那些与他交好的人——隐居世外的陈季常不懂，黄州太守徐大受不懂，道士杨世昌不懂，青年米芾不懂——无人可懂，自然只能在诗词中倾诉。

上阕写饮酒及饮酒后之情景：在东坡的雪堂与朋友聚饮，大概是开心吧，酒喝得有点久，先是喝醉一次，酒醒后继续，又一次喝醉，待回到临皋的家时，已是三更光景。负责看门的家童睡得死，打着香甜的呼噜，此起彼伏，任苏先生怎么敲门都无回应。苏先生倒也潇洒：不开就不开吧，拄着他的拐杖来到江边，在暗夜里听江水滔滔——我就想，一般人遇到这种情况会怎样？无非是两种处理方式：一种是继续敲门，继续大声呼喊，直到家童或家人出来开门为止；另一种是转身离去，就近找个客栈凑合一个晚上（假如有客栈的话）。苏先生不是常人，未采用我们常人的处理方式。

即便"倚杖听江声"，对于读者，似乎也不会觉得怎样，稍显突兀罢了——事实上，作者已经为后面的情绪埋下了一个巨大的伏笔！——内心起伏，甚而澎湃。由江声想到流水，由流水想到时间——大概听江声的此刻，作者一定想到了孔夫子感叹时光流逝的那幅画面，"子在川上曰：逝者如斯夫，不舍昼夜！"

果然，到下阕，情势急转直下，首句上来便是"长恨此身非我有，何时忘却营营"，"恨"字惹人注目，用得突然，作者因何生"恨"——把握不住的时间，得不到重用的机会，想将此身托付给皇帝和朝廷，但身不由己，不被重用，只能在黄州继续混日子。

这还不是一般的"恨"，是"长恨"，是"持续的恨"。这个长恨可与《水调歌头》中的"不应有恨"互参，作者在入世与出世之间的挣扎徘徊，于这个"恨"字里显露无遗。

"此身非我有"典出《庄子·知北游》："舜问乎丞曰：'道可得而有乎？'曰：'汝身非汝有也，汝何得有夫道！'舜曰：'吾身非吾有也，孰有之哉？'曰：'是天地之委形也。'"

——此身非我有，乃拘于外物之故，因而生身不由己之感——换个说法讲就是，只能接受命运安排，接受已经写好的剧本，而不能自己下笔修改剧本。

既然身不由己，自然不知何时能"忘却营营"。作者无奈到极点了，走投无路了，我等读者仿佛都能够听到他心碎的声音。再来一次换位思考，如我等常人，此时此刻又会如何处理？无非是两种：一种是随波逐流，向生活投降，与命运妥协；另一种是学习哪吒，喊着"我命由我不由天"，和命运痛快地做一场搏斗。

这又是我们常人和东坡的不同了。东坡给出的是第三种选择："小舟从此逝，江海寄余生。"我驾一叶扁舟，到那江海里去度过余生——既未向命运妥协，也没有和命运做一场搏斗，而是——从世间彻底地消失，隐退。

这个选择不是东坡"发明"的，是孔夫子的"发明"。夫子曾经说："道不行，乘桴浮于海。"夫子的意思是，大道（我的主张）无法推行于天下，咱就坐个小船去到那遥远的海上——那是怎样的一种决绝？怎样的一种失望呢？东坡大约也是借此表明自己的心志，不妥协不投降，即便真的无路可走。

有一点他与夫子不同，夫子出海还打算带上子路，东坡却似乎没打算带上任何人——这可能是更深的一种决绝。

这是掩藏在那个乐天知命、热爱生活的苏轼背后的另一面，也大概是他未能完全与命运达成和解的一个例证。

近代知名学者俞陛云评点此词："写江上夜归情景，忽欲扁舟入海，此老胸次，时有绝尘霞举之思。"

东坡那种宏大的寂寞，我们一般人真的难以产生同理心，他也便更加寂寞了。

本是酒后的一首词作，不想引发了连锁反应，盖因东坡每有所作，立马为人传诵，遂有人曲解造谣，说东坡写完此词的当晚,便驾一叶扁舟远去,不知所向。

这谣言先是传到黄州太守徐大受的耳朵里,犯官逃遁,非同小可,徐氏为一州长官,对犯官有监管之责,倘若苏轼就此不见,上边一定会追责到他身上来。徐大受听闻消息,赶紧往苏家探测实情。哪料进门一瞧,东坡先生鼾声如雷,睡得正香,不禁拊掌大笑。

其三,写于徐州时的《月夜与客饮杏花下》:

> 杏花飞帘散馀春,明月入户寻幽人。
> 褰衣步月踏花影,炯如流水涵青蘋。
> 花间置酒清香发,争挽长条落香雪。
> 山城酒薄不堪饮,劝君且吸杯中月。
> 洞箫声断月明中,惟忧月落酒杯空。
> 明朝卷地春风恶,但见绿叶栖残红。

东坡的好诗词太多,这首不闻于世,算是被湮没的佳作。当时苏轼在徐州任太守,元丰二年(1079年)的某个春日月夜,与王适、王迥兄弟,于一棵开满繁花的杏树底下,置办酒宴,接待远道而来的四川老乡张师厚,如此良夜,王氏兄弟吹洞箫助兴,作者亦兴致高昂,与客人频频举杯。

东坡酒后诗词,一般皆情感浓郁之作,这首诗却写得清丽简洁，叫人耳目一新。吃多了大鱼大肉，换碟青菜转换口味便会有惊喜之感。"杏花飞帘散余春，明月入户寻幽人"，一个"散"字，一个"寻"字，让整首诗一下子活了起来：杏花和明月是静物，前者去"散"，后者来"寻"，杏花和明月立马拥有了人格，活泼泼地在人间搞起事情来！按一般道理而言，花开花落，月升月沉，本是自然现象，苏轼却借助"散"和"寻"，与花与月有了互动，人与物之间在情感上便获得了共情。

特别是这轮明月，完全不像其他诗人笔下的月亮——大多数的月亮诗，月亮不过是客体，是陪衬，是为描摹心情服务的，少有诗家词家将月亮人格化。这首诗里的月亮，大约是受李白"举杯邀明月"之启发，然后又做了一次大胆的创新：李白诗中，明月是客，李白是主，苏轼的明月却反客为主，主动来晤作者了。（换个角度想就是，好诗已被唐人写尽，宋人想要有所超越或不落窠臼，必得想着法儿实现创新。）

东坡并未客气，愉快地接受明月的邀约，仿若与它是多年老友。"褰衣步月踏花影，炯如流水涵青蘋"，揽衣举足，踱步于花影月光之中，月光皎洁，宛如流水，花影婆娑，像粼粼波光下的青蘋。本来是沉静平稳的月夜，经作者妙手，竟赋予它某种特别的动感：人随月动，月亦如流水在动，月影如青蘋摇曳。诗人知月惜花，与景色融为一体。

只有欣赏和感慨,显然是不够的,不足以表达作者对美好春天的无限向往,以及对它之短暂所流露的惋惜之情。他需要制造一场互动,以求更深更广地进入春天的身体乃至灵魂当中。如何互动——那便是"花间置酒清香发,争挽长条落香雪"。花间置酒,花香与酒香交融,空气里全是香气;争挽长条,轻摇树枝,杏花纷纷落下,如同制造了一场春日雪景。让这春天来得更丰盛些,更热烈些,让我们与它更亲密一些。

只有以上六句,便可称一首好诗,一首极佳的春日诗——可以就此打住,再写下去,搞不好很容易画蛇添足。

但苏大人哪里肯停,他总要抒发一下情绪的——这是苏氏创作的一大特点。赵翼在《瓯北诗话》里说:"以文为诗,自昌黎始,至东坡益大放厥词,别开生面,成一代之大观。"所谓以文为诗,便是突破诗的文体限制和内容限制,将散文创作的方法、章法引入诗歌创作中;忽视平仄、音韵等声律;将议论带入诗歌,抒发更多情绪和见解。

之后四句,是作者情绪的呈现,"山城酒薄不堪饮,劝君且吸杯中月",各位,山城之酒,确非好酒,这又如何?咱有这大好月光,这无穷无尽的月光,可以弥补酒味之薄。来,吸一口这杯中月,以月代酒,依然香气四溢!——这是我们所熟悉的东坡豪气。哪知,接下来作者笔锋猛一转,却道出"洞箫声断月明中,惟忧月落酒杯空",悠扬空灵的洞箫声停止,"且吸杯中月"的作者忍不住担忧起来了:月亮很快就要落下去,连这月光也吸不到了,只留下空荡荡的酒杯——情绪在这里有了一个明显的转折——豪气在胸中激荡未尽,却猛不丁变成了伤感和寂寞。

作者的思绪借此又延宕开去,接着忧虑起明天来:"明朝卷地春风恶,但见绿叶栖残红。"如果明天刮一场春风,这满树的杏花可能也要全落了,枝头上只剩下绿叶和几点残红。我的天,春天就这么过去了,美好的景色如此短暂,让我如何不惆怅?

沿着作者的忧虑,从今晚的月光,到美景的短暂,读者不难猜出他在诗之外的感慨:人生又何尝不短暂?岁月又何尝不短暂?

到最后一句时,惆怅的情绪浓郁得有点化不开。幸好,作者及时打住,没再过多地渲染这种情绪,留了一大片的白,给读者以思考空间。

其四,未确定写于何时的《西江月》:

> 世事一场大梦,人生几度秋凉?夜来风叶已鸣廊。看取眉头鬓上。　　酒贱常愁客少,月明多被云妨。中秋谁与共孤光。把盏凄然北望。

这首词无难点，也易理解。从"中秋谁与共孤光"看，这首词无疑是写于某年的中秋节。但写于何地，历来争论颇多，有人说是杭州，有人说是黄州，也有人说是儋州。

这首词的主题是什么？也有争论，有人说是东坡想要建功立业，等待朝廷征用，故而"把盏凄然北望"；有人说是抒发兄弟之情，中秋佳节，仍然与弟弟一南一北分隔异地，因此"把盏凄然北望"。

东坡一喝酒，本就容易感慨，遇上中秋节，这感慨就越发严重了。中秋是一个刻度，时间的刻度，代表着时光的流逝。在他四十岁之后，我们能从他的作品中，感受到他内在的紧迫和急切，这首词尤其如此。

东坡先生的紧迫和急切是多面向的：一则是人生已过大半，心理上的压力越来越大；二则建功立业看起来仍然遥遥无期，不免难过悲伤；三则自己虽好热闹，却不免常陷入孤独当中；四则在出世与入世之间摇摆，彷徨不知去向何方。

仔细品读这首词，就会发现，其主题不是单纯的建功立业或是思念亲朋好友，它是作者综合情绪的一种反应，上面提到的这几个面向皆在这首词中。

东坡以豪放著称，但写起这种抒发内心痛苦的作品，仍然是一流高手。上阕从大处入手，"世事一场大梦，人生几度秋凉",起笔阔大,先声夺人,紧接着却笔锋一转,直接写起近景来,"夜来风叶已鸣廊",简直是个绝佳的特写镜头,风吹树叶,簌簌作响,声音穿过长廊,镜头由自然之景转向人物主体,"看取眉头鬓上",眉头鬓上是什么呢?——岁月留下的皱纹和白发。未有一字半句展示作者的心理活动,但他心中所思所想哪有半点可以掩饰。

下阕写孤独和不得志,"酒贱常愁客少"是孤独,"月明多被云妨"是不得志,"中秋谁与共孤光"又回到孤独,但这几句连起来看,作者话中有话,"客少"也可以理解为同道中人甚少,"云妨"可以理解为当时的政治环境,在当时那种环境之下,竟然难找到几个可以一起有所作为的朋友。即便如此,作者亦留下最后的希望,因而"把盏凄然北望",北望什么呢?这里也可以理解为望的对象是"朝廷"——仍然寄希望于一个重新被起用的机会,虽然这机会特别渺茫。

这"凄然"实在是太过"凄然"了。

二

东坡先生有一个能力,那就是在极为低落的情绪之下,他总能换个角度去思考和感受人生——换了角度,他便总能焕发出生命的另一面:生机勃勃的一面,充满希望的一面,快乐幸福的一面。

酒之于他,是倾吐情绪的工具和通道。但酒之于他,还有另一个功用:疗伤。比如他造酒酿酒的时候,便一扫阴郁难过之气,重新变得欢乐起来。

苏轼酿酒始于何时,难追究竟,但酿酒的爱好一直持续到晚年,则是不争的事实。不过,好饮酒、好酿酒并不等于善酿酒,看过不少文章,言之凿凿称苏轼是酿酒专家,那些作者八成被一些表象给骗了:一来他总是讲得头头是道,二来还著有《东坡酒经》这种看起来相当专业的文章。

酿酒对他而言,顶多算个业余爱好,而远非专业。他喜欢的事情太多,一个人毕竟精力有限,将这有限的精力投入太多喜欢的事情当中,便没办法用功太深且走得太远。作家格拉德威尔的"一万小时定律"指出,"一万小时的锤炼是任何人从平凡成为大师的必要条件",苏先生拿不出一万小时来,自然没机会成为酿酒大师。

苏轼贬谪黄州后,"州酿既少,官酤又恶而贵",市面上的酒,难喝不说,且价格昂贵,他这个酒量不好但嗜酒的人,于此两难之际,便迫不得已要自己酿造了。

《岐亭五首其四》里可以看出东坡酿酒之缘由:

酸酒如齑汤,甜酒如蜜汁。
三年黄州城,饮酒但饮湿。
我如更拣择,一醉岂易得。
几思压茅柴,禁网日夜急。
西邻椎瓮盎,醉倒猪与鸭。
君家大如掌,破屋无遮幂。
何从得此酒,冷面妒君赤。
定应好事人,千石供李白。
为君三日醉,蓬发不暇帻。
夜深欲踰垣,卧想春瓮泣。
君奴亦笑我,鬅齿行秃缺。
三年已四至,岁岁遭恶客。
人生几两屐,莫厌频来集。

黄州城内无好酒,这里的酸酒像咸菜汤,甜酒又甜到下不了嘴,东坡先生馋酒了,只能到黄州附近一个叫岐亭的地方,找他的好朋友陈季常解决问题,因为陈家藏了好酒。

苏某人到黄州三年了,就没品到过味道正常一点的酒。但求一醉,几乎都不可能,是可忍,孰不可忍!怎么办?只能自己酿吧。北宋时,酒由政府专卖,私人是不能酿酒的,那只好偷偷地酿了。

苏轼酿酒的方子是从杨世昌道士那儿得到的，倒也不算复杂：蜂蜜四斤，炼熟，入热汤搅成一斗，加好面曲二两，南方白酒饼仔米曲一两半，捣细，用生绢袋子盛了，与蜜水共置一器，密封，等它发酵。三五天后即可饮用。

酒成之后，苏轼颇有成就感，遂作《蜜酒歌》赞之曰：

> 真珠为浆玉为醴，六月田夫汗流沰。
> 不如春瓮自生香，蜂为耕耘花作米。
> 一日小沸鱼吐沫，二日眩转清光活。
> 三日开瓮香满城，快泻银瓶不须拨。
> 百钱一斗浓无声，甘露微浊醍醐清。
> 君不见南园采花蜂似雨，天教酿酒醉先生。
> 先生年来穷到骨，问人乞米何曾得。
> 世间万事真悠悠，蜜蜂大胜监河侯。

苦中作乐，穷中作乐，苏轼达观开朗的一面在酿酒这事上表露无遗。在黄州时真是穷得叮当响，吃饭穿衣可能都是问题，但依然没能阻挡他酿酒的热情，他不厌其烦地盯着酿酒用的大瓮，观察发酵过程中的变化，并翔实地记录下来。

至于这酒的味道，是否真像《蜜酒歌》所称道的那般香甜可口，则要打一个大大的问号。后人叶梦得的《避暑录话》记载，"苏子瞻在黄州，作蜜酒不甚佳，饮者辄暴下，蜜水腐败者尔。尝一试之，后不复作。"如叶梦得所言属实，则证明苏轼的这次酿酒其实是非常失败的行动：因为蜜水腐败变质，让喝这蜜酒的人动不动就拉肚子。苏先生终于意兴阑珊，亲自结束了酿蜜酒的行动。

他在黄州可能只做过这一次蜜酒，就再也没有下文了。

被贬惠州时，苏轼家中来客较多，酒也总是不够，尽管当地的官员朋友经常送酒给他，仍然不能满足所需，便又开始自酿，所酿之酒，比黄州时名目更多样，有罗浮春、真一酒、桂酒、万户春、紫罗衣酒，等等。

苏轼跟当地客家人学着酿了一种糯米黄酒，因色泽如玉，芬芳醇厚，入口蜜甜，便将其名之为"罗浮春"。罗浮山乃粤南名山，风景秀丽，以山名为酒名，大约取其令人陶醉之意。他似乎也颇为这种黄酒所倾倒，动辄歌而咏之。

如写给邓守安的《寄邓道士（并引）》：

> 一杯罗浮春，远饷采薇客。
> 遥知独酌罢，醉卧松下石。
> 幽人不可见，清啸闻月夕，
> 聊戏庵中人，空飞本无迹。

他热情地邀请这位道士朋友：老邓啊，有空来我这儿，一起尝尝咱酿的罗浮春啊！

如这首《寓居合江楼》：

> 海上葱昽气佳哉，二江合处朱楼开。
> 蓬莱方丈应不远，肯为苏子浮江来。
> 江风初凉睡正美，楼上啼鸦呼我起。
> 我今身世两相违，西流白日东流水。
> 楼中老人日清新，天上岂有痴仙人。
> 三山咫尺不归去，一杯付与罗浮春。

苏某人有这罗浮春，谁还羡慕那神仙生活。

某次，他酿成桂酒，请长子苏迈和三子苏过品尝，结果两个儿子只喝了一口就停下来，明明是桂酒，喝起来却像屠苏酒，显然是品质不过关。

从苏轼酿蜜酒和桂酒的经历来看，他酿的酒似乎大多并不见佳，但他关于酒的研究和理论，远远超出一般酒徒，比如他这段关于南酒与北酒的论证，就颇有见地：

> 北方之稻不足于阴，南方之麦不足于阳，故南方无嘉酒

者,以曲麦杂阴气也,又况南海无麦而用米作曲耶?吾尝在京师,载麦百斛至钱塘以踏曲,是岁官酒比京酝。而北方造酒皆用南米,故当有善酒。吾昔在高密,用土米作酒,皆无味。今在海南,取舶上面作曲,则酒亦绝佳。以此知其验也。

意思是说,酿酒这件事,原材料很重要,"北方之稻"和"南方之麦"都不是好的原材料,前者在生长时"不足于阴",后者则"不足于阳",怎么解决这个问题呢?那就是用北方的麦和南方的稻来酿酒——这可是苏某人亲身实践得出来的结论。

即便不算酿酒专家,苏先生也算个行家了。

世间那些美好的女子啊

苏轼与女性，是值得一说的话题。

他的诗词，涉及女性的颇不少。这些诗词中，有赞美，有同情，有尊重，有寄语，也有嬉戏。

苏轼个性中有个鲜明的特点，"性不昵妇人"——不喜欢和女人腻歪，连自己的老婆也不例外。但凡有空，就去找朋友喝酒、聊天、旅游、散步、饮茶、赏景，很少陷在卿卿我我、儿女情长当中消磨时光。

——这是苏轼和柳永之区别，柳永一写词无外乎情啊爱啊痛苦啊难过啊，而苏轼只将爱情作为人生的点缀，他笔下的爱情，多数写得活泼可喜、娇艳明媚、阳光敞亮。

当然，"不昵"不等于"不爱"，苏轼同两任妻子及朝云之间的感情，是深厚的、相得的、融洽的，她们也懂他，了解他的脾气和秉性，放任他，随他，惯他，由着他。

苏轼终其一生，在声色方面表现得相当克制。究其原因，应该是天性使然，他为人豪爽直接，做事缺乏耐性，喜欢直截了当，而大多女性温柔纤弱，喜欢沉湎于感情，享受那绵绵长长的厮守，性情如他，哪里肯投入那么多时间和精力与女子缠绵个没完？

他与妓女们交往，也仅限于交往，少行腻歪之事，他欣赏妓女的美貌、才情，同情她们的遭遇，与她们谈笑风生，也把她们当成知音。必要的时候，还会帮助她们。

"性不昵妇人"的原因，大约还有另一个理由：养生。

苏轼参佛修道，深谙养生之术，他将男女之事定为"伐性之斧"、危害身心之事，所以较能把持住生理欲望。

他对同朝士大夫在女色方面的放浪和迷恋特别不以为然，曾感叹，就他所经历的三朝人物中，不具声色的"完人"，不曾有一也。对于沉溺于声色的朋友，他不厌其烦地劝说，让他们远离美色，也不管人家听不听得进去。

远离声色，但不等于弃绝声色，也不等于不欣赏美好的女子。他似乎掌握了两性之间最合理的那个尺度，参与其中但绝不沉溺，嬉笑谈心却不至于动情——他与女子之间保持着恰当的距离，既不离得太近，也不离得太远。

一

东坡对女子向来是不吝赞美的。

他赞美的，不只是她们的皮相，还有她们的青春、她们的气质、她们的生活态度、她们的勇敢和决绝的勇气。

其一，《蝶恋花》：

> 花褪残红青杏小。燕子飞时，绿水人家绕。枝上柳绵吹又少。天涯何处无芳草。　　墙里秋千墙外道。墙外行人，墙里佳人笑。笑渐不闻声渐悄。多情却被无情恼。

历代注家多指此词为伤春之作，我大不以为然，作者流露出伤春情绪，但并非此词之重点，我以为重点乃是"凡美好的，皆甚短暂"。此词中的情绪除了淡淡的伤感，还有对于春天的欢喜和留恋，对于佳人的欣赏和向往。

"花褪残红"不过是写实，点明时间为"暮春"而已。燕子飞，绿水绕，连那惹人讨厌的柳绵在作者笔下都带着活泼的动感，芳草萋萋更是令人向往。上片既是写风景，又是写春日之短：柳绵都将吹尽，春天即将结束。但那又怎样呢？芳草已长遍天涯。"天涯何处无芳草"句,自带一份潇洒。

说完风景,佳人出场:墙外行人,墙里佳人笑。想必佳人的笑声是发自内心的,音量也够大——那是自然且不做作的笑声,是少女天性的自由舒展,因而飞出墙外,让路过的词人听到,被这青春的欢笑牢牢地吸引。这一道讨厌的墙,虽阻了作者的视线,却是作者想象的开始,他由着这笑声浮想联翩:想象她的年纪、她的相貌、她的举止……只可惜少女离去,笑声渐停,美好的想象失去了载体,又禁不住怅然若失,"多情的我"无端端地被"无情的她"给牵绊住了——说起来,还不是青春过于美好。佳人的笑声,勾出了作者诸多思绪,即便这"笑声",竟然也不能持久,竟然也渐渐消失在墙内,想沉浸其中而不能——美好如此短暂,这还不够"恼"人吗?读完下片,再回过头去看上片——便知道作者对于暮春亦有一样复杂的思绪。这"恼"当是"恼定了的"!春日风景,佳人笑声,都是短暂又美好的存在——任你怎样都是留不住的。

这词婉约,竟有着李清照一般细腻的情绪。作者为"情"所系,却又带着几分中年男人独有的魅力——经历风霜,又保持着一颗赤子之心,对于美好仍然不忘欣赏——这鸟语花香的春天,这"偶遇"的佳人,便是人间之美好象征。

——就这样,这位不曾露面的佳人,这个荡着秋千笑声朗朗的女子,成为中国文学史上的一个经典意象。

这首词还有个后续故事,补记于此,有助于我们对它的理解。

《词林纪事》卷五引《林下词谈》云:"子瞻在惠州,与朝云闲坐。时青女初至(指秋霜初降),落木萧萧,凄然有悲秋之意。命朝云把大白①,唱'花褪残红'。朝云歌喉将啭,泪满衣襟。子瞻诘其故,答曰:'奴所不能歌,是"枝上柳绵吹又少,天涯何处无芳草"也'。子瞻翻然大笑曰:'是吾正悲秋,而汝又伤春矣。'遂罢。朝云不久抱病而亡。子瞻终生不复听此词。"

朝云为何泪满衣襟?

我们倒可以猜猜吧:或许是她对于自己的生命终点有了某种预感,或许她悟到了这首词里掩藏的伤感及对于美好的短暂之叹,或许她想到了自己的身世,又或许感念于苏大人迁转流离的命运。

其二,《定风波》:

> 常羡人间琢玉郎。天应乞与点酥娘。尽道清歌传皓齿。风

---

① 大白,即酒杯。汉刘向《说苑》:"魏文侯与大夫饮酒,使公乘不仁为觞政,曰:'饮不釂者,浮以大白。'"宋张元干《贺新郎》词:"举大白,听金缕。"

起。雪飞炎海变清凉。　　万里归来颜愈少。微笑。笑时犹带岭梅香。试问岭南应不好。却道。此心安处是吾乡。

这首词是赞美柔奴的，亦是东坡名作之一。"此心安处是吾乡"流传千年不衰，将一个奇女子的人格和情操表达得淋漓尽致——柔奴身为柔弱女性，非但不以苦为苦，苦中反而有乐；她能做到随遇而安，却又不仅仅局限于随遇而安，而是内心获得了无限自由——这一点值得认真体味，能做到随遇而安的人并不鲜见，但获得内心自由的人却稀少珍贵，唯有内心的自由才是真正的自由和最大的自由——内心自由的人，看淡了苦难、伤痛、挫败，看淡了成功、富贵、名利，以宽广的胸怀拥抱人生。体会不到这一层，便体会不到这首词的好。

这种自由——连一向潇洒的东坡也艳羡不已。

柔奴本是大户人家之女，世居洛阳，后家道中落沦为歌女，便入了王定国府上做了侍儿，侍儿即为侍妾，亦可称家妓，王朝云在苏家担任的即为此一角色。柔奴复姓宇文，全名应该是宇文柔奴。

王定国即王巩，大名府莘县（今山东省聊城市莘县）人氏，亦是名门之后，爷爷王旦曾为宰相，父亲王素做过谏官，王巩是苏轼的老朋友，个性强健，比苏轼有过之，"跌宕傲世,好臧否人物,其口可畏,以是颇不容于人,每除官,辄为言者所论,故终不显"①,性格直爽,口无遮拦——这也太合东坡的脾气了,两人为好友一点都不令人吃惊。

待到乌台诗案,苏轼不只自己受责,也牵连了一众好友,王巩即为其中之一,他所受责罚乃是被牵连的二十九人中最重的,谪官监宾州(今广西宾阳)酒盐税,所受处分居然超过苏轼这个主犯。在宋代,宾州属广南烟瘴之地,气候迫人,生活恶劣,如若身体不佳,有可能死在那里——这宾州与东坡后来被贬的海南大约相差无几。自己被贬倒还罢了,牵连到朋友,着实让他心有不忍,是怀着一肚子内疚和抱歉的。因为害怕王巩埋怨,东坡连写信给王巩的勇气都没有。他一直担心王巩这个官三代自小娇生惯养,怕是吃不了远谪南荒的苦头。元丰六年(1083年),王巩内迁,回到京师,苏轼心理上的负担才稍稍减轻。

王巩南迁时,柔奴不离不弃,一直陪侍左右。若不是有柔奴细心照顾,王巩能否回到中原也未可知。

东坡某日与王巩会饮,柔奴负责侑酒,与东坡有一番谈话,东坡叹其善应对。

东坡问柔奴:"广南风土应是不好?"

---

① 清陆心源《宋史翼》卷二六《王巩传》。

柔奴对："此心安处，便是吾乡。"

"此心安处是吾乡"，是为本词"词眼"。看眼前这位柔奴，经历过岭南的磨难之后，仍然能够从容谈笑，神态自若，果然人间奇女子也。东坡大为感动，挥笔而有《定风波》。

此词上片极力赞美柔奴容貌之美、才华之佳及对爱情之坚贞。首句"常羡人间琢玉郎"之"琢玉郎"，既指外貌如玉，也指"多情种子"，是为引柔奴出场，意思是说：我那个姿容如玉的哥们儿王定国，比从前更为精神，这里面一定有原因——便是有"点酥娘"陪伴身边，有柔奴的照顾和料理。"点酥娘"既是表明柔奴皮肤如凝酥之滑腻，又可指其聪明，才华过人。"清歌传皓齿"既是夸柔奴一口洁白牙齿，然则更侧重于赞其技能——唱得一口好歌，如杜甫诗句"佳人绝代歌，独立发皓齿"。有柔奴的歌声陪在王巩身边，南国即便炎热的天气也会让他觉得清凉无边。"雪飞炎海变清凉"是融合了通感和夸张两种修辞手法的诗句，将艺术的感染力表达到无以复加之境界。横放杰出的词人，突破想象力的极限，造成一种奇异而令人叹服的艺术效果。忧郁的人，烦恼的人，消沉的人，失意的人，却因这句陡然一转，成为旷达的人、乐观的人、明媚的人、超然的人。

下片则侧重于生活态度的描述：柔奴与王巩宾州三载，日子想必过得很苦，磨难想必经历许多，但她看起来却比以前更为年轻了。她脸上一直带着笑容,那洋溢在脸上的微笑,是发自内心的,那笑容仿佛还带着岭梅的香气。"岭"即是大庾岭,岭之南即为岭南,岭南在古代不只是地理的分界线,还是风土气候和生存条件的分界线。"我"问柔奴,岭南的日子很难过吧?哪知她的答案却出乎"我"的意料:此心安处,便是故乡。

柔奴的从容、自得、乐观,都是从骨子里生发出来的。难怪一向乐观的词人也受了感染,获了灵感,写下这佳作。

其三,《永遇乐·彭城夜宿燕子楼》:

> 明月如霜,好风如水,清景无限。曲港跳鱼,圆荷泻露,寂寞无人见。紞如三鼓,铿然一叶,黯黯梦云惊断。夜茫茫,重寻无处,觉来小园行遍。　　天涯倦客,山中归路,望断故园心眼。燕子楼空,佳人何在,空锁楼中燕。古今如梦,何曾梦觉,但有旧欢新怨。异时对,黄楼夜景,为余浩叹。

词前有序云:"彭城夜宿燕子楼,梦盼盼,因作此词。"词中盼盼,即唐代美人关盼盼。关氏为唐朝名妓,徐州守将张愔宠妾,色艺双绝,两人恩爱。白居易曾在张家参与其家宴,得见盼盼,目睹其风姿绰约,写诗赞之。

张愔去世后,府中侍妾尽数散去,唯盼盼誓不再嫁,仍居徐州张氏旧第内燕子楼,矢志守节。白居易听闻关盼盼如此专情,十分感动和同情,又作诗诵之。后来,却不知道诗人又听闻了什么消息,或者脑子里的哪根弦出了问题,又作一首《感故张仆射诸妓》:

> 黄金不惜买蛾眉,拣得如花四五枝。
> 歌舞教成心力尽,一朝身去不相随。

虽没有直接提关盼盼的名字,但明眼人却能看出来,这诗一改此前对关氏之赞扬和同情,予以讥讽和嘲笑。关盼盼看了此诗,自觉委屈,遂答诗一首以明其志:

> 自守空房恨敛眉,形同春后牡丹枝。
> 舍人不会人深意,讶道泉台不去随?

之后,关盼盼绝食而亡。我们纵然不能说是白居易逼死了关盼盼,但白居易的这首诗对她打击之大,还是显而易见的。[1]

苏轼此词,不是写给关盼盼的,不过是借盼盼之典咏个

---

[1] "白居易逼死关盼盼"最早见于南宋计有功的《唐诗纪事》,这一说法未必可信。

人际遇，吐露内心的真实想法。东坡创作诗词文章，善用典故，而且不拘一格，但凡可以拿来用的，经常随手用之，此词引盼盼旧典，来突出自己内心的寂寞和不被理解，着实委婉，不考虑这一层，很难明白他用此典之含义。

但他对关盼盼的同情和褒扬，也是不难看出来的。

上片写"清景无限"，秋日夜色美不胜收：一边是"明月如霜，好风如水"，一边是"曲港跳鱼，圆荷泻露"，景皆为美景，但"寂寞无人见"，明里写寂寞，暗里映衬的却是作者孤独无着的心绪。"紞如三鼓，铿然一叶"，三更鼓响，鼓声响彻夜空，一片树叶坠地，惊扰了作者的清梦，将孤独引向更深的境地。被惊醒的词人，于茫茫黑夜里，想再重新温习刚才的美梦，行遍小园，却再也无法寻得见——孤独的心态被渲染到无以复加，几乎难以承受了。

顾随先生解读上片，甚有见地："坡仙写景，真是高手，后来几乎无人能及。即如此词之'明月'八字、'曲港'八字、'紞如'十四字，写来如不费力，真乃情景兼到，句意两得。但细按下去，亦自有浅深层次，非复随手堆砌。"

下片笔锋一转，写的却是"现实与梦境"，现实一，则是指作者所深陷的困境：天涯倦客，山中归路，望断故园心眼。"我"这个漂泊异乡的游子，只能看着那山中归路，遥想千里之外的家乡，苦苦思念。现实二，则是指如今的燕子楼空空荡荡，当年的关盼盼早已不知去向，楼上只有一对呢喃的燕子；梦境则指那苦苦追寻的泡影，万事转头成空，我真的做过那场梦吗？若干年后，若有后人对着这黄楼夜景，不免会为我深深长叹吧？

——"为余浩叹"之叹，其实也是东坡自叹：哎，这就是人生，不可能圆满的人生。

由以上解读，我们可以看出，作者梦关盼盼，实则自喻，借此抒发肉身的寂寞、孤独、不自由。唯有借助梦境，才可以短暂地脱离现实，但梦醒之后，却是更深的寂寞和孤独无依。

《永遇乐》里还隐藏着另一层故事：苏轼有个叫马盼盼的红颜知己，他写此词亦有可能是借关氏之酒，浇自己胸中块垒，表达对马盼盼之同情。

马盼盼是徐州官妓，与苏轼来往密切。苏轼在徐州时，带领官民抗洪成功，建黄楼以纪念和庆祝，亲弟苏辙撰《黄楼赋》寄来，他便想自书此赋刻石。苏轼书写碑文时，马盼盼在侧，她聪明伶俐，亦是苏轼喜欢的一个姑娘，她平常学苏轼写字，颇得其气韵一二。苏轼写至中间，有事离开，马盼盼一时性起，挥笔代苏轼写了"山川开合"四字，苏轼回来看到，不仅未发火，且哈哈大笑，略为润色，据说后来流传的《黄楼赋》碑帖中的"山川开合"四字即为马盼盼所书。

马盼盼后来怎么样，有无从良，无人知晓，好在贺铸写过一首《和彭城王生悼歌人盼盼》，简短地交代了一下马氏的下落。

> 东园花下记相逢，倩盼偷回一笑浓。
> 书麓尚缄香豆蔻，镜奁初失玉芙蓉。
> 歌阑燕子楼前月，魂断凤凰原上钟。
> 寄语虞卿谩多赋，九泉无路达鱼封。

诗注云："盼盼马氏，善书染。死葬南台，即凤凰原也。生赋诗十篇，因和其一，甲子四月望。"

二

苏轼身为朝廷命官，与妓女接触频繁。这里的妓女，指的是官妓，说到这儿，需要先简单了解一下北宋时代的妓女制度。

彼时妓女，大概分为三种。一种是官妓，一种是市妓，一种是家妓。另有一种妓女比较特殊，是军营中的妓女，称营妓,就其身份而言,营妓亦属于官妓之一种,她们皆有特定的服务对象,那就是官员。

官妓是指隶身乐籍由官府管理的妓女。官妓在中央政府隶属于教坊司管理,在地方官府则隶属于妓乐司管理。她们最主要的工作,是在宴会、节庆以及官员聚会中表演歌舞、陪酒。

苏轼日常生活中接触的一般是官妓。一般官妓在场,多为宴会、娱乐之时,因此,他写妓女的诗词,则多以欢乐和嬉戏的内容居多。

有一首不甚有名的《乌夜啼·寄远》,却是我喜欢的词作:

> 莫怪归心甚速,西湖自有蛾眉。
> 若见故人须细说,白发倍当时。
> 小郑非常强记,二南依旧能诗。
> 更有鲈鱼堪切脍,儿辈莫教知。

这首词非常通俗易懂,具体解读可参看本书《那个叫老的人》。这词里提到的"小郑"和"二南",即为杭州城里有名的两位官妓。

小郑是谁,并无定论,龙榆生的《东坡乐府笺》云:"郑祖述仕齐,与父皆为兖州刺史。歌曰:'大郑公,小郑公,相去五十载,风教犹尚同。'"龙先生的意思是,这词中"小郑"是指郑祖述。细细揣摩,若将小郑指为郑祖述,怕是不妥,理由有两条:一则这里的小郑和二南对应,郑祖述和二南并无相似或相反之特点,这个对应不成立;二则此词是作者表达其急于回到杭州之迫切心情,小郑和二南应是作者老熟人,郑祖述和东坡非同时代人,此时思念他作甚?这里的小郑,极有可能指杭州名妓郑容,东坡与郑容的故事,后文还将提及。

二南,即杭州另一名妓周韶。周韶擅诗,亦是苏轼第一次仕杭州时的顶头上司陈襄所钟爱之官妓。苏轼的友人赵令畤所作的《侯鲭录》卷七载,"东坡一帖云:杭州营籍周韶,多蓄奇茗。尝与君谟斗,胜之。韶又知作诗。子容过杭,述古饮之。韶泣求落籍,子容曰可作一绝,韶援笔立成。韶时有服,衣白,一座嗟叹,遂落籍"。周韶不仅才华过人,还是茶的收藏家,曾与著名书法家、茶界第一达人蔡襄斗茶,完胜而归。蔡襄不仅官做得大,且是茶界不可多得的奇才,其独创的小龙团,是专供皇室饮用的上品。

苏颂后来路过杭州,陈襄摆酒接风,席间周韶要求落籍从良,苏颂令周韶作诗,周氏一挥而就。众人读周韶诗,又看着身穿白衣楚楚可怜的她,皆叹惜,因而落籍。纵陈襄心有不舍,也终于遂了大家的愿。顺便一提,周韶这名字起得好,韶乐是舜时期的音乐,代表着正统和雅乐,是孔夫子眼中的至高至雅之乐，周韶本身又在乐籍，她的号为"二南"，二南指诗经中的《周南》和《召南》，是周朝的礼乐文化之正统，"子在齐闻《韶》，三月不知肉味"，苏轼称"二南依旧能诗"，可谓是人如其名。

即便声色场合中，苏轼依然可以保持真性情，他从不因妓女地位低贱而轻视她们，也常常忽略她们的身份，和她们一起欢笑，一起饮酒，一起感受生命的浮华与轻曼。

南宋杨万里的《诚斋诗话》载：东坡谈笑善谑，过润州，太守高会以飨之。饮散，诸妓歌鲁直《茶词》云："惟有一杯春草，解留连佳客。"坡正色曰："却留我吃草！"诸妓立东坡后凭东坡胡床者，大笑绝倒，胡床遂折，东坡堕地，宾主一笑而散。

他也经常写诗词赠送给那些女孩，这些诗词是他与妓女交往的最佳写照。

如这首《戏赠》：

> 惆怅沙河十里春，一番花老一番新。
> 小桥依旧斜阳里，不见楼中垂手人。

不过萍水相逢的女子，或许仅有短暂交往，或许仅交谈过寥寥几句，他竟也能写出初次失恋般的滋味。若那姑娘亲自读过这诗，想必早已泪眼婆娑，不能自抑。题为"戏赠"，却也有真情流露。

如这首《赠别》：

> 青鸟衔巾久欲飞，黄莺别主更悲啼。
> 殷勤莫忘分携处，湖水东边凤岭西。

一个女孩因种种原因，要离开此地，去往别处，豪爽潇洒的诗人却因此陷入低沉的情绪当中。他只想告诉女孩：别忘了当初一起欢度美好时光的地方。潇洒的诗人在分别这一刻难抑真情，否则诗中为何有一份长长的惆怅留在那里？

如这首《成伯席上赠所出妓川人杨姐》：

> 坐来真个好相宜，深注唇儿浅画眉。
> 须信杨家佳丽种，洛川自有浴妃池。

这位杨姐的身份应该是官妓，"成伯"指赵成伯，是苏轼知密州时的同僚。杨姐获得了自由身，席上苏轼赠杨姐这首诗，一扫大多赠作所流露出的惆怅情绪，而赞美起她的容貌来：你长得真是好看，唇色画得深，眉毛画得浅，相得益彰，将你的美完全表现了出来。我相信你们杨家的姑娘都有这种漂亮基因,在你的家乡洛川,应该也有和杨贵妃一样的浴池吧?此处洛川非陕北洛川,而是指河南洛河。

想来,苏轼可能和这位杨姐不熟,无离愁可抒;或者,他不想让气氛太过伤感,分别时刻,大家仍要开心;又或者,酒到酣时,直抒胸臆而已。不过请记住,夸一个女孩子漂亮算是基本的社交礼仪。

苏轼与妓女之交往,偶有伤感和落寞时候,更多是欢乐时刻,他生性诙谐幽默,爱开玩笑,有他在,欢乐就不会缺席。

苏轼离开黄州时,州府设盛大欢送会为其饯行,依照惯例,要招官妓陪酒。酒酣耳热之际,不少女孩子跑来向他求诗,苏轼兴致高昂,有求必应。

其中一个官妓唤作李琪,因胆小之故,竟不敢靠近这闻名天下的大诗人,眼看就要错过最后的机会,只得鼓足勇气,从身上取下一条白绢领巾,到苏轼跟前向他求取墨宝。

苏轼瞧了姑娘半天,提笔在白绢上写下两行诗句:

东坡五载黄州住,何事无言赠李琪?

写完前面这两句,苏轼便把笔丢在旁边,同其他人喝酒聊天去了。同席的人都觉奇怪,以苏轼之才,信手拈来,何以只有前两句,却没写出后面的内容?

李琪亦很着急,却不敢催问,眼看着他人与苏轼谈笑。直到宴席将尽,李琪实在忍不住了,只得再次鼓足勇气,跑到诗人跟前请他续后两句。

苏轼哈哈大笑,挥笔续上:

> 恰似西川杜工部,海棠虽好不题诗。

得到这补足的两句,李琪开心不已,在场宾客亦纷纷向她祝贺,都说东坡赠妓之作,以李琪所得褒扬为甚。

三

苏轼还有一点令人敬佩:他同情妓女的遭遇,经常设法找机会帮助她们。

妓女们地位低微,一旦入了乐籍,除非容貌衰老,想要脱籍须得有特别的理由。官妓们离开本业,必得经官府脱籍确认。从苏轼助几位妓女脱籍的故事,也可看出他身上那种与生俱来的同情之心,以及乐于助人的一面。

杭州有三个颇负诗名的妓女周韶、胡楚、龙靓,其中又以周氏色艺最佳。

苏轼在杭州通判任上,太守陈襄出差,由他代理太守之职,周氏以嫁人的理由向苏大人请求脱籍,苏轼知其是陈襄最宠幸的官妓,因而提笔判道:"慕周南之化,此意诚可嘉;空冀北之群,所请宜不允。"这判词里,苏轼分别使用了《诗经》和韩愈诗中的典故,大意是说,你想结婚的心意是真诚的,我也有帮你脱籍的想法,但如果这里没有你,官员们的精神生活靠谁来支撑?所以我不能允你。陈襄是苏轼的顶头上司,即便他有想放走周氏的心,怕也不敢私自做主。

之后,苏颂来杭,陈襄设宴,周韶陪酒,席间她托这位贵宾向陈太守说情,苏颂指着屋檐上的白鹦鹉说,试着作首诗看看。她略一思索,便已成诗:

陇上巢空岁月惊,忍看回首自梳翎。
开笼若放雪衣女,长念观音般若经。

周韶以"雪衣女"自称,是因为她当天穿着一袭白色素色,楚楚可怜,再加上诗情真切,不仅苏颂被打动了,陈襄亦被打动了,遂准了她的要求。待周韶走后,陈襄又后悔不已。直到第二年,他还在与苏轼的和诗里怀念这位才艺双绝的女子。

另两位妓女胡楚、龙靓闻姐妹脱籍,分别写诗赠予周韶。胡诗曰:

> 淡妆轻素鹤翎红,移入朱栏便不同。
> 应笑西园旧桃李,强匀颜色待东风。

龙诗云:

> 桃花流水本无尘,一落人间几度春。
> 解佩暂酬交甫意,濯缨还作武陵人。

只是不知胡、龙二位是否也与周韶一样,幸运地脱了籍。我查了许多资料,未见有后续故事。

宋人陈善的《扪虱新话》中讲过一个故事:苏轼路过京口(今江苏镇江),官妓郑容、高莹二人负责接待,把他伺候得非常开心。

二人趁机向苏轼提出帮忙脱籍。他嘴上倒是应了,但一直不好开口,毕竟自己只是客人。到分别时,郑、高二人再次恳求帮忙。苏东坡细想之下,作词一首递给二人:"拿我的词去见太守,他肯定知道什么意思。"

词为《减字木兰花》:

> 郑庄好客，容我尊前先堕帻。落笔生风，籍籍声名不负公。
> 高山白早，莹骨冰肤那解老。从此南徐，良夜清风月满湖。

苏轼写的是首藏头词，每句开头第一个字连起来是"郑容落籍、高莹从良"。

但他帮助九尾野狐脱籍，似乎并不是从同情出发的。

还是苏轼代理太守时，有一官妓，曰"九尾野狐"，妖艳媚惑，她上状要求出籍，苏轼迅速决断："五日京兆，判状不难；九尾野狐，从良任便。"

他大概不喜欢这位媚惑女子，才准她"来去自由，从良任便"——眼不见心不烦耳。

苏轼还曾为被杀害的妓女报仇申冤。

这个故事记录在明朝余永麟的《北窗琐语》中：杭州灵隐寺有个和尚了然，不守戒律，迷恋上了妓女李秀奴，时间长了，搞得身无分文，李秀奴便不愿再和他来往。可是了然深陷其中不能自拔。一次了然喝醉了酒又去找李秀奴，李秀奴不理他，了然大怒，就将她打死了。

人们将了然捉到官府，正好碰上苏轼审案。勘验时，苏轼看见了然背上刺了两行诗："但愿生同极乐国，免教今世苦相思。"

苏东坡叹了口气,也用一首词做判词:

  这个秃奴,脩行忒煞,灵山顶上空持戒,一从迷恋玉楼人,鹑衣百结浑无奈。 毒手伤人,花容粉碎,空空色色今何在?臂间刺道苦相思,这回还了相思债。

当庭判了然死刑。①

四

  中国人喜欢书写才子佳人的故事,喜欢编排桃色事件,向往风花雪月,便特别钟情于制造这类故事。添点风流韵事,来点绯闻素材,便有更多让人回味的空间。
  苏轼是最常被撮合进故事或传说中的人物之一,他与一僧一妓成为经典搭档,僧指佛印,妓指琴操。
  我来推测,琴操和苏轼的故事,基本是文人和民间的合谋,文人提供故事框架,民间提供流通渠道,意在为诗人普

---

① 这个故事的可信度比较低,它有过多个版本,如《廉明公案》把这个故事发生的年代放到了明代,与苏轼没有一点关系。

通的感情生活里增加点浪漫元素和传奇色彩，若身边女人都像苏轼夫人王弗或王闰之那般贤惠，故事的趣味性必将大打折扣。

郁达夫、林语堂、潘光旦曾同游玲珑山，翻遍八卷《临安县志》，却不见有关琴操的任何记载。郁达夫气极，作诗哀叹：

> 山亦玲珑水亦清，东坡曾此访云英。
> 如何八卷临安志，不记琴操一段情！

南宋吴曾在其笔记《能改斋漫录》里，记载了琴操与苏轼相识之前的一则故事。

> 杭之西湖，有一倅闲唱少游《满庭芳》，偶然误举一韵云"画角声断斜阳"。妓琴操在侧云：画角声断"谯门"，非"斜阳"也。倅因戏之曰："尔可改韵否？"琴即改作"阳"字韵，云："山抹微云，天连衰草，画角声断斜阳。暂停征辔，聊共饮离觞。多少蓬莱旧侣，频回首烟霭茫茫。孤村里，寒烟万点，流水绕红墙。　魂伤当此际，轻分罗带，暗解香囊，漫赢得青楼薄幸名狂。此去何时见也？襟袖上空有余香。伤心处，长城望断，灯火已昏黄。"东坡闻而称赏之。

这大概是苏轼结识琴操之起因，但至于后来交往之情形，并无下文。所能找到的两人交往之记载，仅见于北宋方勺的《泊宅编》，后来的其他多种史料笔记多也引自《泊宅编》。这个故事虽有极大编造嫌疑，却也值得一叙。

一日，东坡戏曰："予为长老，汝试参禅。"

琴操笑诺。

东坡曰："何谓湖中景？"

答："秋水共长天一色，落霞与孤鹜齐飞。"

又问："何谓景中人？"

回答："裙拖六幅湘江水，鬓挽巫山一段云。"

再问："何谓人中意？"

答："随他杨学士，鳖杀鲍参军。"

还问："如此究竟如何？"

琴操不答。

东坡曰："门前冷落车马稀，老大嫁作商人妇。"

据说，之后琴操削发为尼，于玲珑山别院修行。

明末人毛晋还替琴操编了首歌，名曰《谢东坡》："谢学士，醒黄粱，门前冷落稀车马，世事升沉梦一场……我也不愿苦从良,我也不愿乐从良,从此念佛向西方!"

  不过,连这个神秘女子琴操到底有无其人都无法确定,她与苏轼的那些故事,可信度想必低得可怜了。

不爱鬼神爱苍生

苏轼出身农家,对农民的境遇,有着本能的关注,特别是走上仕途后,长期担任地方官,掌握了基层第一手信息,切实感受到农民的疾与苦,对于身处底层的百姓,他常怀一腔同情心,不停地为他们鼓与呼,在自己分内,他尽最大努力改善农民的境遇;在自己分外,他积极地发表言论和诗词,呼吁当政者减轻农民负担。

身在仕途时,常常有出世之想,一心隐居,安心做个老农民。他曾写诗给老朋友李公择,"宦游到处身如寄,农事何时手自亲"——他理想的隐居模板,不是那种仙气飘飘自带光环的高人逸士的生活,而是拥田几亩耕种流汗的农人的生活。这种隐居之梦时时在他心里浮现出来,"人间歧路知多少,试向桑田问耦耕""买田阳羡吾将老。从来只为溪山好"。

在密州，作为一州长官，他积极地投身于治蝗救灾，保丰收；在黄州，他亲自耕种，奋战在农业生产第一线；在杭州，他兴修水利工程，助力农业生产；在海南，他写劝农诗，号召人们投身农事。

绍圣元年（1094年）八月，苏轼去岭南途中，在江西太和县，遇到退休官员曾安止，曾氏拿出自己所著的《禾谱》向苏轼请教。苏轼认为此书未谱农器，他提及之前在武昌看农夫用一种叫秧马的农器播种，效率甚高。为了推广这种农器，他特别作《秧马歌》，为它宣传，不久之后，惠州的农民都用秧马播种了。

他牵挂着农民的生活，牵挂着农事的生产，真个是"忧勤终岁为三农"①。

一

苏轼、苏辙登进士第后，母亲病逝，他们与父亲赶回家乡，服完母丧，便又自蜀进京，路过唐州（今河南唐河县）时，太守赵尚宽正在发动戍卒，招揽流民，以修复三陂、疏

---

① 这里的"三农"指的是山农、泽农、平地农，泛指农民。

浚召渠，这项水利工程一旦实现，可灌数万亩良田，可使近处的流民有安家之所，耕种荒地。东坡为赵尚宽的这项工程所感动，他自告奋勇地作《新渠诗》五章，四处张贴，以招募更多流民在此安家。

> 新渠之水，其来舒舒。
> 溢流于野，至于通衢。
> 渠成如神，民始不知。
> 问谁为之？邦君赵侯。
> 新渠之田，在渠左右。
> 渠来奕奕，如赴如凑。
> 如云斯积，如屋斯溜。
> 嗟唐之人，始识粳稌。
> 新渠之民，自淮及潭。
> 挈其妇姑，或走而颠。
> 王命赵侯，宥我新民。
> 无与王事，以讫七年。
> 侯谓新民，尔既来止。
> 其归尔邑，告尔邻里。
> 良田千万，尔择尔取。
> 尔耕尔食，遂为尔有。

筑室于唐，孔硕且坚。

生为唐民，饱粥与馔。

死葬于唐，祭有鸡豚。

天子有命，我惟尔安。

大意是，赵太守在唐州兴修水利，流离失所的百姓，快来此地安家，有许多良田可以分给你们，再不用忍饥挨饿，从此过上幸福快乐的生活。

作为一个过路的旅人，无法亲自帮忙招募流民，但能尽一点力，将消息告知近处无家可归的人们，亦算尽了自己的努力。

二

走上仕途之后，苏轼对农民的关切更为直接，关怀民生，本是为官从政的重要工作之一。

嘉祐七年（1062年）三月，因久旱不雨，时在凤翔任上的苏轼赴郿县太白山上清宫祈雨，数日后下了两场小雨，百姓仍觉不足，太守宋选亲自上阵祭祷，苏轼作陪，这次雨下得大，足足下了三天，"官吏相与庆于庭，商贾相与歌于市,农夫相与忭于野,忧者以喜,病者以愈",苏轼受此气氛感染,作《喜雨亭记》一篇。这两次求雨,应该让他深切地感受到农民的悲与喜了吧。

杭州通判任上,时值王安石在各地开展变法之行动,中央派卢秉督导两浙盐务,实施"卢秉盐法",卢氏提出在杭州仁和县汤村开一条运盐河,苏轼被派去工地上负责工程。一千多名被迫服役的百姓,只得放弃繁忙的田间农事,来此开凿河道。其时久雨,百姓被淋得浑身湿透,遍身泥泞,苏轼眼见此景,愤愤不平,作诗《汤村开运盐河雨中督役》为百姓喊冤:

> 居官不任事,萧散羡长卿。
> 胡不归去来,滞留愧渊明。
> 盐事星火急,谁能恤农耕。
> 薨薨晓鼓动,万指罗沟坑。
> 天雨助官政,泫然淋衣缨。
> 人如鸭与猪,投泥相溅惊。
> 下马荒堤上,四顾但湖泓。
> 线路不容足,又与牛羊争。
> 归田虽贱辱,岂识泥中行。
> 寄语故山友,慎毋厌藜羹。

熙宁五年（1072年）秋冬间，久雨不晴，稻谷多被水淹，终于等到天晴收割，市场上的粮价却被压得很低。按律规定，农民纳税，或纳米或交钱，一切任便。但自王安石实施新法，钱荒米贱，官府收税却是要钱不要米。农民拿米去换钱，所得仅有一半。苏轼悲愤不已，作《吴中田妇叹》：

> 今年粳稻熟苦迟，庶见霜风来几时。
> 霜风来时雨如泻，杷头出菌镰生衣。
> 眼枯泪尽雨不尽，忍见黄穗卧青泥！
> 茅苫一月垅上宿，天晴获稻随车归。
> 汗流肩赪载入市，价贱乞与如糠粞。
> 卖牛纳税拆屋炊，虑浅不及明年饥。
> 官今要钱不要米，西北万里招羌儿。
> 龚黄①满朝人更苦，不如却作河伯妇！②

另一首诗《鸦种麦行》，则借"鸦"这一形象，表达了对地方豪强剥夺农民劳动成果的愤怒，百姓是社会底层，经常为

---

① 龚黄，汉人龚遂、黄霸，以恤民著称的官员。
② 出自《史记·滑稽列传》之"西门豹治邺"，意谓苛政凶猛，百姓不如效河伯妇投河。

豪强或官府所剥削，辛辛苦苦耕种，到头来很可能一无所获：

> 霜林老鸦闲无用，畦东拾麦畦西种。
> 畦西种得青猗猗，畦东已作牛尾稀。
> 明年麦熟芒攒槊，农夫未食鸦先啄。
> 徐行俯仰若自矜，鼓翅跳踉上牛角。
> 忆昔舜耕历山鸟为耘，如今老鸦种麦更辛勤。
> 农夫罗拜鸦飞起，劝农使者①来行水。

麦芒刺尖，也抵挡不住那些乌鸦，它们总能先农民一步吃进嘴里。老鸦没有付出，却能占有别人的劳动成果。好不容易将这群乌鸦赶走，却又招来了收税的劝农使，这劝农使又与鸦何异！

熙宁六年（1073年）春，苏轼视察杭州属县，行经新城县的山村，眼前尽是美景，但心里为农民叫屈，他以为山野之农，欲望轻微，生活简单，若无政府或官员横加干涉，生活自不成问题，故有《山村五绝》：

---

① 劝农使，官名。汉承秦制，置大农丞十三人，各领一州，以劝农桑力田者，此劝农官之始。后唐宋均置劝农使。

其一

竹篱茅屋趁溪斜,春入山村处处花。
无象太平还有象,孤烟起处是人家。

其二

烟雨濛濛鸡犬声,有生何处不安生?
但教黄犊无人佩,布谷何劳也劝耕。

其三

老翁七十自腰镰,惭愧春山笋蕨甜。
岂是闻韶解忘味,迩来三月食无盐。

其四

杖藜裹饭去匆匆,过眼青钱转手空。
赢得儿童语音好,一年强半在城中。

其五

窃禄忘归我自羞,丰年底事汝忧愁。
不须更待飞鸢坠,方念平生马少游。

《山村五绝》是政治讽刺诗,创作于王安石推行新法的大背景之下，王安石为首的变法派，峻急地推行新法，以使其迅速在全国各地铺开，偏僻的山村也无例外。苏轼奔走在基层第一线，对变法的危害有深切的认知，他忧心忡忡，但又无计可施，因而写下此诗。

苏轼创作的政治讽刺诗，向来不受重视，也很难被后代注家归入"好诗"之列，除政治意味太浓，也与之后历代的政治现实有关，搞不好便被扣上"以古讽今"的大帽子，因而这些政治讽刺诗流传受限。晚明李贽独有眼光，在其所编《坡仙集》中，特意将《山村五绝》纳入其中。李贽特别强调他选择的苏氏诗文"俱世人所未取。世人所取者，世人所知耳，亦长公俯就世人而作也。至其真洪钟大吕，大扣大鸣，小扣小应，俱系其精神髓骨所在"——在李贽眼中，《山村五绝》属于坡仙的"精神髓骨"之作，不是"俯就世人而作"——就是能体现坡仙的风骨精神，而非讨好迎合读者之作。

第一首，一、二句写眼前所见，俨然一个世外桃源：竹篱、茅屋依溪而建，春天为山村带来处处繁花。到三、四句，作者却紧跟着发感慨：虽说太平盛世并无标志，但那袅袅孤烟升起之处的人家便是太平的标志啊！"无象太平还有象"是反讽，并不是说真的太平，而是说表面的太平之下掩饰着波涛翻滚的真相。这个岁月静好的山野孤村，实则难逃王安石新法的"魔掌"。

第二首,是讽刺王安石实施之新盐法。"烟雨濛濛鸡犬声",又一个诗意十足的生活场景,与第一首诗里的美景相互呼应,都是"太平景象",接着却来了一个反问,"有生何处不安生",有生却不得安生,那一定是哪里出了问题——言外之意,你们这盐法搞得民不聊生。

黄犊无人佩,即无人佩黄犊,指无人佩刀。胡仔的《苕溪渔隐丛话》对这首诗的解读甚为精确:

> 意言是时贩私盐者,多带刀杖,故取前汉龚遂令卖剑买牛,卖刀买犊,曰:"何为带牛佩犊。"意言但得盐法宽平,令民不带刀剑,而买牛犊,则民自力耕,不劳劝督,以讥盐法太峻不便也。

当前实施之盐法,有诸多不合理,食盐全由官府公卖,统一购销,但公定的收购价格偏低,盐民无法赚到钱,再加上政府严格执行盐法,百姓偶犯盐例,立即流配充军——因而有盐民组织起来,成立盐贩武装,公然贩运。而政府只会加大缉私力度,大力搜捕盐贩,形成恶性循环。苏轼想说的是,只需盐法更公平点,宽容点,便不会有贩卖私盐的情况发生,百姓不劳法律管束,但会回家自己耕种了。

第三首,是换一个角度继续鞭挞盐法。山中之人饥贫无食，虽七旬老人依然要自采笋蕨充食，偏远山村之农，经常数月无盐。古代圣贤可以闻韶忘味，但山村乡民岂能食淡而乐？

第四首，是讲青苗法之危害。山村里的年轻人，从政府那里贷得青苗钱，贪恋城市里的生活，一年之中的大半光阴都在城中游荡，吃香喝辣，染上赌博恶习，最终两手空空，贷来的钱花个精光，背了一屁股债，只留下学来的一嘴城市口音。

第五首，是说自己。身为朝廷命官，本应为民请命，若不能为民请命，不如归隐，但自己仍在官位，又忘归隐，只能暗自羞愧。哎，这官还是别做了，不如学学马少游，优游乡里，一生自足。马少游，东汉人，志向淡泊，知足求安，无意功名，他认为优游乡里即足以了此一生。马少游曾劝哥哥马援："士生一世，但取衣食裁足，乘下泽车，御款段马，为郡掾史，守坟墓，乡里称善人，斯可矣。致求盈余，但自苦尔。"（《后汉书·马援传》）

苏轼个性耿直，有话不吐不快，如今眼见百姓被新法所迫，负担越发沉重，民间秩序大坏，愤怒之下，抒之为诗。岂不知，这些同情农民讥讽新法的诗句，数年之后都将成为他的罪状，乌台诗案由此埋下伏笔。监察御史里行舒亶写给朝廷的报告中说："至于包藏祸心，怨望其上，讪渎谩骂，而无复人臣之节者，未有如轼也。盖陛下发钱（青苗钱）以本业贫民，则曰'赢得儿童语音好，一年强半在城中'；陛下明法以课试郡吏，则曰'读书万卷不读律，致君尧舜知无术'；陛下兴水利，则曰'东海若知明主意，应教斥卤（盐碱地）变桑田'；陛下谨盐禁，则曰'岂是闻韶解忘味，尔来三月食无盐'；其他触物即事，应口所言，无一不以讥谤为主。"

三

以犯官之身流放黄州，经朋友马梦得的帮助，苏轼得到一块土地，求而不得的隐居生活竟然在黄州实现了，实在是一种有趣的讽刺。

他摇身一变，由官员而农民，人生角色转换得突兀，却也是命运使然。为了养活一大家人，他十分投入且心安理得地做起农民来。

苏轼对这块土地进行了规划：较低的湿地种植粳稻，平地上种枣树和栗树，他还打算种桑树和果树，还计划种一片竹子，只是怕竹鞭在地下蔓延一片，影响其他作物生长方才作罢。他还留了一片地方建房子，以解决一家人居住条件不佳的状况。《次韵孔毅父久旱已而甚雨三首》说的正是他开垦东坡的场景：

> 去年东坡拾瓦砾，自种黄桑三百尺。
> 今年刈草盖雪堂，日炙风吹面如墨。
> 平生懒惰今始悔，老在劝农天所直。
> 沛然例赐三尺雨，造物无心怳难测。
> 四方上下同一云，甘霆不为龙所隔。
> 蓬蒿下湿迎晓耒，灯火新凉催夜织。
> 老夫作罢得甘寝，卧听墙东人响屐。
> 奔流未已坑谷平，折苇枯荷恣漂溺。
> 腐儒粗粝支百年，力耕不受众目怜。
> 破陂漏水不耐旱，人力未至求天全。
> 会当作塘径千步，横断西北遮山泉。
> 四邻相率助举杵，人人知我囊无钱。
> 明年共看决渠雨，饥饱在我宁关天。
> 谁能伴我田间饮，醉倒惟有支头砖。

幻想的农夫生活，和实际的农夫生活，差别还是挺大的，真正当起农夫，方才体味其中甘苦：捡拾瓦砾，栽树浇水，割草盖屋，既要有技术，体力还不能太差。要经受风吹日晒，要忍受脸色如墨。一天到晚不敢放松，早上松土，晚上纺织，还要担心雨水是否充足，从年头到年尾，闲着的时候不多。不过，有此经历之后，东坡切实地感受到农民的疾苦，切实地感受到民生之重。即便这般辛苦，诗人也能过出诗意——休息时在田间饮酒，喝醉了在头底下支块砖就可以饱睡一觉。

付出总有回报，每到收获季节，心中最是欣喜，他写信告诉朋友："某现在东坡种稻，劳苦之中亦自有其乐。有屋五间，果菜十数畦，桑百余本。身耕妻蚕，聊以卒岁也。"这就是苏某人想要的生活啊！

在黄州，虽是清苦，但劳作充实，家庭和睦，又有众友相伴，精神上自然十分富足。

他喜欢上了这里的生活，喜欢上了为一家人提供饱腹之物的东坡。

劳动是他在黄州度过精神危机的重要途径之一，经由劳作，他获得了精神上的自由。

——这是当初被贬黄州时所意想不到的。

四

东坡喜欢陶渊明,视其为偶像,常和陶诗。

到海南后,看到当地人不事耕作,乃作《和陶劝农诗(并引)》,劝诫当地人从事农业生产:

> 海南多荒田,俗以贸香为业。所产秔稌[①],不足于食。乃以薯芋杂米作粥糜以取饱。余既哀之,乃和渊明《劝农》诗,以告其有知者。

> 其一
> 咨尔汉黎,均是一民。
> 鄙夷不训,夫岂其真。
> 怨愤劫质,寻戈相因。
> 欺谩莫诉,曲自我人。

---

① 粳稻与糯稻。

其二

天祸尔土,不麦不稷。

民无用物,珍怪是直。

播厥熏木,腐余是穑。

贪夫污吏,鹰挚狼食。

其三

岂无良田,膴膴平陆。

兽踪交缔,鸟喙谐穆。

惊麏朝射,猛豨夜逐。

芋羹薯糜,以饱耆宿。

其四

听我苦言,其福永久。

利尔耡耨,好尔邻偶。

斩艾蓬藋,南东其亩。

父兄搢梃,以挟游手。

其五

天不假易,亦不汝匮。

春无遗勤，秋有厚冀。
云举雨决，妇姑毕至。
我良孝爱，袒跣何愧。

其六
逸谚戏侮，博弈顽鄙。
投之生黎，俾勿冠履。
霜降稻实，千箱一轨。
大作尔社，一醉醇美。

苏轼到海南时，已是六旬老者，但他仍想申请一块地，躬耕自种，自食其力，但海南民风却是懒人当道。当地有一种树，可产八种不同的香料，黎民便以售卖香料为生，不事耕作。人们都不种田，到处都是荒地，此种情形所造成的恶果，便是粮食严重不足。即便如此，黎民仍不耕作，而是用薯芋杂粮，煮粥以食。东坡为之悲哀，因作此诗。

第一首写黎民不事耕作之原因。不管汉民黎民，都是大宋子民，但黎民长期被轻贱，亦未被教化，这难道不是真实的情况吗？黎民长期被欺辱被挟持，无处申诉，怨愤之心无处宣泄，日积月累，造成他们的反抗行动乃至暴动——这是在批评大宋的民族政策，忍不住替苏先生捏把汗！

第二首接着分析黎民不事耕作之原因。海南土地荒芜的直接原因,乃是黎民不懂农业生产的重要性,他们完全依靠自然资源,靠着在树木上提取香料获得利润。在交易过程中,还要受奸商和贪官层层盘剥,所得甚少。

第三首是为黎民吃不上香喷喷的大米而不平。难道海南没有良田吗?这一片片平整的土地是如此肥沃。这里栖息着各种野兽,百鸟在林间和鸣,充满生机。然而官府的人不作为,不鼓励人民耕种,导致他们只知道用芋头、番薯煮成的粥或羹填饱老人的肚皮,老人们本应该吃香喷喷的白米饭啊!

汉人的统治是造成黎民不事耕作的主因,但苏轼也清醒地意识到,黎民自身的局限和惰性也是重要原因,接下来的三首诗,则是规劝本地人民投身于农耕,早日过上幸福的生活。

第四首即是苦劝。各位黎民同胞,你们一定要认真体会我的苦口良言,按我说的去做,你们可以获得永久的幸福:你们准备好农具,把它们磨得锋利,你们要与邻居和睦相处,搭伴耕种。把田间的草清除干净,再来一番整理规划,田垄或南北或东西,让它们齐齐整整。当然,话说起来容易做起来难,你们要辛苦耐劳,辛勤耕耘,尤其是那些父亲和兄长,你们要教育和督促年轻的孩子们去劳动,必要的时候可以动用棍子去敲打他们的屁股。

第五首是讲勤劳的道理。上天不会厚待慢易的人,亦不会亏待勤劳的人，"天道酬勤"的道理你们应该知道啊。春天时不偷懒，秋天时就会有收获。丰收时节，大家要一起上手，妇女也不例外。另有一点我要提醒你们，只勤劳还不够，重要的是在劳动过程中养成良好风气，老人关爱子孙，子孙孝敬老人，做到这些，袒肩露脚这些习俗又有什么值得惭愧呢？海南气候炎热，黎民衣着简单，赤裸双脚，东坡的意思是说，真正的礼仪不在外表，内心奉行礼仪就够了。

第六首是展望美好前景。前四句的意思是说，我们要惩罚那些整天吊儿郎当的人，把他们投放到未开化的地方。海南之黎民，分"生黎"和"熟黎"两种。所谓"生黎"，是指居住在深山老林地区的黎民，他们基本上处于原始状态；"熟黎"则是指居住在州县附近的黎民，在一定程度上受到了汉文化的影响。东坡的意思是，要促使那些顽劣的青年人向好的方向转化，越来越文明。他只是用了一种恐吓的语气，并非真的要这么做。长此以往，美好的社会图景一定会实现：秋天收获了粮食，粮食多到堆满了城门。到时候大家一起参加社祭，要美美地大喝一场啊！

东坡劝农，可谓用心良苦，即便个人身处困厄之境，他却不以为意，一意规劝海南黎民耕作，是其民本思想的光芒再现。他将诗作寄给在雷州的弟弟苏辙，苏辙有感而发，和其兄诗作，也规劝雷州人民辛勤劳作。

苏辙劝农的效果如何,我们不得而知,但东坡劝农的效果不久即呈现了出来。

元符二年(1099年)立春日,昌化军衙门外,热闹非常,人们聚集在这里搞一场"鞭春"活动,此活动一般在立春日举办:地方官员于官府外,立土牛耕人,鞭牛以示劝耕之意。东坡所在的儋耳地方,人们不事农耕,这鞭春活动自然不必举办。"鞭春"的举办,则意味着风气之好转,海南黎民终于要干起农活了。老诗人欣喜不已,再作《减字木兰花》词:

春牛春杖,无限春风来海上。便丐春工,染得桃红似肉红。　春幡春胜,一阵春风吹酒醒。不似天涯,卷起杨花似雪花。

春牛即泥牛,春杖指耕夫持犁杖而立;春幡,即"青幡",指旗帜。春胜,一种剪纸,剪成图案或文字,又称剪胜、彩胜,也是表示迎春之意。全词四十四个字,"春"字一共出现七次,春天的气息浓郁得有点化不开了!《文心雕龙·练字》特别警告作文之人"是以缀字属篇,必须练择:一避诡异,二省联边,三权重出,四调单复",其中的"权重出"意思是要权衡重复使用某字,尽可能不要重复。苏轼偏不，一个"春"字反复使用，却营造出一种意想不到的效果。

词中所描述之心情，是勃勃的，欣喜的，跃跃欲试的，热烈快活的。

一边吹无限春风，一边观桃花艳红；一边饮酒狂欢，一边杨花飞舞，作者的欢乐为春天而动，整个人变得年轻欢快，哪里像六十二岁的老翁？

无比阔大的欢喜，都在这一字一句当中了。

那个叫老的人

我的偶像齐豫1988年出过一张专辑,叫《有没有这种说法》,这张专辑我反复听过几百遍,它是齐豫歌唱生涯里仅有的几张流行专辑之一。那一年,齐豫三十一岁,在歌坛已拥有举足轻重的地位,但在艺术上,她仍保持了严谨和审慎的态度,与作为专辑制作人的弟弟齐秦一起打造了这张经典唱片。

整张专辑基本回避了流行音乐惯常歌咏的小情小爱。眼界开阔、独立不羁的齐氏姐弟,在音乐上有着更多面向的探索和追求,他们将目光转向整个人类,专辑收录的歌曲中,有悲悯、有同情、有戏谑、有上帝视角、有哲学式追问,歌唱美好、永恒,也歌唱失落、脆弱,概念性虽不如《骆驼·飞鸟·鱼》那么强烈,却是无法多得也不可多得的一张专辑。

其中有首歌是《那个叫老的人》,写的是对老年生活的感悟,词来自詹德茂:

> 他把孤独裁缝起来
>
> 当一件衣服穿
>
> 穿过他看来木讷的表情
>
> 穿过他蹒跚来去的路
>
> 每一天的早晨他把时间固定下来
>
> 喔……喔……
>
> 他把寂寞挂在脸上
>
> 当一副眼镜戴
>
> 挂着对于时间的抱怨
>
> 挂着对于往日的怀念
>
> 每一天的早晨他把时间固定下来
>
> 喔……喔……
>
> 唔……唔……
>
> 想象再走过从前
>
> 一遍又一遍
>
> 踩着方寸的脚步
>
> 画太极的图

关于年纪的事

滑落在十指之间

关于岁月的事

在风中吐纳

手在空中画过一圈

未来又走了一段时间

晨中的太极

推拖的游戏

然而

他是个叫老的人

终究

还是输给年纪

每个人的故事

从自己的哭声中开始

在别人的哭声中结束

他把孤独裁缝起来

当一件衣服穿

穿过他看来木讷的表情

穿过他踽踽来去的路

每一天的早晨他把时间固定下来

喔……喔……

人生如白驹过隙，稍纵即逝，当你还在感慨"逝者如斯夫""昨日像那东流水"时，苍老像一把闪着寒光的锋厉匕首，已悄悄逼近你的眼前。我们每个人，每个生命体，最终都将在与时间的豪赌中输给年纪。

人生短暂也就罢了，可这一路，又是如此寂寞难耐！

"他把孤独裁缝起来，当一件衣服穿"，这里的他，也是你、我，是我们活着的每个人。

人生孤独也就罢了，最终的宿命却是要直面死亡。

"从自己的哭声中开始，在别人的哭声中结束"，有的人寿命太短，有的人寿命很长，但都改变不了同一个结局。

詹德茂这词写得凄凉又动人，齐豫这歌唱得沉重且宿命。我还没见过，将"老"这件事，写得比詹德茂这般还要入骨的人。

除了苏东坡。

一

写《苏东坡传》查资料的时候，给我印象最深的是——经常可以发现这位传主"叹老"的诗词。

"叹老"不应该是老年人的专利吗?

生理机能的变化,最容易让人感叹变老。长出白发,腰颈疼痛,血压升高,体力衰弱,机能退化,都是让人"叹老"的直接原因。

问题是,苏东坡的"叹老"从年轻时代就开始了。

嘉祐七年(1062年),到陕西宝鸡县斯飞阁游玩的苏轼,似乎游兴一般,心情不佳,忽然想念起家乡,忍不住写诗一首,《题宝鸡县斯飞阁》:

> 西南归路远萧条,倚槛魂飞不可招。
> 野阔牛羊同雁鹜,天长草树接云霄。
> 昏昏水气浮山麓,泛泛春风弄麦苗。
> 谁使爱官轻去国,此身无计老渔樵。

年纪轻轻的苏轼感慨,人在仕途,身不由己,我想回到家乡,当个渔夫、樵夫也不可能。要知道,这年他刚刚二十七岁,初入仕途,还没太弄明白官场是怎么一回事,却像背负了一身沧桑的老者。这"老"来得太急也太快了。

"老渔樵"是他大半辈子的梦想,这个梦想几乎贯穿了他为官之后的全部人生。然而,造化弄人,欲归不得,只能靠写诗作词时不时地抒发一下情绪。

看这首《瑞鹧鸪》[①]：

城头月落尚啼乌，朱舰红船早满湖。
鼓吹未容迎五马，水云先已漾双凫。
映山黄帽螭头舫，夹岸青烟鹊尾炉。
老病逢春只思睡，独求僧榻寄须臾。

此词作于熙宁六年（1073年），苏大人也才刚刚三十八岁，时任杭州通判，年纪轻轻，跟老还不沾边。但他不只称"老"，还称"老病"。在官场上，这个岁数，堪称年富力强，尚有大把时间可以奋斗，还有锦绣前程在向他招手。而苏大人意兴阑珊，只想着痛痛快快睡上一觉，以求片刻安宁。是什么让他如此不思进取？

看这首《除夜病中赠段屯田》：

龙钟三十九，劳生已强半。
岁暮日斜时，还为昔人叹。
今年一线在，那复堪把玩。
欲起强持酒，故交云雨散。

---

① 瑞鹧鸪，词牌名，又名舞春风、桃花落、鹧鸪词、拾菜娘等等。

惟有病相寻，空斋为老伴。
萧条灯火冷，寒夜何时旦。
倦仆触屏风，饥鼯嗅空案。
数朝闭阁卧，霜发秋蓬乱。
传闻使者来，策杖就梳盥。
书来苦安慰，不怪造请缓。
大夫忠烈后，高义金石贯。
要当击权豪，未肯觑衰懦。
此生何所似，暗尽灰中炭。
归田计已决，此邦聊假馆。
三径粗成资，一枝有余暖。
愿君留信宿，庶奉一笑粲。

只看开头"龙钟"二字置于"三十九"之前，便觉吃惊，按常理言，两个词组极不匹配，诗人将它们组合在一起，除表明心态苍老，别无他意！再往下读，一个"叹"字，一个"散"字，一个"乱"字，诗人的情绪已显露无遗了：极度低落。

读至"霜发秋蓬乱"五个字，竟然要不自觉地认同，诗人真的老了。可他明明只有三十九岁。

再看《卜算子·感旧》：

蜀客到江南，长忆吴山好。
吴蜀风流自古同，归去应须早。
还与去年人，共藉西湖草。
莫惜樽前仔细看，应是容颜老。

熙宁七年（1074年）三月，苏轼从京口返回钱塘途中，创作此词，寄给杭州的上司和朋友陈襄，时陈氏任杭州太守，是苏轼的顶头上司，也是相得的几个朋友之一。看得出，这次他的情绪不错，为吴地美景所触动，想要邀请去年一起游玩的陈襄，同到西湖边，坐在草地上一起撒欢儿，这还挺美好的吧，结尾就煞了风景：老陈啊，你要仔细帮我看看，是不是我苏某人已经老去，年华不再！

东坡叹老的诗句，还能举出一堆。随着年岁渐增，他叹老的频率也大幅提升。身上被贴着豪放标签的苏先生，原来也常困顿于变老这件人人难免的事，这跟我们通常认知里那个手执铁板高唱大江东去的苏先生的差别竟有十万八千里。

到底哪一个才是真正的苏东坡？

诗人叹老如此，是跟朋友开玩笑，还是有意无意自嘲？

是对岁月流逝的无奈，还是对把握不住的未来的担忧？

是感慨大好年华虚度，还是郁郁不得志的流露？

二

古代中国文人，其实向有叹老之传统，即便圣人也无例外。叹老与悲秋一样，是文学创作的母题之一，是众多迁客骚人的灵感来源之一。

孔夫子曾感慨："甚矣，吾衰也！久矣吾不复梦见周公。"夫子言下之意是，我老了，不行了，我的理想无法实现了。作为一个无可救药的理想主义者，却没办法实现自己的理想，再加年老体弱，夫子怎能不慨叹，怎能不失落？

颜回去世时，七十岁的夫子仰天长叹：噫，天丧予，天丧予！从感情上当然痛惜这个短命的爱徒，从理想层面讲，颜回是他的传承人，是他思想的真正践行者，夫子伤回，亦是自伤：我老了啊，颜回又死了，理想如何实现！这声长叹是对颜回的悼念，也是叹老——倘若再年轻三十岁，夫子断不会有此复杂之叹息。

岁月无情，韶华易逝，大多数人的一生不过几十个春秋。李渔云："伤哉！造物生人一场，为时不满百岁。"即便现在医疗条件提升，出现不少百岁长寿老人，将这百多岁放置于时间长河里，亦不过是转头一瞬。"老"意味着离

"死"更近，倘若人生圆满，倒还不算碍事，只是大多数人都不免有各种各样的遗憾，那些具体而微的遗憾，如与相爱的人被迫分离，如"子欲养而亲不在"，如既未建功也未立业，凡此等等，都易让人心生不平。死期将近，诸多遗憾无法弥补，岂能不怕老？不叹老？

"叹老"是件再正常不过的事。

倘若再考虑另一因素——古人的寿命普遍不长，这种叹息来得更有道理。

屈原在《离骚》中感慨："惟草木之零落兮，恐美人之迟暮。""汨余若将不及兮，恐年岁之不吾与。"

李白在《将进酒》里感慨："君不见，高堂明镜悲白发，朝如青丝暮成雪。人生得意须尽欢，莫使金樽空对月。"

杜甫在《小寒食舟中作》里感慨："春水船如天上坐，老年花似雾中看。"

韩愈在《山石》里感慨："嗟哉吾党二三子，安得至老不更归。"

我们再找几首不太流行的叹老诗诵读一番。

白居易《叹老三首》：

> 晨兴照青镜，形影两寂寞。少年辞我去，白发随梳落。
> 万化成于渐，渐衰看不觉。但恐镜中颜，今朝老于昨。

人年少满百，不得长欢乐。谁会天地心，千龄与龟鹤。
吾闻善医者，今古称扁鹊。万病皆可治，唯无治老药。

我有一握发，梳理何稠直。昔似玄云光，今如素丝色。
匣中有旧镜，欲照先叹息。自从头白来，不欲明磨拭。
鸦头与鹤颈，至老常如墨。独有人鬓毛，不得终身黑。

前年种桃核，今岁成花树。去岁新婴儿，今年已学步。
但惊物长成，不觉身衰暮。去矣欲何如，少年留不住。
因书今日意，遍寄诸亲故。壮岁不欢娱，长年当悔悟。

老白说：衰老是个循序渐进的过程，一天一天演变，不易觉察，等恍然发现之时，便已无可挽回，所以啊，我的亲友知己，让老白告诉你们一个道理，"壮岁不欢娱，长年当悔悟"，及时享乐吧，各位，趁着年轻赶紧折腾，过了这村再不会有这店。

陆游写过三首《老叹》，我们择一首欣赏：

八十未满七十余，山巅水涯一丈夫。
长鸣未免似野鹤，生意欲尽如枯株。
临安宫阙经营初，银鞍日日醉西湖。

> 不须细数旧酒徒，当时儿童今亦无！

七十多岁的老陆，形单影只，不免遥想当年一起饮酒作乐的老友，仔细盘算了一番，发现大家都已离世，别说老友，连当年的小孩子也都已不在。真个落寞，真个孤单，真个惆怅！

南宋诗人刘克庄亦有三首"叹老"诗，择其一：

> 口惟两齿鬓双皤，百计无如耄及何。
> 少壮未尝参姹女，衰残始欲养黄婆。
> 原鸰逝去床谁对，辽鹤归来冢渐多。
> 客笑侬时真滞货，太平典册要声和。

老年生活是何等惨状：只剩下两颗牙齿，鬓角也已斑白；年轻时从未考虑过养生炼丹，七老八十搞这些会不会有点晚；兄弟过世再无人可以聊天，祖坟上添了越来越多新坟……朋友指责我说："你个老废物，要注重养生啊！"

苏轼的"叹老"，亦是这"叹老"文学传统里的一环，要说不同，他可能是叹老最多的一个诗人/词人，叹得也最为彻底、最为深远。

三

苏东坡叹老，有以下几种情形。

一种是只为修辞需要。如《江城子·密州出猎》：

> 老夫聊发少年狂，左牵黄，右擎苍，锦帽貂裘，千骑卷平冈。为报倾城随太守，亲射虎，看孙郎。　酒酣胸胆尚开张。鬓微霜，又何妨！持节云中，何日遣冯唐？会挽雕弓如满月，西北望，射天狼。

"老夫"与"少年狂"组合在一起，给读者造成了感受上的大落差。老夫虽老，但老夫依然可以有少年之表现，英勇无畏，豪情满怀，其气势和风度，哪里有输给少年郎！"少年狂"由"少年"生发，并没有什么惊奇，但若由饱经风霜的"老夫"发出，那感觉便是大大的不同了！

这首词强调的并不是老，而是满腹壮志。借用"老夫"一词，突出那种威武豪迈的精神气质——"狂"本是少年特性，若经由老夫来呈现，则更令人印象深刻。

又如《张子野年八十五尚闻买妾述古令作诗》：

> 锦里先生自笑狂，莫欺九尺鬓眉苍。
> 诗人老去莺莺在，公子归来燕燕忙。
> 柱下相君犹有齿，江南刺史已无肠。
> 平生谬作安昌客，略遣彭宣到后堂。

张子野，即张先，是苏轼的忘年交，人称"张三影"。《古今诗话》载，有客谓子野曰："人皆谓公张三中，即心中事、眼中泪、意中人也。"子野曰："何不曰之为张三影？"客不晓。公曰："'云破月来花弄影''娇柔懒起，帘幕卷花影''柳径无人，堕絮飞无影'，此余生平所得意也。"

张先好色，人老心不老，八十岁纳妾那次，曾遭不好女色的苏轼一通嘲笑，说他"一树梨花压海棠"。结果老先生色心不改，八十五岁又买一妾，这回苏轼也照例讥讽，不过这次奉述古（前文提到的陈襄）之命作诗而已。

"诗人老去"在此诗中的作用，不只是和"公子归来"对仗，更重要的是与后面"莺莺在"三字形成鲜明对比，一老一少，一翁一萝莉，极不协调，极不般配，但由这一对比，老诗人好色的形象跃然纸上。张先收到苏轼的诗不以为意，反而写诗为自己解释："愁似鳏鱼知夜永，懒同蝴蝶为春忙。"我一个老头儿，漫漫长夜无所倚靠，不免孤寂难熬,娶妾也不过是抚慰寂寞,并非风流成性啊,老兄。哈哈,看张先辩解,反而觉得这老先生有点可爱了。

再来看《醉落魄·苏州阊门留别》①:

> 苍颜华发,故山归计何时决!旧交新贵音书绝,惟有佳人,犹作殷勤别。　　离亭欲去歌声咽,潇潇细雨凉吹颊。泪珠不用罗巾浥,弹在罗衫,图得见时说。

这首词作于熙宁七年(1074年)九月,时苏轼自杭州赴密州任,路过苏州赠一位歌妓的酬谢之作。此年苏大人不过三十八岁,决不会"苍颜华发"(或许有几条皱纹、几根白发),之所以有此描述,仍是为表现词的主题,营造一种绝望凄凉之心境:面容已老,白发苍苍,却不知归途何方。这是何等的悲哀和凄凉!

另一种情形是,慨叹岁月飞逝,时不我与,或更进一步抒发人生渺小之感。

苏轼很早对世事变迁、人生无常的认知,远比一般诗人深刻,初登仕途,再次路过渑池,他写下过著名的《和子由渑池怀旧》:

---

① 醉落魄,词牌名,又称一斛珠、章台月,怨春风等。

> 人生到处知何似，应似飞鸿踏雪泥；
> 泥上偶然留指爪，鸿飞那复计东西。
> 老僧已死成新塔，坏壁无由见旧题。
> 往日崎岖还记否，路长人困蹇驴嘶。

题目中有"怀旧"，但东坡本意不在怀旧，他要感叹的是人生渺小无定。这诗颇有些消极悲凉意味：人活世上，偶然留些印迹而已，甚至可能连印迹也留不下。任你努力挣扎，一切皆为徒劳。

请注意，写作此诗时苏轼正是春风得意之际，作为朝廷层层选拔的青年才俊和初入仕途的年轻官员，心中怀的是一腔建功立业的热血，但这首诗却写出了一种在他那个年龄里少有的疏离感。想必，经历过漫长考试、丧母之痛、举家搬迁、与父亲和弟弟分别等诸多事情之后，这位天才于人生有了更多感悟吧。

对于时间，对于年纪，对于人生，诗人是相当敏感的，"老"便总会从心底冒出来，挥之不去。

从某个层面讲，"老"既是他对时光飞逝的现实感受，又是他感慨人生的手段。

看这首《吉祥寺赏牡丹》：

人老簪花不自羞，花应羞上老人头。

醉归扶路人应笑，十里珠帘半上钩。

熙宁五年（1072年）五月二十三日，时任杭州通判的苏轼随知州沈立去吉祥寺赏牡丹花，并置酒作乐，众多百姓也同来赏花，其中有五十三个代表以金盘彩篮载鲜花来献官长，官民同欢，气氛甚为融洽热闹，自然饮了不少美酒，玩到开心，人人头上都插起花来。就在这热闹的人群中，苏轼却意外生出一股迟暮之感，以为自己苍老不配戴花。①

我猜度，这突然生出的"老"，也并非无由可寻。他来杭州，虽是自请，但仍然是形势所迫，先前王安石变法，一众保守派官员纷纷离开京师，去往地方任职。到这一年，他已经为官十年，却没有做出什么像样的政绩，现在又是变法派当权，茫茫然不知前路何方，难免会生出一事无成之感。

那"老"的念头就不由自主地冒了出来。

对"老"所抱持的敏感，常常让他有强烈的紧迫感，如这首《阮郎归②·苏州席上作》：

---

① 有注家将此诗解读为苏轼幽默风趣，表达欢快心意，我以为不确。
② 阮郎归，词牌名，又名碧桃春、宴桃源、濯缨曲等。

一年三度过苏台，清樽长是开。佳人相问苦相猜：这回来不来？　情未尽，老先催。人生真可咍！他年桃李阿谁栽，刘郎双鬓衰。

　　这首词还是熙宁七年（1074年）作。这一年苏轼三度来到苏州，当地官员与歌妓置酒姑苏台，陪他饮酒作乐，这首词写的是第三次宴席上之场景。有位未能赴宴的歌妓托人相问：这回苏大人来还是不来？想必是此前两次宴会上，这位歌妓都在现场侑酒，与苏大人相谈甚欢，有好感，因而牵挂于心。这次听闻苏大人要迁官北方，此后相见的可能性越来越小，因而有托人相问之举，如果苏大人真的会来，她再忙也会抽出时间前来相陪。

　　歌妓的这个问题，像一颗小石子丢进了苏大人心底，引起层层涟漪和一次长长的叹息：我们的情分仍然继续，但苏某人却要老去，人生真可笑，人生真无聊！"他年桃李阿谁栽，刘郎双鬓衰"，化用的是唐代刘禹锡的诗句"玄都观里桃千树，尽是刘郎去后栽"，意思是，此去之后，不知何时再能相见，即便再见，怕也已物是人非。

　　人生真可咍！苏轼这句沉重的感慨，怕是他内心深处的真实回响，但原因并非只是"情未尽"，还因为功未立！

再过三年，他将迎来自己的四十岁，人生过了大半，看起来仍然一事无成，除了奔波于无尽的仕途，苦恼于王安石新法给百姓带来的灾难，他似乎无事可做，只能被动地接受命运的安排，但时光却不会等你，它任性地爬到你的腰间变成赘肉，爬到你的脸上化为皱纹，爬到你的心里消磨你的斗志。

还有一种情形，"叹老"的诗词很大一部分与故乡故人相关，是他表达思念/抒发感慨的手段。

自从服完父丧，全家搬离眉山，他再也没能回到故乡，思念之情如影随形，时时啃噬着他的心，这种思念愈老便愈明显。

朋友也是一样。年轻时交往的那些朋友，因为各种原因分离，然后相聚，随着岁月流逝，大家在不同/相同的时空里一起老去，难免叹老。

像苏轼这种人在仕途不能回乡的人，大约常常会宽慰自己吧："休对故人思故国，且将新火试新茶。"但越是压抑思乡的念头，那思念便会反弹得越厉害，思念的情绪也便会更持久。饮酒或是饮茶，是思乡情绪的一种替代品罢了，只能暂时忘了故乡，并不能真正解决思乡问题。

亲人更不用说。家庭变故，亲人凋零，他这个重情的人，要对死去的人表达怀念，对活着的人表达"想见"。写给亲人的诗词也是他叹老的一个渠道。

以思念亡妻的那首《江城子·乙卯正月二十日夜记梦》为例：

> 十年生死两茫茫，不思量，自难忘。千里孤坟，无处话凄凉。纵使相逢应不识，尘满面，鬓如霜。　夜来幽梦忽还乡，小轩窗，正梳妆。相顾无言，惟有泪千行。料得年年肠断处，明月夜，短松冈。

转眼，妻子王弗去世已经十个春秋，在密州任上的苏轼梦里突然遇到王弗，他颇为失落地以为"纵使相逢应不识"，原因是：阴阳两隔已然十年。我早已不是十年前的样子，现在的我，一脸灰尘，鬓发斑白，而你还是我记忆里的模样——他担心，如此难得的相遇机会，王弗无法认出他来。"不识"让苏轼感受到一种无以复加的失落。

但纵使不识，这十年来的思念却未敢稍减。

"尘满面，鬓如霜"这句"叹老"，仍非东坡强调的重点，时光总在流逝，人们总是会老去，这是谁也无法违抗的自然规律。他想强调的重点是：时间纵然前驰，但我的思念一直未少，无法忘记你，一直爱着你。

"叹老"在这首词里仍是为表达思念服务的，是要表达更深切、更刻骨的思念。"尘满面，鬓如霜"用得绝妙，既是写外表的沧桑，又是写内心的沧桑。世事变迁，人诗俱老，即便这样，仍然难忘。

苏轼给旧友故交的诗词，也经常在叹老，如这首《减字木兰花》：

> 春光亭下，流水如今何在也。岁月如梭。白首相看拟奈何。　故人重见。世事年来千万变。官况阑珊。惭愧青春守岁寒。

这首词的创作时间，有好几个说法，暂且放下不管。这首词是写给赵晦之的，关于赵晦之资料不多，但他应该是宦途中人，是与苏轼关系不错的朋友，因苏轼不止一次赠词作给他，而且词中也点明"故人"。既是故人，也便无话不说了。这首词相当于一顿牢骚，我们都知道，苏轼是耿直性子，心里不能存事，有牢骚自然要发出来：老赵，世事千万变，时光如闪电，咱们头发都白了，大眼对小眼，无计可施。老友相见，才发现世界已地覆天翻，这官当得真没劲啊，一年一年的光阴都交付给岁月了。

"白首相看拟奈何"的感慨，信息量还是挺大的，经历过一系列党争的内耗，经历过一系列无法把握的事件，苏轼对命运这只"看不见的大手"有了更为深刻的认知。当年那个科场得意的青年才俊呢？当年那个初入仕途一心建功立业的官员呢？当年那个为阻止变法不惜惹祸的铮铮汉子呢？

我老了！对一切都没了兴趣，只能把余岁交付流年，继续在这官场中混日子。

既有改变不了现状的无奈，又有满腹的不甘。那种纠结万端的情状，不处在他那个心态和状态里，外人还真是难以体会。

还有这首《临江仙·赠送》：

> 诗句端来磨我钝，钝锥不解生铓。欢颜为我解冰霜。酒阑清梦觉，春草满池塘。　　应念雪堂坡下老，昔年共采芸香。功成名遂早还乡。回车来过我，乔木拥千章。

这是一首赠作，但赠给谁，并无定论，一说赠给孔毅父，一说赠给滕达道，一说赠给杨绘，还有说寄给弟弟子由的。不管赠给谁，但从"雪堂坡下老"可推断，这首词写于黄州无疑。根据词中所提供之场景，送给苏辙的可能性最大。"酒阑清梦觉，春草满池塘"分别用了谢灵运和谢惠连的典故，两谢为族兄弟，这是证据一。证据二是："昔年共采芸香"句中之芸香，是一种花叶具浓郁气味的草本植物，书卷内置芸香可避虫，故此处"芸香"代指书籍，这句是说

"当年我们一起研读学习"。

至少在表面上,这首词是相当洒脱的,无波无澜,有一种看淡风云的空旷和达观,应是苏轼在黄州度过中年危机,得灵魂解脱后之作品。但细细感受,还是觉得洒脱中有落寞,有不甘,有深深的愁绪和无法言说的情怀。

真正的洒脱是彻底放下,不再为名利得失牵绊,但词人显然还没有到此境界,因为他内心仍然有"冰霜",这里的冰霜,是指困厄之境。对于苏轼而言,这个困厄之境,大概不只指他当时身处偏僻之地无法建功立业之处境,还应有他内心的淑世理想无法实现之处境。他劝对方功成名遂早还乡,也是暗示对方自己可能无法功成名遂了,他一生的儒生志业无法完成了。

这个"叹老"叹得何其沉重!

他写故乡的诗词较多,我们选择两首。

这首《南乡子》是他年轻时参加科考时的作品,当时不过二十岁上下:

> 何处倚阑干。弦管高楼月正圆。胡蝶梦中家万里,依然,老去愁来强自宽。　　明镜借红颜。须著人间比梦间。蜡烛半笼金翡翠,更阑,绣被焚香独自眠。

这首词为集唐人诗句而成，是给妓女的赠作，以诗为词，殊为巧妙，个中句子分别化用自杜牧、崔涂、杜甫、李商隐、韩愈、许浑等人，东坡只在其中加了"依然"和"更阑"四字，更改了部分字句，便将这些诗句无缝对接，浑然天成。

词是写给妓女的，也是写给自己的。东坡采用第一视角，颇为独到，以此心度彼心，心同此感，将词人代入妓女，对妓女的悲惨命运给予彻底的同情：老大失业，无所依靠，悲愁不已，归家不得，孤独终老。

此词实写妓女，暗里却是写自己。他借女儿之怨抒发自我情感，表达离家万里漂泊异乡的愁绪，情绪转变得自然，一明一暗，互为表里，确实老到。看似只是借别人诗句来组装表达情绪，却颇需要一番功夫，苏轼拿捏得颇为自然，全无违和之感。

再来看他任徐州太守时所写的《水调歌头》：

安石在东海，从事鬓惊秋。中年亲友难别，丝竹缓离愁。一旦功成名遂，准拟东还海道，扶病入西州。雅志困轩冕，遗恨寄沧洲。　岁云暮，须早计，要褐裘。故乡归去千里，佳处辄迟留。我醉歌时君和，醉倒须君扶我，惟酒可忘忧。一任刘玄德，相对卧高楼。

词前有序云:"余去岁在东武①,作《水调歌头》以寄子由。今年子由相从彭门②居百余日,过中秋而去,作此曲以别。余以其语过悲,乃为和之,其意以不早退为戒,以退而相从之乐为慰云耳。"

显然是兄弟间的和作,一向沉稳的弟弟所赋之词情绪低落,苏轼再和一首,有宽慰之意,但仍免不了还乡不成只得留在官场苦熬的无奈。词里东坡用典甚多,从谢安到《庄子》到《诗经》到《三国志》,此处不详解。

岁月流逝,诗人的紧迫感又来了,感觉这次是东坡中年危机的序幕:他已经四十一岁,为官几任,流浪几地,倏忽过四十,雅志未就,功难成,名难遂,归隐之梦难圆。望向西南方向,千里之外的故乡,弟弟啊,我们早做打算,回家吧,选一块好地儿居住,一起饮酒,管别人怎么说。

一说起隐居,一谈起故乡,难免"叹老",通常我们的认知里,东坡乐天知命,达观,开朗——这个认知不全面,比如面对故乡时,他的达观就很难呈现,而是多与沉重、难过、忧愁有关,最好的程度,也不过是"休对故人思故国,

---

① 密州,今山东诸城。
② 彭门,指彭城,今江苏徐州。

且将新火试新茶",新火新茶不过是为转移注意力而已。但它能代替思乡吗?显然不能,不过是强为之而已。

当然,怀乡与叹老,也随个人思想的变化而有所不同,黄州之前,东坡先生时时困扰于还乡不得的困惑,但到黄州之后,这种情绪得到了极大的纾解,他不再汲汲于对家乡的怀念,怀念之后,多了一层对现实的接纳,比如,他借柔奴之口道出"此心安处是吾乡",也曾在另一首词里说"此心安处是菟裘""买剑买牛吾欲老",这是与现实的一次和解,不再执着于必须回到故乡了。

另有一种情形,"叹老"不再是"叹",有调侃意味,甚至"喜老",实现了真正的洒脱。

自嘲是最高层级的幽默,也是苏轼特别擅长的一种表达方式。到晚年,他已经将这种表达方式运用得炉火纯青,叹起老来,也自然少了青年时代对老的惶恐和焦虑。

如《雪浪石》诗中,"老翁儿戏作飞雨,把酒坐看珠跳盆",虽以老翁自居,但一个"戏"字,又将老翁活泼洒脱的本性彰显得淋漓尽致,一边饮酒,一边看水珠在盆中跳跃,好不惬意自在。

如《除夜野宿常州城外二首》诗中,有"重衾脚冷知霜重,新沐头轻感发稀"。通读整诗,有一股悲苦情绪,但细想又觉不尽然,新沐之后,感觉头轻,原因是头发稀少,就有了自我调侃的意味,此前营造的悲苦主题一下子跑偏了,读之想要发笑。结合最后两句"但把穷愁博长健,不辞最后饮屠苏",便能明白,诗人已彻底洒脱了:虽然苏某人穷困潦倒,但咱身体好啊(活得久),哪怕最后一个轮到我喝屠苏酒也没啥问题。

如这首《菩萨蛮》:

> 买田阳羡吾将老,从来只为溪山好。来往一虚舟。聊随物外游。　　有书仍懒著。水调歌归去。筋力不辞诗。要须风雨时。

离开黄州后,东坡思虑再三,决定不再北返,远离朝廷是非,遂偕全家到宜兴居住,买田弄房,打算过他期待已久的隐居生活。有了安身立命之处,心情十分舒畅,这次"叹老",叹得十分开心:这可是块风水宝地,苏某人驾着小船,自由自在。书也懒得写了,我就在这里等着弟弟子由一起来实现"风雨对床"的约定了。

当然,事实是,他并没有真正地过上这般美好的生活,朝廷一纸令下,苏轼随即怀着矛盾的心情走马上任,一介儒生,报效国家,是他骨子里不变的情怀,这种情怀从少年时代读《范滂传》便种下了,我们也没有理由怪他。

只是替他叹惜:倘若自此再不入官场,后面的厄运可能不会发生。但这样的叹惜也是站在我们的角度上理解问题而已。"老去君恩未报"是他一个巨大的遗憾,现在,他要去报君恩了。

看这首《乌夜啼》①:

> 莫怪归心甚速,西湖自有峨眉。若见故人须细说,白发倍当时。　小郑非常强记,二南依旧能诗。更有鲈鱼堪切脍,儿辈莫教知。

哈哈,重回杭州,东坡先生有些急不可耐,理由很是人性:西湖边上有美女啊。见到老朋友,我一定跟他们/她们唠唠我头发为何比先前白了许多。小郑和二南是两名歌妓,小郑是谁似不确指,疑为郑容,二南是杭妓周韶的号,这二位应该是杭州城有名的歌妓,且是才女,是苏大人的旧相识。只有美女就行了吗?苏大人没让大家失望,又补了一句:杭州不只有美女噢,还有鲜嫩的鲈鱼。对了,这些事儿不能让孩子知道。为啥不让孩子知道?难道是孩子口风不严,早晚将我有红颜知己这事儿告诉他妈?

这里的"白发倍当时",亦是叹老,但并不让人觉得沉

---

① 乌夜啼,词牌名,又名圣无忧、锦堂春、乌啼月等。

重，反而和作者的口气一样轻松自在，"白发老人"开朗乐观，形成一种有趣的反差。尽管已经老了，仍然热爱美女，热爱美食，诗写得朴实有趣，令人不禁莞尔。

经历过重重挫折和生命的历练之后，东坡先生变得更为纯粹，心境亦更为舒适自在，越老越有一种天真气，而非暮气沉沉。

如这首《儋耳》：

> 霹雳收威暮雨开，独凭栏槛倚崔嵬。
> 垂天雌霓云端下，快意雄风海上来。
> 野老已歌丰岁语，除书欲放逐臣回。
> 残年饱饭东坡老，一壑能专万事灰。

海南生活迫人，不只气候，生活条件也差，但东坡先生依然有消解的办法，那就是运用自己早已练就的一身功夫：弃绝欲念，脚踏实地，以苦为乐。有此功夫，再苦的日子也能过出花来。陆云的《逸民赋序》说："古之逸民，或轻天下，细万物，而欲专一丘之欢，擅一壑之美，岂不以身重于宇宙，而恬贵于纷华者哉？"苏某人吃饱喝足便已足矣，其他的事情再不去想了，苦恼早已不在我身了。

四

从"怕老"到"喜老",可能需要一生的时光,当然也有人可能一生也做不到。

还有一点需要提醒,我们人人都会变老,人人也都会从老到死,怕也无用。唯一可能需要努力的,就是慢慢地暗示自己:我不怕老,也不怕死,我只想通过某种方式让自己坦然接受老和死,像东坡先生那样。

亦如罗素所言:

> 人的生命就像一条河流——开始的时候很小,仅局限于自己狭隘的堤岸,满腔激情地冲进岩石和瀑布。慢慢地,河流变宽了,堤岸在消退,水流也变得平静下来,最后,自然而然地,河流汇入了大海,平静而毫无痛苦地结束了自己个体的存在。一个人若可以在老年如此看待生命,他就不会因担心死亡而痛苦,因为他担心失去的东西将会继续存在。

寂寞沙洲冷

苏轼之所以被视为天才和全才,乃因为他的才华在各个层面上延展出来,建立起有宋一代文人的新高度:诗词、文章、书法、绘画……各种艺术形式皆有所尝试,皆获得了相当成就——诗则"苏黄",词则"苏辛",文章入"唐宋八大家",书法入"宋四家",为画则开文人画之先河。

仅拿诗词来讲,他的创作又不局限于一时一地一物一个方面,他像茫茫大海中的一条巨鲸,既能在海面之上跃动呼啸,感受清新自然的空气;也能潜入大洋深处,领略海底之隐秘境界,他做各种可能的尝试——写尽千般境遇:春夏秋冬,飞鸟走兽,自然风光,内心情绪,人生况味无一不可入诗词。

仅拿情绪来讲,其诗词中呈现的相当丰富,包括方方面面：欢乐的、悲伤的、豪放的、婉约的、苦恼的、思念的、同情的、幸福的、痛苦的,但凡人世间的悲欢离合,差不多已被他写尽。

单挑"寂寞"来讲,他更是个中高手。

"帘外谁来推绣户,枉教人、梦断瑶台曲,又却是,风敲竹",写的是妇人独处的寂寞;

"未信此情难系绊,杨花犹有东风管",写的是少女伤春的寂寞;

"微吟罢,凭征鞍无语,往事千端",写的是旅途中士子的寂寞;

"故国神游,多情应笑我,早生华发。人生如梦,一樽还酹江月",写的是老大难为者的寂寞;

"空余鲁叟乘桴意,粗识轩辕奏乐声",写的是沧桑一世理想破灭者的寂寞;

"倦枕厌长夜,小窗终未明。孤村一犬吠,残月几人行",写的是失眠者的寂寞;

……

其实,这所有的寂寞,也都是东坡自己的寂寞。但他笔下的寂寞亦有不同层面:有的寂寞是单纯的寂寞,有的寂寞则呈现出错综复杂的形态;有的寂寞是扁平的,有的寂寞是立体的;有的寂寞是可以让人沉醉其中的,有的寂寞则是让人极想逃离的;有些寂寞是可以拿出来示人的,有些寂寞只适合放在心里自己慢慢消化。

张爱玲说:"我们都是寂寞惯了的人。"

想必东坡先生亦心同此感。他用一生的时光,写尽了人间的寂寞。

让我们来具体感受一下他那些或盛大或微小的寂寞。

一

先说盛大的寂寞。

寂寞如何盛大——可充塞于天地,可弥漫于万物,可与日月并肩,可与孤鸿齐飞。

请注意,"鸿"或"孤鸿"是苏轼诗词中经常使用的意象,一旦出现这个意象,那寂寞就容易变得盛大起来,并充满悲凉的意味——

> 长记平山堂上,欹枕江南烟雨,杳杳没孤鸿。(《水调歌头·黄州快哉亭赠张偓佺》)

> 有如社燕与秋鸿,相逢未稳还相送。洞庭青草渺无际,天

柱紫盖森欲动。(《送陈睦知潭州》)

人似秋鸿有来信,事如春梦了无痕。(《正月二十日与潘郭二生出郊寻春,忽记去年是日同至女王,城作,诗乃和前韵》)

君王不好事,只作好惊鸿。(《次韵鲁直戏赠》)

人生到处知何似,应似飞鸿踏雪泥。(《和子由渑池怀旧》)

一般来说,比之于普通鸟雀,"鸿"属于体形偏大之动物,但在苏轼所设定的宏大意境中,"鸿"变得无限渺小了——有限之个体放之于无限之宇宙、自然、天地间,那"鸿"或"孤鸿"所自带的寂寞属性也随之扩散、放大。

放眼望去,俱是寂寞。

东坡诗词中的"鸿",除了寂寞的本义,多还带着"精神之孤独""理想未实现""人生之幻灭"等含义——因此,这寂寞更为盛大。

以《卜算子》为例,我们来深入地体会一下他那盛大的寂寞:

缺月挂疏桐，漏断人初静。谁见幽人独往来，缥缈孤鸿影。　　惊起却回头，有恨无人省。拣尽寒枝不肯栖，寂寞沙洲冷。

关于此词的创作时间，有人说是元丰三年（1080年），有说元丰四五年之间的，以前者更为可信。这首词应为苏轼初到黄州，在定慧院暂住时所作。他在定慧院居住三个月后，便搬到临皋亭去了。

作此词时，他那受到惊吓的心灵尚未从漫长的旅途中平复，他的情绪仍然陷在乌台诗案的阴影里无法自拔，突然被命运抛掷到一个陌生新鲜的环境里，人地两生，仍要面对无边无际的大面积的寂寞。

真是煎熬。

上片"缺月"两句，立刻营造了一种极端寂寞之氛围。一片残月挂在干枯的梧桐枝头，漏刻中的水已滴尽，连那"滴答"的声音也消失不见，四周尽是寂静——那是一种让人不能摆脱的寂静。想挥洒心中烦闷却无途径，想祛除心中阴影但阴影就在眼前。"漏"指漏刻——古人的计时工具，漏断是指漏刻中水已滴尽，代指夜深。看似写景，实则是写内心深处之感受。

后两句则更进一步，将这种煎熬的情绪推向无以复加之地步。这句的意思是，无人可以往来，如孤独飞过的大雁，只在天空留下它若有若无的背影。"幽人"本意为幽囚之人，引申为含冤之人或幽居之人，这里是苏轼自指，有感慨意味，也有自嘲意味。"幽人"这个意象在苏轼的诗词中多次出现，如"幽人夜度吴王岘""幽人拊枕坐叹息""幽人自恨探春迟"，等等。"幽人"与"孤鸿"一起，将这种漂泊、彷徨的境遇表达得淋漓尽致——众生皆已入梦，唯"我"在天地间孤枕难眠，"孤鸿"与"幽人"之间形成一种特别的张力："地上的我"（幽人）将它衬托得更为缥缈，"空中的它"（孤鸿）将"我"衬托得更为孤独。

　　若说上片是写景，是以景来映衬内心之寂寞，下片就是直接抒发寂寞了。

　　那种累积的寂寞情绪，内心确实已经无法承受了，需要将它发泄出来。"惊起"二句，即是直挺挺地直面自己的内心，一点儿也没有回避的意思：只一个"惊"字，便将此刻内心的情绪和盘托出了。经历诗案后的作者，难免仍恐惧于诗案中身体和心灵所受的创伤，仍陷在负面情绪里，但他明白如此无益，不如走出这创伤和负面情绪，但环顾四周，知音难觅，孤苦无着，情何以堪？——天下之大，无人懂我，苦！

　　按常理而言，既然"有恨无人省"，那应该寻求解决之道，让"恨"有人"省"：比如抓紧熟悉环境，多认识新朋友，或给老朋友写信，倾吐心事，这些方法皆有可能帮助解除内心那些盛大的寂寞。哪料想，苏轼未按常理出牌，却给出另外一个略显出人意料的答案："拣尽寒枝不肯栖，寂寞沙洲冷"，大约是说，我那些"恨"，"无人省"就"无人省"吧，我尽愿像那孤鸿，栖息于荒凉的沙洲，也不愿栖息在寒枝之上。苏先生大概是借此明志：热闹是你们的，我什么也没有，那又如何？我宁愿独来独往，也不想和你们同流合污——清高自许之态清晰可见也。作者处在寂寞的心境中，依然可以主动拥抱寂寞，"冷"自然是无可避免的了。

上片中，"幽人"与"孤鸿"的联系尚属浅淡，到下片里，"幽人"与"孤鸿"似乎完全融为一体了！作者这里似乎使用了隐晦的互文手法，借"幽人"来观照"孤鸿"，借"孤鸿"来表现"幽人"。读完全词，竟一时无法分辨何为"孤鸿"何为"幽人"。其实，未必有真的孤鸿出现过——那孤鸿亦可能只是作者为表达孤独而引入词中的，是为表达情绪服务的。

黄庭坚为此词跋中忍不住感慨："语意高妙，似非吃烟火食人语。非胸中有万卷书，笔下无一点尘俗气，孰能至此。"

不过，关于此词，历来不乏争论。其中"拣尽寒枝不肯栖"一句，多位注家以此为语病，原因是大雁栖息于田野苇丛间，而非梧桐枝上。但亦有注家以为，"寒枝"未必一定是指梧桐枝，也可以是苇枝；还有注家以为"寒枝"非大雁所栖，故"拣尽"亦"不肯栖"，并没有毛病。

我个人以为，这争论没啥实际意义，"孤鸿"本身是作者高度抽象的文学形象，是为表现主题服务的，至于"寒枝"是梧桐枝还是苇枝，这个问题并不紧要，紧要的是——孤鸿是高洁脱俗的精神象征。

——它本有机会远离寂寞，但它仍然主动选择了寂寞，宁愿寂寞。

这坚持里，有它的理想所在，有它的志向所在——它因而得到作者厚爱，被选为他的代言人——这孤鸿就是作者自己啊。

二

再来体会微小之寂寞。

这里讲的"微小"，是那种特别私人的寂寞，难与外人道的寂寞——它限于此时此地此情此景此身此心，与他人无关，与世界无关。

寂寞何以称小？因为它是一个人的孤单，一种隐藏于内心不太能为别人道的心理冒险。

情绪躺藏于心底，非到万不得已，无法拿出来与别人诉说——若说出来别人无法共情，还不如不说——像辛弃疾的词作《丑奴儿》里的名句："欲说还休。欲说还休，却道天凉好个秋！"

东坡经常抒发这种微小的寂寞。

像《如梦令·题淮山楼》：

> 城上层楼叠巘。城下清淮古汴。举手揖吴云，人与暮天俱远。魂断。魂断。后夜松江月满。

这首词写于熙宁四年（1071年），是年苏轼三十六岁。因受变法派排挤，苏轼获外放杭州通判，十月时，路过泗州，在此地逗留，观览山水胜景，后写下此词。从开封到杭州上任的途中，苏轼所作诗词甚多，诗词中所流露出来的情绪，多矛盾复杂，这词亦不例外。

作者登高望远，将古城景色尽收眼底，"层楼叠巘"与"清淮古汴"相互映照，景色优美动人——景色越优美，越能反衬赏景之人的寂寞——作者写景色之目的，仍然是为反衬自己的情绪——许多老练的诗人都擅长使用这一表达方式。

"城上"与"城下",构建了一种奇妙的空间关系,给人旷远辽阔之感。淮河与汴河皆为著名河流,一个"古"字,又构建出一种时间关系。东坡先生表达情绪,经常不自觉地怀古思今,将情绪放置于空间与时间当中,特别容易"制造"一种"人生如梦"的失落。

"清淮古汴"或许还包含一层隐藏的信息:淮河和汴河都发源于中原,自己却离中原越来越远,离政治中心越来越远,意味着离自己的政治理想越来越远。正值年富力强想要大展拳脚做一番事业的苏先生,此番南去,心下当然不无失意。

"举手揖吴云,人与暮天俱远",作者笔锋一转,有要平复郁闷不满的意思,有要铲除寂寞孤单的努力。"吴云"代表南方的天空,作者举手向南方的天空致意。为何要向南方的天空致意?南方是自己要去的地方,在那块土地上,有自己的一些老朋友,这些老朋友多是被王安石排挤出朝廷的人,即自己的同道之人。即将要见到他们,心中那挥之不去的寂寞,马上就要烟消云散了。那些无法与外人道的情绪,就可以好好地倾诉了。想到此处,自然要平复一些。"人与暮天俱远",是作者对于吴地的想象——人指吴地的友人,暮天是吴地的暮天。朋友们,我离你们还有一段路程要走啊。

一想到不久后将要见面的友人,作者情绪开始起伏,"魂断。魂断。后夜松江月满。""魂断"通常有两个意思：一指伤心，二指激动。这里是激动而非伤心——特别强调这一点的依据，恰是"后夜松江月满"，意思是，吴淞江上月圆之时，便可以与诸位相会，在江边把酒言欢，听风赏月，快意江湖！需要指出的是，这里的"后夜"，并非确指，不是明天晚上，亦非后天晚上，是作者根据路程所做的推断，大约月圆之时便可以抵达相会之地——尽管还要等一段时间才能见到友人，幸福感已开始渐渐涌漫。

有一次和诗人流马闲聊，他说："真正的快乐在于等待快乐来临的阶段。"借此等待之机，作者的寂寞情绪似乎倏的一下消失不见，剩下的只有快乐。

但事实果真如此吗？非也。此刻作者仍然寂寞，仍然孤独，仍然陷在自身的情绪里无法自拔，但总不能一直如此吧。作者想要转换情绪，缓解压抑，企图借想象与朋友相聚的场面而获得快乐，岂不料，那种想象出来的欢乐场景，将此刻登高望远的作者映衬得更加寂寞！

未来的快乐似乎是必然的，但眼下的寂寞却是真切的。

眼下的这种寂寞，难与外人说，也不知应与何人说，说与不懂的人，只是徒增烦恼；想要说与懂的人，但他们都不在身边。只能寄托于文字当中，将这种私人的寂寞托付与这首言短情长的《如梦令》。

像《浣溪沙·荷花》：

> 四面垂杨十里荷。问云何处最花多。画楼南畔夕阳和。
> 天气乍凉人寂寞，光阴须得酒消磨。且来花里听笙歌。

东坡是天生的艺术家，既有艺术创作之激情，又有强烈的感受力和敏感度，能于瞬间之内抓住短暂易逝的情绪，并将其抒发出来。这首词只有短短四十二个字，却可以将当下此刻的心情描述得淋漓尽致——仍然为无法消受的寂寞所困。

这首词的创作时间有两说，一说是熙宁十年（1077年）正月作于济南，一说为元祐六年（1091年）闰八月至九月间。我倾向于后者，从时令、心情、所言景物等诸方面来看，后者更为切合，应是作者初至颍州太守任上所作。

为何去颍州？此前在京师任职时，苏氏兄弟陷入政敌围攻之局面，他因不堪党争，请调杭州，哪想太皇太后眷顾，再次将他从杭州调回朝廷，并委以重任。哪料想他刚一踏上开封的土地，先前的政敌再次展开密集的攻击，情势陡然升级，经过一番较量，朝廷各打五十大板：弹劾他的贾易被外放庐州，他则被外放颍州。之所以交代此背景，皆因有助于理解他那种隐藏于心的寂寞。

四面垂杨，十里荷花，颍州西湖景色不可谓不美好。目之所及，尽是风光。即便如此，作者仍然贪心，想要寻求一个荷花最多最盛的地点——大约是有熟悉此地风景的人指点，为他提供了观赏荷花的最佳角度和最佳时间：西湖南畔的画楼之上，傍晚时分——恰值夕阳落山的那个时间。作者得此指点，想必获得了极致的审美体验：孤鹜与落霞齐飞，湖水共长天一色，垂杨绿意浓郁化解不开，荷花朵朵绽放荷叶亭亭如盖。按常理讲，接下来应该描摹景色之美，感慨山河之壮。

谁曾料，他来了一个大转折，未写美景，未有感慨，却写了当下心情：天气乍凉人寂寞。

荷花仍在盛开，说明还是夏天，至少是暮夏初秋，气温可能有所下降，但在专注的赏景人那里，怎么就捕捉到了那细微的温度变化？这依然可以看作是苏先生的创作手法，不必非理解为写实，写"微凉"是为引出寂寞，从微凉而寂寞，从外在感受写内在变化，递进得没有任何意外，悄无声息地一下子就将人带入寂寞里氛围里。有些读者可能还未回过神来：刚刚还在为美景陶醉，怎么一下子就寂寞了？上片与下片的过渡，竟没着任何痕迹，让人未有丝毫察觉、警惕——不得不佩服作者的创作技巧和功力。

"寂寞"确实是他初到颍州的感受。其来有二：苏轼从中央到地方，仕途再起波澜，报效朝廷的雄心再次受挫，心情难免灰暗；颍州虽有陈师道、欧阳棐等友人相伴，但他们皆不爱或不擅长写诗酬答,这又是另一层寂寞。

写到"寂寞",接下来该如何落笔,又是一层考验,按一般处理方式,免不了感慨壮志难酬,人生无着,悲伤失意。偏偏作者这次仍不按套路出牌,转而写下"光阴须得酒消磨",酒这一道具又出场了!请注意,在东坡的诗词中,"酒"是一种很重要的意象,是疏解精神困境的重要法宝。如何对付寂寞?上酒!李白说,举杯消愁愁更愁,这是一种情形,于东坡而言,酒在此刻却是祛除寂寞的良药,由它而得片刻的麻醉和心绪的放松——其实酒所起的作用也有限,但若无酒,这一刻的情绪断断无法了断。

管他呢,喝一杯再说吧!

以"且来花里听笙歌"为结尾,算一种积极对抗负面情绪的手段,是对寂寞的主动迎战:有酒,有花,有落日,有晚霞,再来一段动人乐声,岂不美哉?

读者因作者的寂寞而提起的那颗心,可以稍微放下了,因为他有了疏解的方法,暂时并不用为他担心。

三

还有一种寂寞,很难用"大"或"小"来形容——它甚至是由其他情绪引起的，并非当下最紧要的情绪——然而它却常常不由自主地跟着那紧要的情绪冒出来。

如这首《西江月·平山堂》：

> 三过平山堂下，半生弹指声中。十年不见老仙翁。壁上龙蛇飞动。　欲吊文章太守，仍歌杨柳春风。休言万事转头空。未转头时皆梦。

关于苏轼此次路过平山堂的时间，学界有争议，一说是元丰二年（1079年），一说元丰七年（1084年），我们取前者，应是苏轼调任湖州知州时事。赴新任途中，路过扬州，一众友人和当地名士在平山堂为他接风洗尘。平山堂系欧阳修于庆历八年（1048年）知扬州时所筑，并于堂下手植垂柳。嘉祐元年（1056年），欧阳修的老友刘原甫调任扬州知州，时任翰林学士的欧阳修作《朝中措》为友人饯行，念念不忘他的平山堂：

> 平山阑槛倚晴空，山色有无中。手种堂前垂柳，别来几度春风。　文章太守，挥毫万字，一饮千钟。行乐直须年少，樽前看取衰翁。

东坡睹物思人，诵读欧阳前辈名作，感慨万千，挥毫而记此词。其词中"文章太守""杨柳春风"等典即出自欧阳修的这首《朝中措》。

熟悉苏轼的人都知道，欧阳修是其恩师，于苏家父子皆有选拔和知遇之恩，苏家和欧阳家交往甚密，即便欧阳老先生过世后，来往仍旧不断。而今老前辈已仙逝数年，今日于平山堂之上，与众友人把酒言欢，忆及往事，先生音容笑貌如在眼前，让他怎能不起心动念，流露思念？

这首词实为凭吊欧阳老先生而作。但多读几遍，却不难从中感受到东坡身上那化不开的寂寞——这种寂寞来自何处？一方面，欧阳老前辈不在世上，有些知心话不知向谁倾诉；另一方面，是老大难为，眼睁睁看着变法派起劲折腾，他却只能被动地听任朝廷安排，在仕途间迁徙流转。

时间飞逝，理想黯淡，在这压抑的情绪底下，难免又堕入虚空当中。读这首词，倘若不能领会到此种微妙的情绪，便无法把握它内中所隐含的情绪走向——东坡借凭吊恩师的机会，极为隐蔽地传达了内心的寂寞。我翻看了几种前人注释，多属言不及义，未说出这层意思来。

倒是有个叫张嘉父的人，领会到了这一层——他就在平山堂的宴饮现场，是迎接苏轼的众友人之一，近距离观察了苏轼的一举一动，他的话有可信度。张嘉父的原话收在北宋名僧慧洪觉范的《石门文字禅》卷二七《跋东坡平山堂词》：

> 东坡登平山堂，怀醉翁，作此词。张嘉父谓予曰：时红妆成轮，名士堵立，看其落笔置墨，目送万里，殆欲仙去尔。余衰退，得观此于祐上座处，便觉烟雨孤鸿在其中矣。

张嘉父说，当时在场美女众多，名士环绕，苏先生置墨挥笔，写下这首词，甚是潇洒。又见他遥望远方，大约是想做个逍遥的神仙去吧。"烟雨孤鸿"，即谓苏轼的惆怅寂寞，张嘉父观察得仔细，苏先生于不经意间所流露出的情绪，尽为他所捕捉。

占得人间一味愚

《论幽默》的作者赫伯·特鲁说:"幽默的最高层次,只有那些能笑自己、能对自己做趣味思想的人,才能达到这个境界。"

这个所谓"最高层次",是自嘲。

善于自嘲的人,大多是看透了事物的本质,不拘泥于人生的条条框框,勇于面对现实世界——黑暗或是苦难,困境或是逆旅,都可以一笑置之,借助自嘲这种形式,化解心理危机和可能的障碍,向着未来继续前行——这是活泼的生命力不会枯萎的证明。

自嘲是一种能力,非经生活的历练敲打,非经对人生的领悟思考,便无法实现和提升这种能力。

擅长自嘲的人,皆有一种特别的魅力。

洒脱不羁的庄子，是自嘲自黑的典范。即便生死离别之事，在他都可以拿来开玩笑：

> 庄子将死，弟子欲厚葬之。庄子曰："吾以天地为棺椁，以日月为连璧，星辰为珠玑，万物为赍送。吾葬具岂不备邪？何以加此！"
>
> 弟子曰："吾恐乌鸢之食夫子也。"
>
> 庄子曰："在上为乌鸢食，在下为蝼蚁食，夺彼与此，何其偏也。"

弟子欲厚葬庄子，庄子反对说，别搞那些有的没的，不需要，随便把我丢个地方就行。

弟子说，我们怕你被猛禽吃了。

庄子说，要么在地上被猛禽吃，要么在地下被蝼蚁吃——搞厚葬是件无聊透顶的事。

——这洒脱，这达观，这自由的真性情。

看起来苦哈哈的杜甫也喜欢挖苦自己，挖苦起来不留情面，他写过一首《官定后戏赠》：

> 不作河西尉，凄凉为折腰。
> 老夫怕趋走，率府且逍遥。

> 耽酒须微禄，狂歌托圣朝。
> 故山归兴尽，回首向风飙。

历尽艰辛，获一县尉，"致君尧舜上"的理想看起来十分遥远，换一般人早憋屈得流下了伤心泪，杜甫不，自嘲一番，继续赶路。这份自嘲中也含着悲凉的意味，只不过换了一种方式表达，这悲凉便不显得那么悲凉了。

自嘲是一剂良药，能降低人生里那些极其悲苦的成分，将其置换成一丝微淡的甜味。

陆游有首诗干脆取名《自嘲》：

> 少读诗书陋汉唐，莫年身世寄农桑。
> 骑驴两脚欲到地，爱酒一樽常在旁。
> 老去形容虽变改，醉来意气尚轩昂。
> 太行王屋何由动，堪笑愚公不自量。

同老杜一样，陆先生也是感慨不得志，换一般诗人，此时可能要抒发满腔愤懑，表达不满，陆游却讥讽起自己来：年少读书时，连汉唐功业都不放在眼里，哪想晚年却寄身农桑，骑头瘦驴，喝喝小酒。我年岁已老，容貌已变，只是醉后还有当年意气。遥想年轻时代，却有移动太行、王屋二山之志——原来我也曾和愚公一样自不量力啊。

——这自嘲里，分明也有眼泪。

鲁迅先生说："笑和泪只隔一张纸，恐怕只有尝过泪的深味的人，才真正懂得人生的笑。"

那些擅长自嘲的人，都是"尝过泪的深味的人"，也是"真正懂得人生的笑"的人。

苏东坡便是这样的人。

他太爱自嘲，也太懂自嘲——东坡的一生，是自嘲的一生——他嘲笑自己的长相、自己的星座、自己的际遇——这便是我们读他的传记时，看他曲折坎坷的一生，却不觉得沉重，反而可以时常莞尔一笑的原因所在。

通过自嘲，他将那些痛苦、失意、挫折、黑暗全都化于无形——这也是备受打击却未被击垮的原因。

自嘲是他与世界和解的方式。

有些自嘲是阳光明媚的

东坡性诙谐，与朋友交往时，日常宴饮时，甚至给弟弟写信时，他都喜欢开玩笑。

他时不时也和自己开玩笑。

如《访黎子云》：

> 野径行行遇小童，黎音笑语说坡翁。
> 东行策杖寻黎老，打狗惊鸡似病风。

黎子云是东坡晚年在海南所交的朋友。东坡去访黎子云，大概是为了抄近路，挑了条野径，路上遇到一群孩童，小孩子跟坡翁应该挺熟了吧，欢笑着与他招呼，还跟着他去黎子云家，孩子们一边随行一边吵闹，欢快地讨论着坡翁。一个白发老人，若干个活泼孩童，疯疯癫癫地赶路，又是打狗又是赶鸡，像一群患了风搐或风痹病的病人。身处庙堂时的东坡，本就拥有诙谐放纵的天性，但他的这种天性，到了乡野间便彻底释放出来，连仅有的一点严肃也丢弃了，呈现出原原本本的"自然人"状态。

短短四句，"坡翁"与"孩童们"的形象活灵活现，那浓郁的生活气息，隔了千年时空似乎都要传递到今天的读者面前——坡翁是描述场景之能手，仅用二十八字就还原出那欢乐热闹的景象。

又如《欧阳晦夫遗接䍦琴枕，戏作此诗谢之》：

> 携儿过岭今七年，晚途更著黎衣冠。

> 白头穿林要藤帽,赤脚渡水须花缦。
> 不愁故人惊绝倒,但使俚俗相恬安。
> 见君合浦如梦寐,挽须握手俱汍澜。
> 妻缝接䍦雾縠细,儿送琴枕冰徽寒。
> 无弦且寄陶令意,倒载犹作山公看。
> 我怀汝阴六一老,眉宇秀发如春峦。
> 羽衣鹤氅古仙伯,岌岌两柱扶霜纨。
> 至今画像作此服,凛如退之加渥丹。
> 尔来前辈皆鬼录,我亦带脱巾欹宽。
> 作诗颇似六一语,往往亦带梅公酸。

乐观之态跃然纸上!

海南生活这么苦,苦得一般人无法接受,似乎除了怨天尤人别无他法——东坡先生却反其道而行,乐得其所:来都来了,何妨入乡随俗,穿上黎族人的服饰,戴上黎族人的帽子,与当地人打成一片。白头赤脚,随俗而行,活脱脱一副黎族老人形象——若我那些老朋友见到这场景,大约会"惊异绝倒"吧!

贫困交加,人至暮年,东坡先生反而愈加乐观自在,他仿佛已经洞悉人世间的一切秘密,没有什么可以将他打倒了——"尔来前辈皆鬼录,我亦带脱巾欹宽",前辈已逝,我也会追随他们而去。何等的快活与欢笑,何等的洒脱与自由!

明媚如此,谁能不受感染,不受触动?本来雾霾满天,雷声隆隆,奈何我笑傲前行。

有些自嘲是笑中带泪的

达观者有一种本领,便是将悲伤和泪水内化,形之于脸上的笑容,但那笑容的底色仍然是悲伤的,只是达观者擅长转化和中和悲伤,赋予悲伤以快乐、温暖的正向情绪,使其看起来不那么悲伤而已——又或者,人生已陷入困境,左冲右突也无法脱离出来,若束手就擒又不是咱的作风,那就笑颜相对,总会见晴天。

如东坡的《纵笔三首》:

其一
寂寂东坡一病翁,白须萧散满霜风。
小儿误喜朱颜在,一笑那知是酒红。

其二
父老争看乌角巾,应缘曾现宰官身。

溪边古路三叉口,独立斜阳数过人。

其三

北船不到米如珠,醉饱萧条半月无。
明日东家知祀灶,只鸡斗酒定膰吾。

《纵笔三首》亦是被贬海南时所写,作于元符二年(1099年),当地生活条件恶劣,"食无肉,居无室,病无药,出无友",要啥没啥,窘迫如此,亦不能改变东坡先生达观乐天的个性。

第一首诗,是自嘲衰老:各位看看现在的我,就是一个饱受病痛折磨的老头,须发皆白,凌乱不堪。小儿子苏过误以为老汉我红颜未改,他哪里知道,我现在面庞红润只是因为喝了点酒啊!

在惠州时,东坡就写过《纵笔》诗,其中有句"白头萧散满霜风",这里不过把"头"改成"须"。惠州所作《纵笔》诗传到京城,被章惇看到,惊曰:"苏某尚尔快活耶!"因此决定将他从惠州再贬到儋州。此时不经意再用此句,充分显示了苏轼之倔强姿态:苏某人何止快活,而且顽强——意蕴与麦克阿瑟将军的名言颇有暗合之处:老兵永远不死,他们只是凋零(Old soldiers never die, they just fade away)。那股打死不服输的劲儿，是一个理想主义者最后的倔强。

前两句是"叹老"，读后让人感伤，暮年已至，容颜苍老，体力和精力大不如前，自然再无干一番事业来实现雄心壮志的可能性。后两句却突然一转，调笑起来，病翁东坡举重若轻，将"叹老"带给读者的压迫感和紧张感消去了，转而变得愉悦轻松，甚至让人不自觉地一笑，忍不住感叹：此翁有趣得紧。

其实，哪里有什么"小儿误喜"，东坡在海南时，苏过天天陪在身边，坡翁的身体状况如何，怕没有比苏过更清楚的人了。苏过在此诗中出场，只不过是老爹写作所设的一个技巧，铺垫出一层喜感，给"叹老"这件本来让人悲伤的事情，涂上了一层轻快的色彩而已。

第二首诗写的是寂寥：父老们围过来看我这黑色的头巾，大概是他们好奇我这个曾经官职在身的人，为何来到此地。待父老散去，溪边路口只余我一人独立，看夕阳西沉，寂寥地数着过往行人。

父老为何围观他的"乌角巾"——因为他们推测，这位苏先生大概是一个曾经做过"宰官"的人。乌角巾是隐士喜戴的头巾，杜甫曾有"锦里先生乌角巾"之句。"宰官"，泛指官吏。苏轼在政治上多遭打击，屡受贬谪，但因为文名盛，人豪爽，在贬谪之地亦很受欢迎。父老的欢迎让他心有所慰，而欢迎的原因之一——"宰官身"亦让他自哀，首句热闹，次句便悲凉，悲凉与热闹相映衬，底色却是悲凉。

一阵热闹过后，父老散去，忽然由热闹而冷清，寂寞心境便劈头盖脸地砸了过来：溪边、古路、三叉口，只是三种景象的简单叠加，冷清之气立时弥漫。清人王文诰的《苏文忠公诗编注集成》卷四十二评论"溪边古路三叉口"句："此三首之第三句，皆于极平淡中，陡然而出，而此句尤奇突，殊不知'争看'二字，已安根矣。三首皆弄此手法。"我理解，王文诰的意思是，"争看"二字，其实已为抒写寂寞埋下了伏笔，而此句看似奇突，实则是上一句的顺承。

末句"独立斜阳数过人"，用的是上帝视角或者说第三者视角。一个老头，夕阳中独立，影子被拉得很长，到这儿都只是表面的寂寞，但"数过人"三字一出，心理上的寂寞也一下子跳了出来：无事可做，只得数路上的行人以消遣。为何数路上行人？只是因为寂寞——或者说，是诗人想从寂寞中解脱，通过数行人来缓解这种寂寞，哪知寂寞还是不知不觉地占据了身心。

那种幽微细致的心态诸位可曾感受得到？

明明写的是悲凉寂寞，诗中却无"悲凉""寂寞"这样的字眼，诗人用恬淡自然的笔触，不着痕迹地描述了当下心境——悲凉和寂寞就自己形之于外了。

难怪王文诰评《纵笔三首》:"平淡之极,却有无限作用在内,未易以情景论也。"

有些自嘲是达观开阔的

人生路上的许多时刻,会遇到沟沟坎坎,当下是觉得无法迈过去,悲观者遇到,常会生绝望之心,而乐观者却可以大方地自嘲一番——迈不过去就暂且放一下,且看明天有无变化——形势发生变化,那坎儿只须轻轻一跳,便可化解。

擅长自嘲的人,骨子里有一种无法战胜的乐观精神,不会因一时的困境而绝望,不会因一时的痛苦而逃避。他们能将消极情绪转化为积极情绪,能将悲观主义转化为乐观主义。

他们知晓人生的真义,懂得生活的真相:世事无绝对,人间不完美。风雨过后不一定有美好的天空,不是天晴就会有彩虹……但雾霾无法永久挡住阳光,天黑久了就一定会迎来天亮。

不管顺境逆境,往前走便是了。

东坡作品中的那些自嘲,读后让人觉得:罢罢罢,较什么劲哪,但凡像苏先生那样看开点,我家后院那片草地也堪比辽阔草原。

如这首《南乡子·自述》：

> 凉簟碧纱厨。一枕清风昼睡余。睡听晚衙无一事，徐徐。读尽床头几卷书。　　搔首赋归欤。自觉功名懒更疏。若问使君才与术，何如。占得人间一味愚。

这首词作于徐州任上，在徐州的苏太守，情绪比此前平和了许多，工作也已驾轻就熟，在文坛的知名度与日俱增，假以时日，即将成为继欧阳修之后的文坛新盟主。只是，王安石变法仍在继续，改革派占据中枢，作为反对派的苏先生，在政治上的抱负无由施展，距离"致君尧舜上，再使风俗淳"的追求仍然遥远，因而又有出世之想，想要找个地方隐居，过悠然自得的生活。

此词便是此种思想下的产物，但全词弥漫的并非消极避世，而是自嘲式的化解：既然有大把时光，不妨睡觉、读书；既然懒于功名，何如告诉别人，我的才与术不过是个"愚"字。

东坡一生，内心矛盾重重，既有儒生意气，想要建功立业；又常做佛道之想，想要隐居山林。李泽厚先生曾评论：苏一生并未退隐，也从未"归田"，但是他通过诗文所表达出来的那种人生空漠之感，却比前人任何口头上或事实上的

"退隐""归田""遁世"要更深刻更沉重。

东坡有关退隐的诗词中，以沉重的情绪居多，但这首却是个例外，他以调侃的口气自嘲，没有任何沉重感，读毕，如有微笑现于唇角——那旷达，那乐观，是写在骨子里的——几年后，当他面对乌台诗案这样的逆境时，这乐观一定是起了作用的，帮他渡过了心理和生理的双重难关。

又如《自题金山画像》：

心似已灰之木，身如不系之舟。

问汝平生功业，黄州惠州儋州。

北宋建中靖国元年（1101年）五月，北迁的苏轼路过真州（今江苏仪征），重游金山寺，在其好友著名画家李公麟为他所绘的画像上题写了这首诗。题诗两个月后，苏轼在常州去世，这首诗可以看作他对自己一生所做的总结。

按一般常理，苏先生历经风浪，人生经验宏大丰盛，写一篇大文章甚至一本书亦绰绰有余，而他只用二十四个字便概括了自己这一生。

起首两句颇惊人，"心似已灰之木，身如不系之舟"，铺排了一种极度低迷的情绪——此心已死，不做他求；此生飘摇，居无定所——给人的感觉是又凄凉又迷离，又沉重又悲伤——这哪里是那个世人熟悉的豪放雄健的东坡先生。

后两句作者笔锋忽一转，"问汝平生功业，黄州惠州儋州"，东坡先生一生，功业当然不少，说辉煌也不为过，但总结人生过往，他没有交代诸如开封、徐州、杭州的那些高光时刻，却只选了三个贬谪之地，黄州、惠州、儋州——一转念才发现，东坡先生是在调侃：六个字，三个地名，却可连成一句，自有机杼，营造了一种自嘲的氛围，将前两句累积的沉重悲伤全都击碎——一种迷人的旷达和乐观重又出现——这才是我们熟悉的东坡先生！

著名的心理学家马斯洛认为，自我实现的人拥有一个显著特征，便是"自我接纳"，一个自我接纳的人，能接受自己和他人，不会为自己或他人的缺点所困扰，感到困窘与不安。他们能坦然地接受自己的现状，包括自己的需要、水平、愿望，同样也能宽容地对待他人的弱点和问题，从容地生活。

将人生的低潮和盘托出，是需要勇气的——苏先生却说得如此自然随性，足以证明他早已接纳了这些过往，并视之为人生中极为重要的一部分——坎坷也好，挫折也罢，非但没有让我消沉，反而让我更乐观、更积极地看待这世界——这是他与世界、与自己和解的证明。

那达观，那开阔，都隐藏在这二十四个字里了。

猎鹿人：老夫聊发少年狂

东坡先生本是一介文人，是柔弱书生，但对于军事军务似乎有浓厚的兴趣。

早年参加制策考试时，他曾在试卷中指出大宋军事的弊端并提出具体建议："今天下之兵，不耕聚于京畿三辅者，以数十万计，皆仰给于县官。"宋制规定，士兵六十岁才能退休，这一政策导致的后果是军队冗繁，吃空饷者众。苏轼主张，应对士兵的年龄进行限制，以二十岁到四十岁为宜，四十岁之后，士兵应该退役。

后来守边定州，针对边防空虚、军纪涣散，苏大人进行了大力整顿，使得军官克扣军饷、放高利贷等不法行为大为减少。除此之外，他还命令修补禁军营房，改善士兵生活，使得士兵逃逸现象大为减少。定州靠近契丹，是军事重镇，而定州禁军长期缺乏训练,士兵懒惰成性。苏轼认为,一旦发生战争,禁军不具有应对的战斗力,但如果突然加大训练力度,定会引起契丹人的警惕,反而不妙。他遂向朝廷上奏《乞增修弓箭社条约状》,提出重新增修弓箭社之主张。澶渊之盟后,为应对契丹人入侵边境,定州百姓自发组织弓箭社,从每家每户挑选身强力壮的男丁组织而成,他们携带武器,分批巡逻,保卫家乡。但在苏轼所处年代,宋与契丹和平已久,百姓早失警惕之心,再加上王安石变法推行保甲法,致弓箭社名存实亡。

朝廷对苏轼的想法表示支持,他开始重建弓箭社,组织约三万人,驻扎定州下辖各军、监,昼夜巡逻,边境治安遂得以改善。

和平年代无法上场杀敌,但可以驰骋于田野和猎场,将心中的豪情尽情倾泻——这在他的诗词里亦有所反映。

或者说,东坡之畋猎诗,内容并非简单的打猎,而是将自身与国家牵系在一起,是他表达为国效力、济时救世理想的一种形式。

最具代表性的当然是那首《江城子·密州出猎》:

> 老夫聊发少年狂,左牵黄,右擎苍,锦帽貂裘,千骑卷平冈。为报倾城随太守,亲射虎,看孙郎。　　酒酣胸胆尚开

张。鬓微霜，又何妨！持节云中，何日遣冯唐？会挽雕弓如满月，西北望，射天狼。

在写给前辈朋友鲜于子骏的信中，他对这首词颇为自得，得意之情快要溢出纸外了："近却颇作小词，虽无柳七郎风味，亦自是一家，呵呵！数日前猎于郊外，所获颇多，作得一阕，令东州壮士，抵掌顿足而歌之，吹笛击鼓以为节，颇壮观也。写呈取笑。"柳七郎指柳永，柳氏是宋词发展史上的标志性人物，苏轼称这首词有别于柳七郎，是强调自己创作出别具一格的崭新词作。

苏轼作词甚晚，大约始于杭州，在三十七岁前后，但他的起点高，出手不凡，这首词作一举开创了宋代文坛的豪放词风，可称为他的第一首豪放词作。

先说词中用典，"左牵黄，右擎苍"出自《梁书·张充传》：充少时出猎，左手臂鹰，右手牵狗；"亲射虎，看孙郎"出自《三国志·吴书》：二十三年十月，权将如吴，亲乘马射虎于庱亭。马为虎所伤，权投以双戟，虎却废。常从张世击以戈，获之；"持节云中，何日遣冯唐"出自《汉书·冯唐传》，汉文帝时，云中太守魏尚获罪被削职，冯唐谏文帝不应因小过而罢魏尚，文帝就派冯唐持节去赦魏尚；天狼星是夜晚最亮的恒星，古埃及、古希腊、古罗马人无一例外都注意到这颗星，古代中国人认为，天狼星是"夷将"之象征，代表着入侵的异族，天狼星的明暗变化是边疆安危之呈现，为了化解异族入侵，人们又将二十八星宿之井宿中的九颗星命名为"弧矢"——它们共同组成了一张弓和一把箭，弧矢在天狼星的左下方，苏先生要挽的"雕弓"即是指此"弧矢"之弓，他用"天狼"代指西夏。

一般人作词，情绪会有个渐进的过程，东坡先生不，上片直接就豪情万丈了！各位都闪开，老夫要发少年狂！如何发少年狂？左手牵狗，右胳膊上架鹰，带领一群猎鹿人，千骑奔驰，腾原越野！那场面，那气势，直如杀气腾腾之疆场，词人为这场景着迷，竟以为自己就是当年雄姿勃勃的孙权，面对猛虎毫无惧色，一箭就射了过去。下片却也没有片刻情绪上的过渡，接着抒发万丈豪情：痛饮美酒，胸胆开张，两鬓白发又奈我何？朝廷什么时候下令让我纵横疆场，到西北杀敌，将西夏军队杀个片甲不留？

就问你豪不豪爽？

虽是"豪放"佳作，但仍可以读出一点点"焦虑"的意味来。苏轼知密州时，王安石变法仍在紧锣密鼓地进行，作为变法的反对派，苏先生不受重用，报效国家的行动无处施展，心中不免着急：冯唐易老，苏某也易老，再不用我，我就彻底老了！嘴里说着"鬓微霜，又何妨"，但心心念念的，还是"何日遣冯唐",其实就是问"何日遣苏某"——那颗心是极其迫切的,但又觉无望——豪放里夹杂着一丝沉重。

"何日遣冯唐"才是此词之词眼。

表达同样心情的作品,还有在密州所作的《和梅户曹会猎铁沟》:

> 山西从古说三明,谁信儒冠也捍城。
> 竿上鲸鲵犹未掩(近枭数盗),草中狐兔不须惊。
> 东州赵叟饮无敌,南国梅仙诗有声。
> 向不如皋闲射雉,归来何以得卿卿。
>
> (是日唯梅、赵不射)

东坡是用典最频的宋代诗人,解读苏氏作品的难点亦在于此。先列此诗用典,"三明",一说是"凉州三明",《后汉书·段颖传》载,"段颖,字纪明,与皇甫威明、张然明皆为当时知名显达";一说指"中兴三明",是东晋蔡谟、诸葛恢、荀闿三位名臣的合称,他们的字均为"道明",我更倾向于"凉州三明","凉州三明"是武将,与"儒冠"相对。"东州赵叟"原指李白的方外朋友赵叟,李白曾为他写诗《送方士赵叟之东平》。"南国梅仙"原指宋人林逋,世称和靖先生,著名隐逸诗人,其性孤高恬淡,淡泊名利，后隐居杭州西湖，结庐孤山，常驾小舟遍游西湖周边寺庙，与高僧诗友往还，终生不仕不娶，苏轼对其诗、书、人品赞扬有加。这首诗中，苏轼用此二人指代跟他一起打猎的两位朋友、同僚，恰好他们分别姓赵和梅。"如皋""射雉"，出自《左传·昭公二十八年》："昔贾大夫恶，娶妻而美，三年不言不笑。御以如皋，射雉，获之，其妻始笑而言。"贾大夫长得丑，但娶了一个漂亮老婆，他老婆三年没有过笑脸，话也极少，贾大夫跑到皋这个地方射落一只雉，贾夫人才露出笑容，和他说话。这里喻指以才华俘获（女）人心。

前四句的大意是：太行山以西自古就流传着"凉州三明"英勇杀敌的故事，但谁能相信我这个儒生也可以捍卫密州城。这段时间里我要集中抓捕盗贼，等我抓完他们，再找机会安排一次尽兴的打猎活动。

苏氏豪迈，拿自己保卫密州与"凉州三明"英勇杀敌的故事相比，读来不免给人自夸之感，却也是实际情况。苏轼担任密州知州时，因为天灾人祸，流民迅增，一时盗贼蜂拥。苏知州果断下令，缉盗归案，方使治安好转——他那济世救民的情怀喷涌而出，铁定了心要当一个为民请命、为国献身的好官。拿自己与"凉州三明"并提——其实是他对自我的期许，希望自己能像"凉州三明"一样建功立业，报效国家。

后四句的大意是：老赵你好酒量，老梅你诗写得俊，但你俩今天没有收获猎物，怎么能讨得老婆大人的欢心？

仅看前四句，倒一本正经，到后四句，只是一个玩笑。如此结构让人觉得讶异，我甚至怀疑诗的题目本来是《和梅户曹会猎铁沟二首》：前四句和后四句说的是两件事，分为两首更合逻辑。

既然是一首，后四句必有所指，我的猜测是：壮志满怀的苏先生以打猎为幌子，实际是抒发壮志，趁机立下干一番事业的雄心——儒者一样可以驰骋疆场，纵横天地，老赵和老梅，你俩应该像我一样，不能只喝酒和写诗，诗酒只是自娱，隐逸并不可取，我们要练习骑射的本领，否则拿什么去干一番事业？受人们称赏？"归来何以得卿卿"其实是一句共勉或自勉之语。

苏轼在密州还有一首《祭常山回小猎》：

> 青盖前头点皂旗，黄茅冈下出长围。
> 弄风骄马跑空立，趁兔苍鹰掠地飞。
> 回望白云生翠巘，归来红叶满征衣。
> 圣明若用西凉簿，白羽犹能效一挥。

题目已经说明，这是去常山祭雨回来路上举办的一场小型打猎活动。为何去常山祭雨？东坡的《雩泉记》中有载："东武滨海，多风，而沟渎不留，故率常苦旱，祷雨兹山，未尝不应，民以其可信而恃，盖有常德者，故谓之常山。"密州易旱，而常山求雨灵验，作为地方官，带领属下及百姓向天求雨是应有之义。求雨仪式搞完后，顺便打猎而已。既然是"小猎"，规模必不太大，参与者必不太多，但到苏大人笔下，却俨然如战场一般，依然是热闹无比。

你看！青色车篷前，黑色旗帜飘荡，仪仗威风凛凛，黄茅冈下士兵排列，狩猎人马组成又长又广的阵势。

秋风呼啸，健马腾跃，马蹄立空。苍鹰俯冲直奔野兔，擦着地面，疾速低飞。

回首望向常山，好像天空之云中升腾出大小两座翠绿山头。满获猎物，踏上归程，红叶飘落，沾满征衣。

朝廷若用我这个知兵善战的书生为将，我还能摇着白羽扇指挥三军。

前四句写打猎的紧张激烈，紧接的两句笔锋忽转，写打猎归来的恬静场面，末两句借题发挥。三层意思顺承自然，层层递进，动静结合，刚柔并济，张弛有度，端的是一首好诗！

以上三首诗词，皆出自密州任上，密州于东坡，有独特意义。

打猎便是打猎，为何总借机抒发壮志？

一则，密州是他正式做地方长官的开始之地，正是在密州，他独当一面，通过治蝗、抗旱、缉盗等工作，对为官从政有了更深刻的认知，对百姓疾苦有了更深切的了解，通过扎实努力所取得的成绩令他欣慰，因此雄心不已，想要获得更大的成绩。

二则，他在密州时年纪在四十岁上下，离真正的中年危机还有几年时间，他还是那个积极进取的苏轼、士志于道的苏轼、以天下为己任的苏轼。

——再过几年之后，东坡诗词虽仍有豪放的一面，但表达的主题却已经发生变化，他对建功立业不再那么挂心了，对隐居越发热衷了。"许国心犹在，康时术已虚"，他渐渐隐藏起"少年狂"，在某种程度上而言，密州是"少年狂"之巅峰。

东坡的打猎诗，最早始于凤翔任上，题目是《司竹监烧苇园，因召都巡检柴贻勖左藏，以其徒会猎园下》：

> 官园刈苇留枯槎，深冬放火如红霞。
> 枯槎烧尽有根在，春雨一洗皆萌芽。
> 黄狐老兔最狡捷，卖侮百兽常矜夸。
> 年年此厄竟不悟，但爱蒙密争来家。
> 风回焰卷毛尾热，欲出已被苍鹰遮。

野人来言此最乐，徒手晓出归满车。
巡边将军在近邑，呼来飒飒从矛叉。
戍兵久闲可小试，战鼓虽冻犹堪挝。
雄心欲搏南涧虎，阵势颇学常山蛇。
霜干火烈声爆野，飞走无路号且呀。
迎人截来肯逢箭，避犬逸去穷投罝。
击鲜走马殊未厌，但恐落日催栖鸦。
弊旗仆鼓坐数获，鞍挂雉兔肩分麚。
主人置酒聚狂客，纷纷醉语晚更哗。
燎毛燔肉不暇割，饮啖直欲追羲娲。
青丘云梦古所吒，与此何啻百倍加。
苦遭谏疏说夷羿，又被赋客嘲淫奢。
岂如闲官走山邑，放旷不与趋朝衙。
农工已毕岁云暮，车骑虽少宾殊佳。
酒酣上马去不告，猎猎霜风吹帽斜。

先说一下题目，司竹监、都巡检、左藏都是官职名，分别掌管竹园、治安卫戍、仓库，司竹监要烧掉园中废枝枯草，苏轼趁此机会，召集几位同僚及其部众一起打猎饮酒。

写此诗时苏轼在凤翔任签判，正是刚入仕途的初生牛犊，才思敏捷，创作力旺盛，凤翔三年是他创作的密集时期，即便烧苇园这么个小事件，也可以追往思今，议论丛出，给人的感觉这不是首诗，而是一篇大文章，是"以文入诗"的典型，是苏氏诗作的风格特色之一。

这首诗给我的感觉是，青年公务员要发点牢骚，抒点情。他的感慨是有层次的：

第一层，黄狐、老兔如此聪敏机智，却年年来园中安家，要遭受家园被烧的厄运。有的学者解读说，苏轼先说狐兔之死，故作悼叹，为后面实写打猎之乐做反衬，这一点我不同意——他亦可能是说自身的处境犹如"黄狐老兔"。初入职场的人有个特点，对工作有热情，但也经不起打击，遇到一点挫折往往就会心灰意冷。苏轼去凤翔，干的是签判，是知府的秘书，比较清闲，他可能觉得在此无用武之地，他借此两句说自己不应来凤翔。

第二层，抒发雄心。打猎在苏轼这儿，从来都只是由头，抒发雄心壮志才是其出发点，猎场如战场，一上马就忍不住浮想联翩，"雄心欲搏南涧虎，阵势颇学常山蛇"，恨不得现在就投身战场一试身手，只可惜时不我与。

第三层，是一通大牢骚，借后羿的故事，说畋猎常被人们认为淫奢之事，何如我这个闲官逍遥自在，不受非议——这话八成是反着说的——我宁愿投身于事业，哪怕别人说三道四。换个角度表达就是：既然没有机会干大事，那就先躺在这个闲职上过点快活日子吧。

这首诗彻底出卖了青年苏先生内心的矛盾和挣扎：既有投身于事业的豪情，又有闲到闹心的无奈；既有身不由己的叹息，又有挥洒不了的热血。这种矛盾性在以后的若干年里，一直在他身上有所呈现，若往积极方向发展，便成为豪情满怀的"西北望，射天狼"；往消极方向发展，便成为落寞逃避的"小舟从此逝，江海寄余生"。

熙宁十年（1077年），苏轼知徐州，又有两首畋猎诗问世，这两首作于同一天。前一首的题目是《人日猎城南，会者十人，以"身轻一鸟过，枪急万人呼"为韵，轼得鸟字》：

> 儿童笑使君，忧愠常悄悄。
> 谁粘白接䍦，令跨金騕褭。
> 东风吹湿雪，手冷怯清晓。
> 忽发两鸣髇，相趁飞蚝小。
> 放弓一长啸，目送孤鸿矫。
> 吟诗忘鞭辔，不语头自掉。
> 归来仍脱粟，盐豉煮芹蓼。
> 何似雷将军，两眼霜鹘皎。
> 黑头已为将，百战意未了。
> 马上倒银瓶，得兔不暇燎。

少年负奇志,蹭蹬百忧绕。

回首英雄人,老死已不少。

青春还一梦,余年真过鸟。

莫上呼鹰台,平生笑刘表。

人日,是正月七日,这天以苏大人为首的打猎小分队一共十人去城南捕猎,他们商定,每人分得杜甫诗句"身轻一鸟过,枪急万人呼"中的一字,以分得的字为韵作诗。

起首两句令人惊诧,明明出来打猎,为何苏大人心不在焉,面带忧愠?实际情况是,苏轼至徐州不足三个月,黄河澶州段突然决口,大水淹没四十五州县、三十万顷良田,河水突袭徐州,一夜之间城下积水二丈八尺,苏大人组织军民抗洪,奋战两月余,终于将洪水击退,保一城百姓的生命财产安全。写此诗时,水患已去,但苏大人的情绪还陷于抗洪救灾当中,因而难免忧愠。

"谁拈白接䍦,令跨金騕褭","接䍦"指头巾,"騕褭"是骏马,苏大人缓过神来了,谁给我系上了头巾,谁扶我上了骏马:哦,我来打猎了,我要开心起来了!我要用爱发电了!

接下来八句便是描述打猎之场景:天气寒冷,冻手冻脚,但掩盖不了猎鹿人的豪气和箭术。引弓搭箭,放手,两支响箭齐齐射出,连那体形最小的飞虻都无法躲逃;放下弓箭,向天一声长啸,惊得那只孤雁飞向远方——"长啸"是苏大人的保留节目,是其遭遇人生巅峰体验时必须表演的节目,他在徐州桓山长啸过,在徐州城南猎场长啸过,在黄州赤壁长啸过——"划然长啸,草木震动,山鸣谷应,风起水涌"(《后赤壁赋》)。回去路上,忍不住吟诗,忘了自己还在马上,频频回头去看打猎的地方。

按一般套路,接着写归来大啖一顿,心情愉悦,发点感慨便可以收尾。苏大人这次却将笔触对准了同行的雷将军,敏感的读者想必已起警惕之心:同行十人,苏大人究竟有多偏心,将如此篇幅付与这位雷将军,他是什么来头?

雷将军名雷胜,"陇西人,以勇敢应募得官,为京东第二将,武力绝人,骑射敏妙"[1]。老雷眼神锐利,战功累累,马上饮酒,生食兔肉,何等神武!虽少年负志,却不能完全发光发热,到头来百忧缠绕。

为何讲雷将军的故事呢?想来是借他人之酒浇自己胸中块垒,雷将军不就是我本人吗?

因而有以下感慨:"回首英雄人,老死亦不少。青春还一梦,余年真过鸟。"遥想历代英雄,未遂其志者大有人

---

[1] 苏轼《猎会诗叙》。

在，青春年少时立下的雄心壮志，宛如一梦，只能眼睁睁看着时光如飞鸟一般转瞬即逝。苏轼人到中年，眼见自己仍无建树，不得不有此感慨。可能是太过消沉了，苏大人仍须提振一下精神，便以"莫上呼鹰台，平生笑刘表"结尾，意指自己并不消沉，抓住机会，仍可以有作为。刘表拥荆州战略要地，身处曹袁争雄之时，却不能相机而动，白白丢掉了大好形势。苏大人借机自勉：抓住有利时机，争取更大作为。

后一首题目叫《将官雷胜得过字代作》：

> 胡骑入回中，急烽连夜过。
> 短刀穿虏阵，溅血貂裘涴。
> 一来辇毂下，愁闷惟欲卧。
> 今朝从公猎，稍觉天宇大。
> 一双铁丝箭，未发手先唾。
> 射杀雪毛狐，腰间余一个。

雷胜是武将，不擅作诗，苏大人为之代作，也算善解人意。上来先夸雷将军如何英勇：胡人入侵，雷将军连夜行军，手持短刀攻入敌阵，如入无人之地——不正面写杀人，也不正面写刀法，却说敌人的鲜血溅满了雷胜的战服，真个英勇无敌也！

接着却急转直下，写的却是烦闷的雷将军：他从边疆回到内地，再无杀敌机会，情绪愁闷，无所事事，只想着睡觉来挨过时间。雷将军对苏大人说，今天与您一起出猎，心中烦闷才稍微得以疏解——前四句诗里的雷胜有多威武，后四句诗里的雷胜便有多郁闷！

最后四句一反常态，非但不感慨，却接着说雷胜的箭法，说他轻而易举射杀猎物，猎物拿不了，别一个在腰间。这四句可视为苏大人写诗不拘形式，变化多端，放在最后应是刻意的安排，雷胜箭法越厉害，技术越惊人，越让人惋惜：空有一身武艺，却无法在战场上驰骋纵横，只能在这猎场上一显技能——这令读者心情更为沉重，虽不感慨，比感慨更甚。

东坡的畋猎诗，除了继承唐人畋猎诗的精神外，亦加入了自己独到的创新和独到的表达方式。他能享受狩猎之乐，又喜欢借机抒发豪情，一字一句，隐藏着拳拳的爱国心。

平时不得抒发的建功立业的豪情壮志，都借由打猎安排得明明白白。

夸儿狂魔养成记

绍圣四年（1097年）七月十三日，苏轼刚刚到达贬地儋州十余天。这天晚上，他梦到了少年时代读书的场景，醒来作《夜梦》诗：

> 夜梦嬉游童子如，父师检责惊走书。
> 计功当毕春秋余，今乃初及桓庄初。
> 怛然悸寤心不舒，起坐有如挂钓鱼。

梦里，因为贪玩忘了课业，直到父亲要检查时才临时抱佛脚，赶紧读书。到了限定读完《春秋》的日子，才发现只读了一半，不免担惊受怕，就像吞了钩子的鱼儿一样，惶惶不安——想必苏洵严格的教育方式，令少年苏轼、苏辙吃尽苦头,否则他绝不会在几十年后仍然做了一场有关读书的噩梦。

那种被严格管束的感觉,让人太过气闷,全然不符合孩子们活泼的天性,他不想再让孩子们受到这种惊吓——对儿子的教育,他采取的是宽松的模式。

至于孩子们的成就如何,并不是他过度关心的问题,他很少设定严格的目标。

他全然不是一个严父,更像一个慈父。他的教育方法,基本以夸奖为主。

世人称赞苏轼是天才,他自己亦认可这个事实——大概是身在其中,他深知天才的苦楚及由此而引发的灾祸,"问汝平生功业,黄州惠州儋州"——所以他不要求孩子一定像他那样诗词俱佳,像他那样才华出众成绩突出,他唯一的期待,都写在那首《洗儿》诗里了:

人皆养子望聪明,我被聪明误一生。

惟愿孩儿愚且鲁,无灾无难到公卿。

以我们外人的眼光看,这大概并非苏轼的真心话,谁不希望自家的孩子聪明?谁不希望自家的孩子从开始就赢在起跑线上?

但对于聪明人苏轼来讲,与聪明相伴的,却是真实的切肤之痛：大半辈子的颠沛流离，人生路上的无限羁绊，天降的牢狱之灾和不期而遇的磨难——"惟愿孩儿愚且鲁"应该是他的真心话。"愚且鲁"不见得就是傻就是笨，他是说资质普通即可，不用去担那些聪明人的风险，外表看起来愣头愣脑一点，反而安全，反而无灾无难。至于做不做公卿，那并非他强调的重点。颇多后人会错了这个意，以为苏轼希望儿子做高官、享厚禄。"愚且鲁"还有大智若愚的意思，是强调不要像他那样聪明外露，不要像他那样处处表现。

鲁迅曾说，父母对于子女，"应该健全的产生，尽力的教育，完全的解放"，这话放在苏轼和他的儿子们之间，也恰如其分，尤其是"完全的解放"这一点，他不给孩子压力，尽可能让他们选择自己的人生。

下面看看他是如何成为夸儿狂魔的。

一

熙宁十年（1077年）三月，苏轼为儿子苏迈求婚于蜀地同乡殿中侍御使吕陶："里门之游，笃于早岁；交朋之分，重于世姻。某长子迈，天资朴鲁，近凭一艺于师传。贤小娘子姆训夙成，远有万石之家法。聊申不腆之币，愿结无穷之欢。"老吕啊，我想与你结成亲家。我大儿子苏迈朴实鲁钝，熟读经典。听说你女儿知书达礼，家教良好，这实在是天造地设的一对璧人。

苏迈娶了吕氏小娘子，第二年八月生一子苏箪。只可惜吕小娘子命薄，五年之后病死了。

苏迈，字伯达，乃苏轼第一任妻子王弗所出，是其长子。苏迈生于京城开封，七岁丧母，八岁时随父亲和叔叔一起回故乡眉山，并在此读书。之后返京，又随父亲一路迁转，从杭州到密州，从密州到徐州……到黄州，到惠州。

苏轼的人生有多坎坷，苏迈的生活就有多动荡。

苏迈本身资质不错，幼年时便可作诗，曾有"熟颗无风时自脱，半腮迎日斗先红"之句为父亲称赞，苏迈做酸枣尉时，其所写"叶随流水归何处，牛载寒鸦过别村"亦为老父欣赏，只可惜父亲文名太盛，致儿子被世人忽略，这也是给文豪做子女的悲哀。苏轼的朋友赵令時评价苏迈："豪迈虽不及其父，而学问语言，亦胜他人子也。"康熙朝《德兴县志》载："文学优赡，政事精敏，鞭朴不得已而加之，民不忍欺，后人仰之。"——如此看来，苏迈也非一般普通人物。

苏迈二十岁时，父亲陷于乌台诗案，被关在狱中，苏迈每日里送菜送饭，劳苦备至。苏轼出狱，贬谪黄州，苏迈又随父前往黄州，相伴五年，直到朝廷诏令苏轼量移汝州，苏迈才有机会出任德兴县尉。为了父亲，苏迈牺牲了许多仕进的机会。元符三年（1100年），徽宗大赦天下，苏轼自琼北归，苏迈自广州陪父北行，至常州，父亲病逝，遵从父愿，苏迈乘舟护柩经淮汴赴汝州，并迁继母王闰之灵柩来汝，将继母与父亲合葬于汝州郏县钓台乡上瑞里。

对于父亲，苏迈从无半句怨言。

元丰七年（1084年），苏迈授德兴县尉，苏轼送儿子赴任，六月初九至湖口，父子二人乘便游石钟山。儿子初出仕，老父亲甚为挂心，他取来一方砚台，撰写铭文相赠：

> 以此进道常若渴，以此求进常若惊。
> 以此治财常思予，以此书狱常思生。

学习圣贤之道，要如饥似渴；为官出仕，用权要如履薄冰，如临深渊；对于理财，要心存善念，体恤民苦，多想到给予；刑书狱讼，审判案件，要记得人命关天，须慎之又慎。

老父亲用心良苦，苏迈也未敢怠慢，时刻记取他的教诲，在地方上任职，取得了不错的成绩——前面《德兴县志》里的评价便是对他为官的认可。

在惠州时，苏轼写给老友陈季常的回信里，特别提及苏迈及苏迨："长子迈作吏，颇有父风。二子作诗骚殊胜，咄呲皆有跨灶之兴。"大儿子官做得好,二儿子诗写得佳。我这个做父亲的,实在是幸福之至。

苏迈对大家庭的付出,苏轼全都看在眼里,他亦因有这个管事的长子而感到欣慰,晚年接连被贬,给老友参寥的信里,他并不以为意,皆因为苏迈是他这个老父亲的定心丸,"迈将家大半就食宜兴,既不失所外,何复挂心,实翛然此行也。已达江上,耳目清快,幸不深念。知识中有忧我者,以是语之",有苏迈安排一大家子人的衣食,我就没有什么牵挂了。

从海南归来,将至广州,写诗给苏迈和苏迨兄弟,诗中有"大儿牧众稚,四岁守孤峤",也是夸儿子持家不易,劳苦功高。若不是大儿子把全家照顾得那么好,他在海南就不能如此省心了。

二

二子苏迨,字仲豫。苏迨生来体弱多病,三四岁还不会走路,"四岁不知行,抱负烦背腹",父母怕他长不大,请求辩才法师在观音菩萨像前为他落发,做了沙弥,取名"竺僧"。据说经辩才法师摩顶后不几日,苏迨便能像正常儿童一样行走了,"师来为摩顶,起走趁奔鹿"。后来,苏轼又请道士李若之为苏迨布气,苏迨身子骨依然弱,但比从前究竟是好了些。

苏迨因头骨高额头大,被苏轼昵称为"长头儿",曾有诗曰:"我有长头儿,角颊峙犀玉。"

苏迨体弱多病,但脑瓜子灵光,是一块读书的好材料,但凡苏迨有进步,老父亲就不吝赞美,"诸子惟迨,好学而刚""迨好学,知为楚辞,有世外奇志"。苏轼曾送给苏迨一砚,并赠言:"得之艰,岂轻授。旌苦学,畀长头。"为了表彰儿子刻苦学习的劲头,他将这块难得的砚台送给苏迨。

苏迨十六岁时,随父亲去登州,途经淮口遇三天大风,船不能行,作《淮口遇风》诗。苏轼读过这首诗,大加赞赏,跟着写了《迨作〈淮口遇风〉诗,戏用其韵》:

> 我诗如病骥,悲鸣向衰草。
> 有儿真骥子,一喷群马倒。
> 养气勿吟哦,声名忌太早。
> 风涛借笔力,势逐孤云扫。
> 何如陶家儿,绕舍觅梨枣。
> 君看押强韵,已胜郊与岛。

吾儿出手不凡，诗写得比为父还好，气势不凡。在写诗技巧方面，已经胜过孟郊和贾岛。这位父亲虽然欣喜，但也未忘乎所以，他特别告诫儿子要增进涵养功夫，不必追求过早成名。

自己欣赏苏迨的诗不算，苏轼还忍不住给友人写信表扬儿子的诗："某有三儿，其次者十六岁矣，颇知作诗，今日忽吟《淮口遇风》一篇，粗可观，戏为和之，并以奉呈。"他把儿子的诗抄了，并信一起寄给杨康功，并要杨转给弟弟苏辙。可惜的是，苏迨这首诗作未能流传下来。

元祐初，苏轼为苏迨娶欧阳棐第六女为妻。欧阳棐系前辈欧阳修第三子，时欧阳修早已过世，是欧阳修的妻子太夫人应了这门亲事，能与尊敬的师长和前辈结为姻亲，苏轼的心情想必是非常愉快的。先前是师生的缘分，之后是血缘的连接。

只是欧阳修这位孙女在元祐八年（1093年）病逝，之后苏迨又续娶欧阳棐的第七女为继室。

绍圣元年（1094年）六月，正赶赴英州的苏轼，途中接到贬谪惠州的诏令。苏轼遂安排原本打算跟他同去英州的苏迨，带他和苏过的两房家眷去宜兴生活。苏迨舍不得父亲，坚持随父亲前往，苏轼不忍心让一大家人跟着受罪，一再劝说，苏迨方才同意留下来照顾家眷，让弟弟苏过随侍左右。

苏轼过世后，苏迨闭门读书，长达十年，学识与文章皆有长足进步。陈师道曾有《送苏迨》诗云："胸中历历著千年，笔下源源赴百川。"元代陆友《研北杂志》称："苏翰林二子迨仲豫、过叔党，文采皆有家法。"苏轼的朋友诗僧参寥也曾称赞苏迨："文章造深淳，词力宽不纵。"

政和元年（1111年），可能是因为谋生的需要，从不曾热心于仕途的苏迨，却去武昌当了一个小小的管库官。靖康初年（1126年），迨于离乱中逝世，享年五十七岁。

三

苏过，字叔党，号斜川居士，苏轼第三子，生母王闰之。苏过与两个哥哥一样，他们的人生轨迹，基本是由父亲的仕途命运设定的。

乌台诗案发生时，苏过仅七岁，大哥苏迈入京照顾父亲，苏过则与苏迨一起陪母亲去了南都叔叔苏辙家。

苏轼被释后贬黄州。全家人一起劳动种地，做了回农民，日子虽是清苦，却能阖家团聚，度过一段安然恬淡的岁月，苏过自小就养成了荣辱不惊、安于贫贱的性格。

神宗驾崩后，哲宗新立，高太后垂帘听政，苏轼、苏辙兄弟重又奉调京城，获得任用，苏过与全家又过了四年的安稳生活。他有一首诗《冬夜怀诸兄弟》，写的正是在京城读书的美好时光："忆昔居大梁，共结慈明吕。晨窗惟六人，夜榻到三鼓。"幸福时光很短暂，这生活仅持续了四年，苏轼又出知杭州了。

从此之后，依然动荡局促，依然难以安宁。

苏轼一再迁转，从颍州到扬州，从扬州到定州，从定州到惠州，从惠州到儋州，苏过则陪侍父亲左右，一起长途跋涉，一起万里投荒，一起迎接路途中的风雨，照顾父亲的生活，聆听父亲的教诲，安慰父亲那颗滴血的心。

绍圣元年（1094年）九月，苏过随父初至广东惠州，有诗曰《和大人游罗浮山》：

> 海涯莫惊万里远，山下幸足五亩耕。
> 人生露电非虚语，在椿固已悲老彭。
> 蓬莱方丈今咫尺，富贵敝屣孰重轻。
> 结茅愿为麋鹿友，无心坐伏豺虎狞。

苏过时年不过二十二岁，却能像一个得道之人安慰父亲，人生不过一场虚幻，富贵也好，贫穷也罢，并无分别，只要内心平静，哪里不是人生？他又不只是安慰父亲，似乎也借机表明心志：对富贵和闻达，自己并无非分之想，只甘愿过宁静淡泊、自由自在的生活。

惠州三年谪居，这对父子的生活过得清苦，却也充实，一边耕种，一边读书，"小儿耕且养，得暇为书绕"，苏轼说小儿子怀有奇志，其《凌云赋》笔势如《离骚》。

绍圣四年（1097年），苏轼再贬儋州，又是苏过挺身而出，他将妻儿留在惠州与兄嫂住在一起，随父亲跨越海峡，到达儋州这个瘴疠之地，与语言不通、习俗相异的黎族人杂居。

海南这几年，苏过悉心照顾父亲的饮食起居，努力在有限的条件下，让父亲吃得可口一点，睡得踏实一点。苏轼晚年之所以能在海南那样恶劣的环境下得以生存，实与苏过的悉心照顾有极大的关系。

《宋史·苏轼传》称："凡生理昼夜寒暑所须者，一身百为，不知其难。"苏过照顾父亲，无微不至，生活中所需要的一切，苏过总不以为难，尽力去办。

父亲寂寞时，苏过陪他聊天；父亲写诗时，苏过与他唱和；父亲读书时，他陪在边上伴读，生活清苦，大多数时间内都是食芋饮水，但精神上，因父子间的互相陪伴，却收获良多。

父亲过世后，苏过守父丧。本想父丧期满后求官，逢蔡京当权，不准元祐旧臣子弟在京城任职。直到四十一岁时，苏过才做了太原府监税；四十五岁时做颍昌府郾城知县，后又因党禁被罢。

对这个小儿子，苏轼从不吝惜赞美。

看苏过画的《枯木竹石图》，他说："老可能为竹写真，小坡今与石传神。""老可"指文与可，就是他的表兄文同，是当时的著名画家，他说文同画的竹子栩栩如生，而苏过画的石头形神兼备。

读苏过的诗，他认为苏过的诗神韵颇似自己，"过子诗似翁，我唱而辄酬"，我儿厉害，我刚作出诗来，他就能写出和诗。

在惠州时，苏轼在白鹤峰建造房屋，苏过怕劳累父亲，一切杂事均由自己包办。苏轼在写给友人的信里说："小儿数日前暂往河源，独干筑室，极为劳冗。"这是夸儿子能干。

在海南，喝过儿子为他做的玉糁羹，苏轼写诗称："香似龙涎仍酽白，味如牛奶更全新。莫将南海金齑脍，轻比东坡玉糁羹。"一碗普通的汤到他这儿俨然成为天底下的至味。

他夸儿子孝顺："家在惠州白鹤峰下，过子不眷妇子，从余来此，其妇亦笃孝。"[①]

苏过练习养生，他亦夸个不停："小儿少年有奇志，

---

① 《追和戊寅岁上元》诗序。

中宵起座存黄庭。""中宵"指半夜;"黄庭"指《黄庭经》,是道家的养生经典。

四

中国家庭的传统中,崇尚"棍棒底下出孝子",崇尚"父严母慈",苏轼在教育儿子上,却是一个例外,他愿意与儿子交心,喜欢与儿子嬉笑,且从不吝于自己的夸奖。他有一诗,透露了夸奖儿子的缘由:

> 我似老牛鞭不动,雨滑泥深四蹄重。
> 汝如黄犊走却来,海阔山高百程送。
> 庶几门户有八慈,不恨居邻无二仲①。
> 他年汝曹笏满床,中夜起舞踏破瓮。
> 会当洗眼看腾跃,莫指痴腹笑空洞。
> 誉儿虽是两翁癖,积德已自三世种。
> 岂惟万一许生还,尚恐九十烦珍从。
> 六子晨耕箪瓢出,众妇夜绩灯火共。

---

① 二仲,指汉代的羊仲、裘仲,都是廉洁的隐居之士。

> 春秋古史乃家法，诗笔离骚亦时用。
> 但令文字还照世，粪土腐余安足梦。
>
> ——《过于海舶得迈寄书酒作诗，远和之，皆粲然可观，子由有书相应也，因用其韵赋篇并寄诸子侄》

这诗有点像苏轼与苏过的父子对谈，爷俩坐于桌前畅饮，老父亲端起酒杯一饮而尽，然后侃侃而谈：过儿，我是老了，像失去行动力的老牛，但你尚如黄犊，体力精力甚健。我欣慰的是，咱苏家一门共有八个孩子，可谓后继有人，假以时日，你们兄弟必有出息，我说的这个话一定会实现，你可别笑老子瞎说。我和你叔叔喜欢夸奖孩子，我们老苏家已经三代有为。如果万一可以从海南回到中原，估计天子还会带着珍贵食物去看望我。让我展望一下以后的生活，你们兄弟六人早上耕读，家里的女人们晚上纺纱织布。儿子啊，治春秋古史乃我苏氏家传，你们兄弟亦有治世之才，希望我们眉山苏氏的文字可以传之后世。

杜甫说"诗乃吾家事"，东坡称"春秋古史乃家法"，说的都是一回事，追求的都是"致君尧舜上，再使风俗淳"，安定天下，教化人间。东坡夸儿的要义，在于使他们深入"春秋古史"和"诗笔离骚"，将苏家理想发扬光大——这也是古之士大夫的终极追求。

我的朋友陈季常

东坡个性豪放,不拘小节,喜好交际,一生交友无数。

他的朋友圈里,既有文坛大老,又有乡农野民;既有道士和尚,又有达官显贵;既有上司下级,又有画家、音乐家、书法家和诗人……还有巢谷这样的犯人。据苏辙的《巢谷传》,巢谷是苏氏兄弟的眉山老乡,他与二苏在少年时代便相识。巢谷读书甚勤,学识渊博,后来弃文从武,跟随名将韩存宝征伐蛮夷,韩氏因擅自引兵撤退,为朝廷所杀,巢谷受牵连,四处逃窜。东坡在黄州时,巢谷曾前往黄州,东坡留他在雪堂住了很长一段时间。

东坡的友人中,有个特别的人物值得一说,那便是陈季常。

苏轼初入仕途任职凤翔后不久,来了一位新太守叫陈希亮。陈希亮是眉州青神县人,算东坡的老乡。苏轼在陈氏手下任事,颇不自在,皆因为这个陈希亮为人严厉苛刻,苏轼动辄得咎,两人相处不愉快,他曾写《凌虚台记》,借机讽刺这位上司。与陈太守不相得,但苏轼与他的小儿子陈季常却颇投机。为何投机?苏轼没说,但我们可以推断出来:对奇人异士,东坡向来有极强的兴趣,并乐于与之交往。

陈季常便是一位奇人。二人相识于岐山,当时陈季常正与两个朋友骑马射猎,豪气干云,苏轼与陈季常高谈用兵及古今成败之事,甚是相契,苏轼欣赏他身上的游侠气概,因而与之成为莫逆交。某年,陈季常回家乡眉州青神县,随身带着两位艳丽美貌的侍姬,陈氏让她们穿着戎装和青巾玉带红靴,骑骏马招摇过市,引得当地保守的人们一片惊叹。

按现在的说法,陈季常就是一个不惧别人眼光、勇敢做自己的人。

像东坡身处官场,受制于各种规则,不能随心所欲的人,对陈季常的喜欢,其实是对自己所缺失的某些方面的补偿。

一

苏轼赴黄州途中,路过一个叫岐亭的地方,有人骑着白马远远地和他打招呼，直到那人赶到眼前，才发现是陈季常。两位老友多年未见，各自讶异：你怎么会出现在这里？

苏轼将乌台诗案的经过叙述了一遍，陈季常却不置一词，只是仰头大笑，再不提及此事，只邀请他到家小居几日。苏轼亦想不到，先前那个饮酒击剑放浪形骸的豪侠之士，却在这荒山野岭上隐居起来。

陈家本来富贵，河北有田，洛阳有房，如今却住在这条件艰苦、四壁萧然的破屋之中，苏轼颇是不解，但他知道陈季常本非寻常之人，一切自有道理，也便不再多问。内心有感，作词《临江仙》记之：

> 细马远驮双侍女，青巾玉带红靴。溪山好处便为家。谁知巴峡路，却见洛城花。　　面旋落英飞玉蕊，人间春日初斜。十年不见紫云车。龙丘新洞府，铅鼎养丹砂。

我还记得当年陈季常的风流倜傥，他曾带着两个身穿戎装的侍姬招摇过市。哪承想，如今他在此处风景秀美之地安了家。机缘弄人，我竟在去黄州的路上遇到他。时光如电，十年未见，我的老朋友已然隐居，成为不问世事的方外之人。

陈氏热情好客，面对落难老友，更是认真招待，他发动全家上下，一起张罗酒食，为老友接风洗尘。季常盛情，苏轼颇为感动，这些事情后来都被苏轼写入《岐亭五首（其一）》中：

> 昨日云阴重，东风融雪汁。
> 远林草木暗，近舍烟火湿。
> 下有隐君子，啸歌方自得。
> 知我犯寒来，呼酒意颇急。
> 抚掌动邻里，绕村捉鹅鸭。
> 房栊铿器声，蔬果照巾幂。
> 久闻蒌蒿美，初见新芽赤。
> 洗盏酌鹅黄，磨刀削熊白。
> 须臾我径醉，坐睡落巾帻。
> 醒时夜向阑，唧唧铜瓶泣。
> 黄州岂云远，但恐朋友缺。
> 我当安所主，君亦无此客。
> 朝来静庵中，惟见峰峦集。

我到达岐亭那天，浓云沉沉，东风化雪，远处近处一片幽暗潮湿，结果意外遇到老友陈季常，他啸歌而行，怡然自得。看我冻得够呛，他忙着张罗酒食：叫上左邻右舍，一起捉鸭捉鹅；窗边传来切菜声，蔬菜水果上盖着丝巾；早听说蒌蒿美味，看到它才知道刚发的新芽是红的；洗好的杯子斟上美酒，磨好的刀用来切肥嫩的肉。这一大桌子可真是丰盛。饮酒不大会儿，我便沉沉醉了，坐着睡了过去，头上的幅巾也落在地上。醒后天色将亮，铜瓶还在炉火上烧着，唧唧作响。我哪里是害怕黄州太远，我怕的是黄州没有朋友。我应该把这儿当成我的家，你也别把我当客人对待。早上来到静庵，四下望去，只看到层层叠叠的山峰。静安主人是陈季常的号，静庵是指他家。

苏轼在岐亭住了五天，陈氏拿出他收藏的《朱陈村嫁娶图》给苏轼观摩，有感于画作中所描绘之风俗，因而作《陈季常所蓄〈朱陈村嫁娶图〉二首》：

其一

何年顾陆丹青手，画作朱陈嫁娶图。

闻道一村唯两姓，不将门户买崔卢。

其二

我是朱陈旧使君，劝耕曾入杏花村。

而今风物那堪画，县吏催钱夜打门。

到底是在何年，是哪位像顾恺之、陆探微那样的画坛高手,绘出这一幅《朱陈村嫁娶图》?虽是设问,但作者并没有探究答案的意思。诗人转而激赏起朱陈村的旧俗:朱陈村只有朱姓和陈姓,村民世代通婚,不与外人来往,更不肯攀龙附凤。崔姓、卢姓皆为北朝名门望族,苏轼这里代指富贵人家。诗人想要告诉人们的是,此图之可贵,并不在于出自哪位丹青名家,而是朱陈村百姓安贫守志的精神,其实也是借机夸奖收藏此画的陈季常。

到第二首,调子转了向,讲起现实来。我曾在朱陈村所在的徐州做太守,到过这个村子督促农事。现今朱陈村的风物已无可入画,催讨苛捐杂税的官吏不停地敲门,这个村子早失了往日的宁静——这是借机讽刺王安石变法弄到民不聊生。

前诗中旧风俗的美好,与后诗中的县吏敲门,形成鲜明之对比。

陌生之地,偶遇故友,因这一番嘘寒问暖,让他那颗受伤的心稍事平复,苏轼意识到,即便黄州无朋无友,但至少在离黄州不远的岐亭,有一个朋友陈季常可以供他牵挂,这让他获得了不少慰藉。

果然,在此后长达四年多的黄州岁月里,陈季常成为他重要的精神支柱。

二

自来黄州，苏轼与陈季常交往频繁，"凡余在黄四年，三往见季常，而季常七来见余，盖相从百余日也"——四年多时间里，两人见过十次，朝夕相处百余天——陈季常本是隐世之人，能让他离开深山的，大概只有苏轼这样的老朋友了。

陈季常第一次来黄州，便引起轰动，虽久已隐居，盖因此前声名在外，当地豪侠之士纷纷相邀，陈季常却一概谢绝，独留于苏轼家中与他闲谈。苏轼颇为得意，因有《陈季常自岐亭见访郡中及旧州诸豪争欲邀致之，戏作陈孟公诗一首》：

> 孟公好饮宁论斗，醉后关门防客走。
> 不妨闲过左阿君，百谪终为贤太守。
> 老居闾里自浮沉，笑问伯松何苦心。
> 忽然载酒从陌巷，为爱扬雄作酒箴。
> 长安富儿求一过，千金寿君君笑唾。
> 汝家安得客孟公，从来只识陈惊座。

东坡作诗，为人诟病之处，在于"用典过繁"，这首诗可算典型，弄不清这些典故，很难明白他在表达什么意思。

孟公是西汉人陈遵的字，这里借指陈季常，《汉书·游侠传》载："陈遵嗜酒，每大饮，宾客满堂，辄关门，取客车辖投井中，虽有急，终不得去。"陈遵爱喝酒，常搞大型派对，宾客云集后，便关上大门，将客人乘坐的车子扔到井中，有急事也没用，你跑不掉。当时有位列侯与陈遵同姓同字，此人每到某一门户，通报"陈孟公来访"，便会引得主客皆惊，以为陈遵到访，及至看到本人，发现并不是人们爱戴的那位陈遵，方才安定下来，于是人们给这人起绰号"陈惊坐"，后人遂以"惊坐"形容声名显赫，受人景仰。

左阿君是长安城中一寡妇，陈遵为河南太守时，与弟陈级同至长安富人故淮阳王外家左氏处，饮食作乐。后司直陈崇劾奏陈遵："乘藩车入闾巷，过寡妇左阿君置酒歌讴，遵起舞跳梁，顿仆坐上，暮因留宿，为侍婢扶卧。遵知饮酒饫宴有节，礼不入寡妇之门，而湛酒溷肴，乱男女之别，轻辱爵位，羞污印韨，恶不可忍闻。臣请皆免。"

伯松，陈遵的朋友张竦，字伯松。陈遵尝谓竦曰："足下讽诵经书，苦身自约，不敢差跌，而我放意自恣，浮湛俗间，官爵功名，不减于子，而差独乐，顾不优邪？"

"扬雄作酒箴"，扬雄所作《酒箴》，乃为讽谏汉成帝，其中有"由是言之，酒何过乎"，陈遵闻之大喜。

"千金寿"出自《史记·鲁仲连邹阳列传》：平原君"以千金为鲁连寿。鲁连笑曰：'所谓贵于天下之士者，为人排患释难解纷乱而无所取也。即有所取者，是商贾之事也，而连不忍也。'遂辞平原君而去，终身不复见"。

这首诗的意思是说，老朋友陈季常来黄州看我了！我这位老友，为人豪爽仗义，无惧别人非议，活出了真我，活出了真性情。他隐居乡间，自得其乐。如今携美酒来访，我俩要纵情一醉。各位豪侠，你们别来请他了，他不会接受你们的邀请。你们只是慕他的声名，我才是他真正的知音。

——真是满脸的傲娇！

自此，苏、陈二人展开密集的交往，要么是互相探望，要么是写信沟通。每次相见，都有十来天的时间；东坡现存的书信中，有十六封是写给陈季常的。其中三封手稿仍然存世，分别是《致季常尺牍》（又名《一夜帖》）、《人来得书帖》《新岁展庆帖》，这三封信穿越千年，成为二人友情的最佳见证。

三

苏轼写给陈季常的诗颇有不少。

苏轼与这位方外隐士的相处，是相得的，快活的，融洽的，一则二人有共同爱好，都喜欢谈佛论道；二来二人性情相近，苏、陈皆宽厚容人，热情好客。

苏轼为陈季常珍藏的画作题诗，赞扬陈季常的为人，写诗作文夸他，邀请陈季常到雪堂做客，得知季常之兄伯诚死去，特别写信慰问，他还写诗诚恳地建议陈季常不要杀生；陈季常亦对这位老友牵挂于心，很少出门的他，为了看望这位老友，竟然七次前来黄州，每次东坡到岐亭来，必然尽力招待。

能见二人友谊深厚的诗，是《陈季常见过三首》：

其一

仕宦常畏人，退居还喜客。
君来辄馆我，未觉鸡黍窄。
东坡有奇事，已种十亩麦。
但得君眼青，不辞奴饭白。

其二

送君四十里，只使一帆风。
江边千树柳，落我酒杯中。
此行非远别，此乐固无穷。
但愿长如此，来往一生同。

其三

闻君开龟轩,东槛俯乔木。
人言君畏事,欲作龟头缩。
我知君不然,朝饭仰旸谷。
余光幸分我,不死安可独。

第一首写"季常于我":你的友情于我弥足珍贵。我做官时,常常害怕社交应酬,来到黄州反而欢喜家中来客,只有你陈季常还经常来看我,且不嫌弃我住处空间狭小。我在东坡上种了十亩麦,等到丰收时,希望你能赏光,来尝尝我家做的饭,你应该不会因饭菜简单而拒绝前来吧——陈季常当然不会拒绝,纯属明知故问——既然"未觉鸡黍窄",自然"不辞奴饭白",这可以看作是诗人的写作技巧和修辞手法。

第二首是送别。这诗里不见一般送别诗的哭哭啼啼、惆怅满腹,反而充满了活泼的生气和达观的精神:送出四十里,自然是依依惜别,但诗人不悲伤,而是豪情满怀,将思念化成美酒,一饮而尽。这一次别后,不久仍会相见,与你在一起的快乐,无穷无尽。希望我们一直这样下去,友谊之树常青。顺便提一句,诗词中的意象,大多有固定含义,一提杨柳,便是分别;一提桑树,便是爱情;一提竹子,便指气节；一提梧桐，便很孤独；一提松柏，便很高洁。记住这个套路，对理解古诗有帮助。

第三首写"我于季常"，我要做他的知音，做他的坚强后盾。听说你要盖个小屋，取名"龟轩"，好扶着东槛俯观乔木。有人说你怕事，想要做个缩头乌龟。我对这种说法嗤之以鼻，你明明是为了吃完早餐仰观朝阳。老陈啊，你不要独占阳光，记得要分我一些。

三首合而为一，连续贯通，有妙手天成之感，诗句清新自然，倾吐友情的方式轻颖别致，没有使用夸张的修辞手法，只选取了一些特别日常的生活意象，却将二人深刻的友谊表达得淋漓尽致——这是苏轼被湮没的好诗。

及至东坡离开黄州，连升数级，成为京师显贵，常常想起黄州的朋友，他给陈季常写信："闻公有意入京，不知几时可来？如得一会，何幸如之。"元祐三年（1088年）五月，陈季常到开封，寄居于城外兴国浴室，苏轼带友人多次造访，并为季常家藏《柏石图》题诗。

苏轼被贬惠州，季常欲往探视，苏轼赶紧写信劝阻，说自己情况不错，不必牵挂，"所以云云者，欲季常安心家居，勿轻出入，老劣不烦过虑，决须幅巾草履相从于林下也。亦莫遣人来，彼此须髯如戟，莫作儿女态也"。东坡当然想见朋友，但让朋友走这么遥远的路，他于心何忍，因而有此一劝。这也是这段友情最真切的注脚。

四

有必要来重新审视一下"河东狮吼"这个公案。因东坡的一首诗,此后经年,陈季常一直背负着"惧内"的名声。

南宋洪迈的《容斋三笔》载:

> 陈慥,字季常,公弼之子,居于黄州之岐亭,自称"龙丘先生",又曰"方山子"。好宾客,喜蓄声妓,然其妻柳氏绝凶妒,故东坡有诗云:"龙丘居士亦可怜,谈空说有夜不眠。忽闻河东狮子吼,拄杖落手心茫然。"河东狮子,指柳氏也。坡又尝醉中与季常书云:"一绝乞秀英君。"想是其妾小字。黄鲁直元祐中有与季常简曰:"审柳夫人时须医药,今已安平否?公暮年来想渐求清净之乐,姬媵无新进矣,柳夫人比何所念以致疾邪?"又一贴云:"承谕老境情味,法当如此,所苦既不妨游观山川,自可损药石,调护起居饮食而已。河东夫人亦能哀怜老大,一任放不解事邪?"则柳氏之妒名,固彰著于外,二公皆言之云。

说陈季常"惧内",洪迈实是始作俑者。

到明代，戏曲作家汪延讷创作了一部戏《狮吼记》，将陈季常"惧内"之名彻底坐实。这出戏讲的是陈恺妇柳氏奇妒，陈进京访友，与苏轼携妓赏春，一年未归。柳氏派人捎信，言已为其娶妾四人。陈归见妾，是四个丑妇。柳氏梳妆，陈打扇取悦她，反遭责骂。苏轼贬黄州，邀陈游，柳氏遣仆侦知有女陪酒，归而罚跪水池边。苏轼劝柳为陈娶妾，柳以每日赏百杖，至七十岁为条件。后柳氏拉陈到县陈诉，县令戒柳氏之妒，忽县令夫人出，打骂县令以袒护柳氏，众又请土地评理，土地则偏向陈及县令，又被土地娘娘打骂。结果互相打骂，演成一场滑稽戏。苏轼赠妾与陈藏之别馆，为柳氏所知，罚其跪下顶灯，又以绳束其足，柳氏执绳一端防其逃走，陈向巫妪求救，女巫以羊代陈三日，并以陈已变羊胁迫柳氏。柳氏恐惧，遂允迎妾入宅，但又打骂怒号如狮吼。后柳氏魂游地府乃觉悟，与陈妾入道赴灵山。

2002年，香港还拍过一部电影，就叫《河东狮吼》，古天乐和张柏芝主演，票房2200万元，是当年的热门喜剧电影。

不得不说，经历代加工，层层递进，陈季常"惧内"的标签几乎无法撕下了。诚如诗人流马言："明清时代戏剧小说更大众化，更易传播，想现在所谓网络下沉，××头条之类自媒体崛起，谣言当道，连苏东坡为陈季常所作正传还不如一部戏或小说影响更大。"

"河东狮吼"典出东坡的《寄吴德仁兼简陈季常》,全诗如下:

> 东坡先生无一钱,十年家火烧凡铅。
> 黄金可成河可塞,只有霜鬓无由玄。
> 龙丘居士亦可怜,谈空说有夜不眠。
> 忽闻河东狮子吼,拄杖落手心茫然。
> 谁似濮阳公子贤,饮酒食肉自得仙。
> 平生寓物不留物,在家学得忘家禅。
> 门前罢亚十顷田,清溪绕屋花连天。
> 溪堂醉卧呼不醒,落花如雪春风颠。
> 我游兰溪访清泉,已办布袜青行缠。
> 稽山不是无贺老,我自兴尽回酒船。
> 恨君不识颜平原,恨我不识元鲁山。
> 铜驼陌上会相见,握手一笑三千年。

诗题中的吴德仁,即吴瑛,蕲州蕲春人,曾通判池州、黄州,做过虞部员外郎,年四十六即致仕,回乡隐居。元丰五年(1082年)三月上旬,苏东坡到黄州东南三十里的沙湖相田,途中因左臂红肿,去蕲水麻桥求名医庞安常医治,一针而愈。事后,东坡与庞安常同游蕲水县城外二里的清泉寺,又顺兰溪下至大江,欲访归隐蕲州的名士吴德仁,未果。

不久后他给吴德仁写信,并寄此诗向吴德仁致意,表达仰慕之情。

前四句是苏轼自嘲修道无果:自己贫困无钱,十年炼丹,一无所得,唯一的收获是鬓角上的白发。

按照全诗逻辑,之后紧接四句,应是承接前四句的意思,讲陈季常修佛无果,"亦可怜"是说陈季常和自己一样可怜,是调侃陈氏之语,说季常一心修佛,常常搞到不眠不休,但亦无甚收获。这个"河东狮子吼"到底是什么呢?"河东"本是指黄河以东,到秦统一天下,设三十六郡,河东郡为其一,治所在安邑(今山西夏县北),唐朝时设河东道。魏晋以来,士人中流行郡望风尚,清人钱大昕的《十驾斋养新录》中有一个精确的说法:"自魏晋以门第取士,单寒之家,屏弃不齿,而士大夫始以郡望自矜。""郡望"是夸耀身世的一种形式,如苏辙经常自称"赵郡苏氏"。

"河东"即是柳姓的代称,但这个柳氏并不是陈季常的老婆,而是指他的精通佛道的朋友柳真龄,东坡另一诗《铁拄杖》中,"柳公手中黑蛇滑",即此柳公。

狮子吼,佛家喻威严,指佛法如狮吼一般,有惊示作用。《景德传灯录》卷一载:"(释迦牟尼)佛初生刹利王家。放大智光明照十方世界。地涌金莲华自然捧双足。东西及南北各行于七步。分手指天地作师子吼声。上下及四维无能尊我者。"《方广大庄严经》载:"如来大法音。外道悉摧伏。譬如师子吼。百兽咸惊怖。"

清人王文诰有一个说法:

> 据《狮子吼》经,佛氏但取其声宏亮,能警大众,无他旨也。河东,即柳真龄,谓柳尝以说经戏季常,并以铁拄杖为棒喝耳。此皆追述嬉笑之词也。

所谓棒喝,是指唐代德山宣鉴禅师常以棒打为接引学人之法,世称"德山棒[①]",其目的是截断学人当下的心识活动,当头一棒,令其猛然醒悟,直见本性。

综上,我们不妨还原出一个场景:某天,陈季常和柳真龄、苏轼两位老友探讨佛理,聊至夜深,结果这位龙丘居士不得精要,精通佛理的柳真龄模仿禅宗大师给他一棒,陈季常随即愣在那里,四顾茫然——这是说陈季常不得佛法要领。

诗人先写自己一无所获,次写陈季常一无所获,其实是欲扬先抑,是为后面夸吴德仁做准备,以苏、陈之无获衬托

---

① 德山棒、临济喝、云门饼、赵州茶,分别是四位禅宗大祖师惯用的接引手法。

吴德仁之悟道。

濮阳公子指吴德仁。后面十六句的意思是：谁能比得了吴先生，喝着酒吃着肉照样可以修炼成仙。您平时寄意于物但从不沉湎，住在家中，却能学得忘家之禅。门前有种满水稻的上十顷田，还有条清溪绕屋而过，屋前屋后鲜花连天。您在溪堂醉卧，喊也喊不醒，落花如纷飞雪片，随春风在周围飘散。苏某人穿上布袜，缠好绑腿，游了兰溪，又访青泉。前番未能遇到吴先生，并不是李白说的"稽山无贺老"，是我游兴已尽开回酒船，且等来日再见。遗憾的是，您不认识我，我亦未睹您的真颜。相信以后在某个像铜驼街那样热闹的地方，我们定能邂逅，到那时握手一笑，彼此都慨叹又已过了许多年。

苏轼的弟子张耒曾为吴德仁写墓志，"既谢仕，归蕲春，有薄田仅给伏腊，临溪筑室，种花酿酒，家事付子弟，一不问。宾客有至者，不问贤愚，与之饮酒，必尽醉；公或醉卧花间，客去亦不问也"，端的是得道高人的做派。

结合上下文看，东坡先生要表达的内容，跟惧内不沾一点边儿。

苏轼曾为陈季常作《方山子传》，对这位朋友极为称道，"环堵萧然，而妻子奴婢皆有自得之意"，陈家贫寒，妻子奴婢皆不以为意，怡然自得，淡泊平静。这样明达畅快之女子，应该不会是悍妇吧。

从公已觉十年迟

苏轼与王安石的关系颇为微妙。

他一生的颠沛流离,都和王安石脱不了干系。

嘉祐五年(1060年),苏轼授河南府福昌县主簿,制词乃王安石所撰:"尔方尚少,已能博考群书,而深言当世之务,才能之异,志力之强,亦足以观。"

嘉祐八年(1063年),王安石的母亲病逝,士大夫皆吊之,据说苏洵独不往,且作《辨奸论》一文,对王安石极尽攻击之能事,"吾知其人矣,是不近人情者,鲜不为天下患"。顺便提一句,《辨奸论》一文是否为苏洵所作,学界存在分歧。双方的证据至少在目前来看,都算不上充分。

王安石变法之初,苏轼作为旧党倚重的青年才俊和舆论代言人,发表了诸多反对变法的激烈言论,阻挠新法的推进和开展。王安石亦视之为眼中钉和肉中刺,恨不得除之而后快。先前被招入变法机构工作的苏辙因为不合作而被除名,苏轼也被迫离开京城到地方为官。

王安石曾跟神宗告小状:"轼才亦高,但所学不正,今又以不得逞之故,其言遂跌荡至此,请黜之。"麻烦您赶紧罢免他。

到地方为官,苏轼时常作诗讽刺新法,讽刺王安石的《三经新义》。

及至乌台案发,苏轼被新党以讥讪朝政的罪名收入大牢,退居金陵的王安石却出手相救,亲自写信给神宗,为他说尽好话。

王安石在金陵,凡有黄州来人,必问人家东坡最近有何妙语。某天有人告诉他:"子瞻宿于临皋亭,夜半醉梦而起,作《胜相院经藏记》一篇,得千余字,一气呵成,写毕,才点定一两字而已。现在抄本在船上。"

王安石赶紧叫人取来,迫不及待细读,眉宇间露出喜色,他感叹:"子瞻,人中龙也。"顺便指出问题,文章中有一字用得不够妥帖,"日胜日贫"不如改成"日胜日负"。东坡后来听到这个建议,拊掌大笑,认为安石是其知音。

苏轼结束贬谪,离开黄州,过金陵时王安石亲往迎接,二人相逢一笑泯恩仇,累日相处,化敌为友,关系竟融洽得如一对忘年老友。

他忘情地写下"从公已觉十年迟"。

元祐元年（1086年），王安石逝于金陵，消息传到开封，朝廷追赠太傅，苏轼所撰敕文，极尽夸奖能事：

> 将有非常之大事，必生希世之异人。使其名高一时，学贯千载，智足以达其道，辩足以行其言，瑰玮之文足以藻饰万物，卓绝之行足以风动四方。用能于期岁之间，靡然变天下之俗。

又赞之：

> 少学孔孟，晚师瞿聃，罔罗六艺之遗文，断以己意；糠秕百家之陈迹，作新斯人。属熙宁之有为，冠群贤而首用。信任之笃，古今所无。方需功业之成，遽起山林之兴。浮云何有，脱屣如遗。屡争席于渔樵，不乱群于麋鹿。进退之美，雍容可观。

元祐三年（1088年），迫于政治压力，苏轼发表了一些贬低王安石的言论，在上哲宗的札子中有这样的句子：

> 窃以安石平生所为，是非邪正，中外具知，难逃圣鉴。先帝盖亦知之，故置之闲散，终不复用。

又有:

> 昔王安石在仁宗、英宗朝,矫诈百端,妄窃大名,咸以为可用,惟韩琦独识其奸,终不肯进。

影响二人关系的因素颇多,如时局、党争、认知、性格,等等。

这篇来梳理苏轼与王安石的诗词往还。

元丰七年(1084年)七八月间,苏轼过金陵,与王安石相见,二人累从数日,天天见面,由先前的政敌摇身一变而成为忘年交。

在宋人及后人的笔记中,关于这次苏、王会见,有许多细致的描述,录其二:

> 在方丈饮茶次,公(王安石)指案上大砚曰:"可集古人诗,联句赋此砚。"东坡应声曰:"轼请选道一句。"因大唱曰:"巧匠斫山骨。"荆公沉思良久,无以续之,乃起曰:"且趁此好天色,穷览蒋山之胜。此非所急也。"田昼承君是日与一二客从后观之。承君曰:"荆公寻常好以此困人,而门下士往往多辞以不能,不料东坡不可以此慑伏也。"(朱弁

《曲洧旧闻》)

东坡在黄州日是,作《雪诗》云:"冻合玉楼寒起粟,光摇银海眩生花。"人不知其使事也。后移汝海,过金陵,见王荆公,论诗及此,云:"道家以两肩为玉楼,以目为银海,是使此事否?"坡笑之,退谓叶致远曰:"学荆公者,岂有此博学哉!"(赵令畤《侯鲭录》)

宋人笔记不等同于史料,这两个段子亦未必是真,但苏、王二人博学和多才却是事实。

苏轼逗留金陵期间,二人唱和颇多,《次荆公韵四绝》即作于此时:

> 青李扶疏禽自来,清真逸少手亲栽。
> 深红浅紫从争发,雪白鹅黄也斗开。

> 斫竹穿花破绿苔,小诗端为觅桤栽。
> 细看造物初无物,春到江南花自开。

> 骑驴渺渺入荒陂,想见先生未病时。
> 劝我试求三亩宅,从公已觉十年迟。

> 甲第非真有，闲花亦偶栽。
> 聊为清净供，却对道人开。

一、二、四首皆写王安石的隐逸生活：离开政坛的老丞相，再无意在泥泞的官场挣扎，再不用为繁忙的政务羁绊，一心一意隐居，莳花弄草，闲读诗书，像个世外高人那样逍遥自在。

唯第三首，可以视为苏、王二人关系由紧张到亲密的证明，是二人彻底和解的标志：看着您骑驴的身影渐行渐远，我想到您当年尚未生病时的样子。您劝我在金陵附近求田问宅，以便咱俩卜邻而居，我懊悔地感觉到，如果十年前就与您这般亲近，该有多好！

这第三首和的是王安石的《北山》：

> 北山输绿涨横陂，直堑回塘滟滟时。
> 细数落花因坐久，缓寻芳草得归迟。

王安石擅写风景，尤擅写"绿"，如"春风又绿江南岸""一水护田将绿绕，两山排闼送青来"。这首亦不例外，北山送绿，池塘水涨，护城河里波光粼粼，好一番迷人春光。诗人四下寻春，细数落花，忘记了回家。隐居之后的闲适之情弥漫全诗。

金陵这段时间，随着王、苏二人的交往和谈话的深入，彼此间有了更多的了解，偏见被放置一旁，因而可以由政治对手一跃而发展为忘年之交。

苏轼还真的在金陵附近求田问宅了，他打算买田金陵，老于钟山，只是未找到理想的所在，最后决定把家安在宜兴。

《同王胜之游蒋山》亦是此一时期的作品：

> 到郡席不暖，居民空惘然。
> 好山无十里，遗恨恐他年。
> 欲款南朝寺，同登北郭船。
> 朱门收画戟，绀宇出青莲。
> 夹路苍髯古，迎人翠麓偏。
> 龙腰蟠故国，鸟爪寄层巅。
> 竹杪飞华屋，松根泫细泉。
> 峰多巧障日，江远欲浮天。
> 略彴横秋水，浮图插暮烟。
> 归来踏人影，云细月娟娟。

关于此诗的背景，南宋胡仔《苕溪渔隐丛话》有介绍：元丰中，王文公在金陵，东坡自黄北迁，日与公游，尽论古昔文字，闲即俱味禅说。公叹息谓人曰："不知更几百年，方有如此人物！"东坡渡江，至仪真，和《游蒋山》诗，寄金陵守王胜之益柔，公亟取读之，至"峰多巧障日，江远欲浮天"，乃抚几曰："老夫平生作诗，无此二句。"

王益柔，字胜之，绛州龙门（今山西省河津市）人，北宋宰相王曙之子。此次蒋山之游，应为苏轼、王胜之、王安石同游。王氏同东坡一样，也是个耿直之士，早在熙宁年间就上书言事，强调皇帝要选贤任能，尤其是宰相的使用上，其矛头直指当时执政的王安石——而如今，三个政敌同游，却也能其乐融融，人类感情何等妙不可言。

诗人通过对蒋山景色的铺排描述，表达游玩之乐，世事尽管并不如意，何妨将其闲置一旁，尽心地享受当下。

王安石亦有和诗一首，《和子瞻同王胜之游蒋山》[①]：

> 金陵限南北，形势岂其然。
> 楚役六千里，陈亡三百年。
> 江山空幕府，风月自舻船。
> 主送悲凉岸，妃埋想故莲。
> 台倾凤久去，城踞虎争偏。

---

① 本诗的解读受徐文明《王安石与佛禅》一文启发。

司马坝庙域，独龙层塔颠。
森疏五愿木，寒浅一人泉。
枕杖穷诸岭，篮舆罢半天。
朱门园渌水，碧瓦第青烟。
墨客真能赋，留诗野竹娟。

金陵以长江为堑，形势非凡，但天险不足为凭，楚以六千里广域却为人所役，陈朝也无法摆脱三百年南朝灭亡的命运，表明长江天险不足为恃。

金陵既是古战场，又是风流地，王导曾在此地建幕府，开创东晋分江而治的伟业，长江南岸还有座幕府山，它留给后世的却只是风月故事——王献之送爱妾桃叶至秦淮岸，潘淑妃步步生莲。

王献之有爱妾桃叶，献之有诗"桃叶复桃叶，渡江不用楫。但渡无所苦，我自楫送汝"。后人将王献之送桃叶的地方称为桃叶渡；齐东昏侯萧宝卷嬖潘淑妃，刻金莲花于石上，令潘妃行之，道是步步生莲花。

时光移转，人事皆非，往日风流，尽被雨打风吹。

诸葛亮曾言金陵形势非凡，乃帝者之都。但祥瑞不能久，风水不可恃，如今凤凰台倾，凤鸟已去，城池仍在，老虎却不知去向——眼前所见，只有晋室司马故祠的残垣及独龙冈上的佛塔。

据《舆地志》载,钟山林木稀少,宋诸州刺史罢还建康者,每人栽松三千株,山上树木才渐渐多起来,山的最高峰北面有五愿树。据《建康志》载,一人泉,在蒋山北高峰绝顶,仅容一勺,却挹之不竭。

五愿树与一人泉都是王安石常去的地方,持杖穷诸山岭,兴尽而归。

"朱门园渌水,碧瓦第青烟"两句,王安石意在表明自家宅院并非朱门玉宇,而是山野之家。

最后他称赞苏轼擅长赋诗,留下美好诗篇。对东坡的才华,他一直是欣赏的。

即便如今他们在政治立场上仍然各异,但随着交往的加深和了解的增多,对彼此的偏见已经越来越少,对彼此的宽容却越来越多。

王安石曾有《题西太一宫壁二首》:

柳叶鸣蜩绿暗,荷花落日红酣。
三十六陂春水,白头想见江南。

三十年前此地,父兄持我东西。
今日重来白首,欲寻陈迹都迷。

王安石重游西太一宫时,即兴吟诵,题写于墙。

此二首皆蕴含落叶归根之意,兼有韶华易逝的感叹及思乡之情。

当苏轼被重新起用,至京中任职时,王安石已经去世。他来到西太一宫,偶然间看到王安石题在壁上的两首诗,他和了两首,诗名为《西太一见王荆公旧诗偶次其韵二首》:

> 秋早川原净丽,雨余风日清酣。
> 从此归耕剑外,何人送我池南。

> 但有樽中若下,何须墓上征西。
> 闻道乌衣巷口,而今烟草萋迷。

对这位老丞相,苏轼表达了怀念之情:劝我归耕的那个人已经不在了,我很想他。

此前拜见王安石时,王安石曾劝他在金陵置地造房,卜邻而居。可如今风和日丽,天气晴好,那个曾与我有约的老朋友已经过世,谁还能陪我呢?

第二首诗,是对逝去的王安石的劝慰,抑或是自勉:有美酒相伴,何必非要青史留名?看看以前的王谢人来人往的乌衣巷口,现在已经被野草覆盖。言下之意是说:名利身外之物,何必执着其中,不如享受眼前的生活。

不过,作为真正的儒者,怎会满足于眼下的生活?他们要致君尧舜,成就一番伟业,谁又能真正放下呢?王安石做不到,苏轼亦做不到。

嗟予寡兄弟,四海一子由

苏轼与苏辙是兄弟典范,做到了真正的"兄友弟恭"。这哥俩少年相伴,一起读书应试,步入仕途后聚少离多,但兄弟情谊从未稍减半分,他们有福同享,有难同当,一同面对逆境和低谷。

《宋史·苏辙传》对苏氏兄弟之情的点评,实为精当:"辙与兄进退出处,无不相同,患难之中,友爱弥笃,无少怨尤,近古罕见。"

论个性,苏轼急躁外露,苏辙沉稳内敛,若不是弟弟经常提点,不知苏轼又会多惹出多少事端。但哥哥真的闯了祸,苏辙也全无责备,只会尽其所能帮哥哥渡过难关。在乌台诗案中,苏辙积极营救,施以援手,给哥哥以极大的关怀和温暖。在写给仁宗的《为兄轼下狱上书》中,他直言:"臣窃哀其志,不胜手足之情,故为冒死一言。"哥哥入狱,他将哥哥的家眷接到自己家里居住,直至哥哥贬官黄州,稍事安定,他又将哥哥的家眷送到黄州。

论才华,东坡光芒耀眼,苏辙却全无嫉妒,总以欣赏的眼光看待;苏辙亦有才华,只不过被哥哥的光芒压了一头,东坡常为弟弟鸣不平,在写给弟子张耒的《答张文潜书》中,他告诫世人:"子由之文实胜仆,而世俗不知,乃以为不知。"我弟文章写得比我好,你们别不信。

苏氏兄弟关系亲密,但为人处世的风格差别甚巨,这非但未影响他们的关系,反而成为他们互相欣赏的缘由——性格互补,看对方全身都是优点——苏氏兄弟是"商业互吹"的典范。

在我们一般读者看来,这吹捧略显肉麻。

苏轼的诗里随手都能找到夸奖弟弟的证据。

比如:"吾少知子由,天资和且清。岂是吾兄弟,更是贤友生。"弟弟,你个性温和清朗,不只是我兄弟,更是我的良师益友。

比如:"念子似先君,木讷刚且静。寡词真吉人,介石乃机警。至今天下士,去莫如子猛。"你和老爸一样,人虽木讷,但性格刚正清静,话不多,又善良,当今天下士子,皆不如你勇猛。

苏辙在《亡兄子瞻端明墓志铭》里记载过一件事：苏轼曾对他说，"吾视今世学者，独子与我上下耳"，天下搞学问的，就数咱哥俩。

弟弟夸起哥哥也是当仁不让。

比如："抚我则兄，诲我则师。"

比如："平生笃于孝友，轻财好施，其于人，见善称之，如恐不及；见不善斥之，如恐不尽；见义勇于敢为，而不顾其害。用此数困于世，然终不能以为恨。"

我哥是一完人：孝敬长辈，珍视友情，乐善好施，看到好的就赞美，看到坏的就斥责，见不平就拔刀，见不公就抄家伙，虽然常因此等事陷于困境，但一直无怨无悔。

比如："驰骋翰墨，其文一变，如川之方至，而辙瞠然不能及矣。"我的文章比我哥差远了。

东坡的诗词里，有许多与苏辙相关——林语堂先生说："往往为了子由，苏东坡会写出最好的诗。"

思念是一种很玄的东西

走上仕途后，兄弟俩相隔遥远，通过诗作寄托思念便成了常态。双亲去世后，弟弟便成了苏轼心中最大的牵挂，一旦想念弟弟，情绪就无法控制——形之于文字，情真意切溢于言表。

赴任凤翔路上，他写下"亦知人生要有别，但恐岁月去飘忽"。

回忆兄弟俩在郑州初次分别，他写下"江上同舟诗满箧，郑西分马涕垂膺"。

在密州的中秋夜，他写下"但愿人长久，千里共婵娟"。

又一年中秋夜，他写下"中秋与谁共孤光。把盏凄然北望"。

在御史台大狱中，他写下"与君世世为兄弟，更结来生未了因"。

苏辙出使契丹国，他写下"云海相望寄此身，那因远适更沾巾"。

……

苏轼常在题目或诗序里写上"子由"，他从未掩饰对弟弟的爱。若东坡的思念有一吨，至少五百公斤给了弟弟——他以子由为题的百余首诗即为明证。

看这首在凤翔任上所写的《壬寅重九，不预会，独游普门寺僧阁，有怀子由》：

花开酒美盍不归，来看南山冷翠微。
忆弟泪如云不散，望乡心与雁南飞。
明年纵健人应老，昨日追欢意正违。
不问秋风强吹帽，秦人不笑楚人讥。

重阳节这天，苏轼没有参加官府的同僚聚会，一个人跑到普门寺游玩，怀乡念弟因作此诗。为什么不参加聚会呢？初到凤翔的苏轼，表现出种种不适应，一则当地风土不如家乡秀美，二来官场无聊事务令他提不起精神。适逢重阳，对亲人和故乡的思念愈加强烈，因有此诗。

重阳节本应在家乡与兄弟一起登高，饮酒赏花，却因公职身处异地无法回家，只好跑到南山来看风景。但整个人都陷在思念弟弟的情绪里，一时无法自持，泪流不止。大雁正向南飞，好想随它们一起回到故乡。秦人、楚人泛指所有人。

苏轼年轻时，身上有一股老成气，中年之后，反而焕发出更多少年精神。"人生到处知何似"与此诗里的"明年纵健人应老"一样，都透露出浓郁的疏离、虚幻、落寞。

明年我就要老了吧，哪里有心思寻欢作乐。重阳节老友再次聚首，估计大家都会取笑我，这老头谁啊，从哪儿冒出来的？

吹帽，典出《晋书》卷九十八《桓温列传·孟嘉》："九月九日,温燕龙山,僚佐毕集。时佐吏并著戎服,有风至,吹嘉帽堕落,嘉不之觉。温使左右勿言,欲观其举止。嘉良久如厕,温令取还之,命孙盛作文嘲嘉,著嘉坐处。嘉还见,即答之,其文甚美,四坐嗟叹。"后人以"吹帽"代指重阳雅聚。

再看《雪中忆子由诗二首》(其二),诗前有序,"九月二十日微雪,怀子由弟"。

> 江上同舟诗满箧,郑西分马涕垂膺。
> 未成报国惭书剑,岂不怀归畏友朋。
> 官舍度秋惊岁晚,寺楼见雪与谁登。
> 遥知读《易》东窗下,车马敲门定不应。

这亦是苏轼初到凤翔不久所作,和弟弟第一次长别,彼此都不太适应,苏轼尤甚,他特别频繁地想起弟弟。这年西北的冬天来得似乎特别早,才九月就下了雪,触景生情,思念更是难以止息。

他想起离开家乡时,和弟弟一起乘船在长江上奔流,兄弟俩意气风发,才华纵横,诗稿塞了一大箧;他想起离开京师启程前来凤翔做官时,弟弟一直送到郑州西门,两人垂泪别过。但时至今日,尚未能以才华报效国家,想要回到京师与家人团聚,但又无颜去见昔日的亲朋好友。

时光倏忽，时已初冬，一年又要过去。亲爱的弟弟，寺庙和楼阁上积起了一层薄薄的雪，你不在此地，我和谁一起赏这雪景？此时的你，大约还在东窗下苦读《易经》，来往的车马声、敲门声你都闭耳不听。

此时之苏轼，还不是十分成熟的诗人，在技巧的运用、情绪的表达上还有稚嫩之处，抒发感情比较直白，稍缺余蕴。但这首诗仍将他矛盾的心情和盘托出：一方面，思念弟弟而不得见，备感孤独寂寞；另一方面，他仍旧安慰自己，男子汉大丈夫更应该发雄心建伟业，岂能为兄弟之情所困？"未成报国惭书剑，岂不怀归畏友朋"和"遥知读《易》东窗下，车马敲门定不应"四句，有劝勉和自慰之意。

请注意，苏氏兄弟互寄诗文频繁，他们所诉内容，除抒发思念之情外，涉及的方向也甚为开阔，时局观察、自然之美、人生哲思、旅途见闻亦全在其中了。

想和你一起慢慢变老

当年参加制科考试前，苏轼、苏辙一起到怀远驿苦读，风雨之夜，苏轼读唐人韦应物诗，"安知风雨夜，复此对床眠"，突有所感，兄弟现在准备考试，以后为官，必然分离,从前兄弟怡怡的读书时光不复存焉,他与弟弟谈起此种情况,当下便有"风雨对床"的约定:将来一起退休,兄弟一起居住,共度晚年。可惜,此后四十年,尽管兄弟俩对此约定念念不忘,但终因官途羁绊,再无法实现这个约定。

第一次与弟弟长别时,写下《辛丑十一月十九日既与子由别于郑州西门之外》,说的就是这个约定:

> 不饮胡为醉兀兀,此心已逐归鞍发。
> 归人犹自念庭闱,今我何以慰寂寞。
> 登高回首坡垅隔,惟见乌帽出复没。
> 苦寒念尔衣裘薄,独骑瘦马踏残月。
> 路人行歌居人乐,僮仆怪我苦凄恻。
> 亦知人生要有别,但恐岁月去飘忽。
> 寒灯相对记畴昔,夜雨何时听萧瑟。
> 君知此意不可忘,慎勿苦爱高官职。
> (尝有夜雨对床之言,故云尔。)

嘉祐六年(1061年)十一月十九日,苏辙为赴任凤翔的哥哥送行,从开封一直送到郑州西门,两兄弟才依依惜别,此诗所记正是分别之场景。

前两联写自己的心境:不曾饮酒,为什么会昏昏沉沉神思恍惚？我的心随着你渐远渐逝的身影一同离去。亲爱的弟弟，你虽在回家路上，却可以系念家中老父，我离家人越来越远，拿什么安慰内心之寂寞？

三、四联写弟弟的身影：我登上一处高地，回头看被坡垄隔断的你的身影，只能看到一顶乌帽时显时隐。天气寒冷，我担心你穿得太少，你骑着一匹瘦马踏着残月的光亮而行，如此孤单。

五、六联写行人之乐，映衬自己之落寞：路上有行人唱歌，路边的居民被逗得乐开花，仆人怪我太过悲苦。我当然知道，人生终须有别，但我担心，岁月如梭，你我兄弟再无相守之日。

七、八联叮嘱弟弟勿忘此前约定，记得风雨对床之言：子由，你我兄弟的约定，断不能忘记，希望你不要贪恋官场，早日退休，实现我们的约定。

这首诗是东坡早期佳作，通过感情和场景的层层推进，将分别时的复杂心情刻画得十分精准、细致。汪师韩的《苏诗选评笺释》点评：起句突兀有意味。前叙既别之深情，后忆昔年之旧约。"亦知人生要有别"，转进一层，曲折遒宕。轼是时年甫二十六，而诗格老成如是。

我个人喜欢这首诗，有两个原因：一是这首诗的表达方式，说"我"心情不佳，不直说，却用一句"不饮胡为醉兀兀",够出人意料;全诗未描述苏辙的心情,但读者仍可以透过"衣裘薄、骑瘦马、踏残月"这些描述感受到苏辙的落寞和难过,可以将这些描述理解为运用了通感的修辞手法。二是诗中感情微妙的变化和平衡,前面铺排了许多悲苦的情绪,让人觉得不堪其苦,不料作者最后一句"慎勿苦爱高官职",多了一点调侃,让读者在悲苦的余绪里,则有了些释然之感。

下面这首《沁园春》,所诉说的心境也是基于风雨对床之约:

赴密州,早行,马上寄子由。

孤馆灯青,野店鸡号,旅枕梦残。渐月华收练,晨霜耿耿;云山摛锦,朝露漙漙。世路无穷,劳生有限,似此区区长鲜欢。微吟罢,凭征鞍无语,往事千端。　　当时共客长安,似二陆初来俱少年。有笔头千字,胸中万卷;致君尧舜,此事何难?用舍由时,行藏在我,袖手何妨闲处看。身长健,但优游卒岁,且斗樽前。

熙宁七年(1074年)九月,杭州任期届满之时,苏轼请调密州,当时苏辙正任职齐州,两地都在山东,相距不远。

赴密途中，他写下这首词。给皇帝的《密州谢上表》中，有"请郡东方，实欲昆弟之相近"之语，苏轼之所以请调密州，实际是想与弟弟离得更近。他以为空间上的接近，必然会缓解思念之情——而事实并非如此，任职密州的几年，他与弟弟连一面也未曾见到，此心仍为思念折磨。

上片先铺排了一种凄冷的场景：旅馆孤寒，灯色青冷，梦只做了一半，"孤、青、野、残"四字，让人莫名多了一层伤感。而后写清晨赶路时所见美景：月亮仍挂在天上，但已收去它的清辉，地上一层白霜，远处山峦如同片片锦缎，近处树叶、草丛上凝结着晶莹的露珠。看似是美景，铺排的依然是凄冷，晨光无限，但只有我一人欣赏，美则美矣，但充满挥之不去的孤独。铺排景色之目的，是引出下面的感慨：长途漫漫修远，但人生有限，自己如此劳顿奔波，究竟是苦多乐少。面对此种境况，竟一时无语，只能坐在马鞍上，浮想往事种种。

下片先写年少英姿：当年你我兄弟来到京都，就像风华正茂的陆机、陆云兄弟一样，文采飞扬，学识广博，当时天真地以为，凭借我们的才华辅佐君王成就盛世，哪有什么困难？——这几句既可看作苏轼对青春朝气的留恋，也可以看作一种自嘲——人到中年仍须奔波仕途，看不到未来，理想仍然遥远——既然如此，必然要做出选择：是继续追求理想,还是在现实的泥淖里深陷——劳生有限,总得找个出路,之后即是苏轼给出的答案:"用舍由时,行藏在我,袖手阿妨闲处看。身长健,但优游卒岁,且斗樽前。"孔夫子曾对颜回说:"用之则行,舍之则藏,惟我与尔有是夫!"苏轼借用夫子之语,为自己寻找一种潇洒的处理方式:重用或者不被重用,由时运来决定,我们能掌握的,是入世还是出世,即便不被重用,倒可以落得个袖手旁观。只希望我们兄弟能活得久一点,举酒把盏,悠闲自在,共度快乐余生。

答案虽是潇洒,但仔细读来,仍有不甘,仍想着致君尧舜,这不过是一种自我开解:借此化解心中的焦虑,求得暂时的解脱罢了。事实也证明,苏氏兄弟都是入世甚深的人物,无法真正做到"袖手何妨闲处看"。

不过,苏氏兄弟倒切切实实地有一个共同的认知:"身长健,但优游卒岁,且斗樽前"——就是"想要和你一起慢慢变老"。

"风雨对床"的约定,在苏氏兄弟唱和的诗词中反复出现,但直到苏轼去世,这个愿望也未能真正实现。

苏轼五十六岁那年,再度还朝,暂住在苏辙府上,夜间被车马惊醒,不能安睡,迷迷糊糊地想起怀远驿立下的"风雨对床"之约,他以为自己还有机会再回故乡,但弟弟身为朝廷重臣,位高权重,无法轻言求去,因而伤感,作《感旧诗》一首：

> 床头枕驰道，双阙夜未央。
> 车毂鸣枕中，客梦安得长。
> 新秋入梧叶，风雨惊洞房。
> 独行残月影，怅焉感初凉。
> 筮仕记怀远，谪居念黄冈。
> 一住三十年，此怀未始忘。
> 扣门呼阿同，安寝已太康。
> 青山映华发，归计三月粮。
> 我欲自汝阴，径上潼江章。
> 想见冰盘中，石蜜与柿霜。
> 怜子遇明主，忧患已再尝。
> 报国何时毕，我心久已降。

作这首诗时，距"风雨对床"之约正好三十年整。怀想这三十年的过往，秋风秋雨，备感凄凉。在这漫长的岁月里，时刻不曾忘记与弟弟的约定：我应该获得了自由之身，只可惜我弟还要继续为国效力，这官宦仕途生涯何时有个终点？

崇宁元年（1102年）闰六月二十日，苏辙依哥哥所嘱，将他葬于汝州郏城县之峨眉山，苏辙去世后也埋在此处，兄弟俩一生的约定,终于画上了一个令人慨叹的句号。

调侃是兄弟共渡难关的一种方式

兄弟俩聚少离多,但彼此的互动频繁程度,令人嫉妒。倾吐思念要写信,看到美景要写信,吃个东西要写信,过个生日要写信……吐槽一下对方也要写信。

听说弟弟瘦了,苏轼立马写封信调侃,《闻子由瘦·儋耳至难得肉食》:

> 五日一见花猪肉,十日一遇黄鸡粥。
> 土人顿顿食薯芋,荐以薰鼠烧蝙蝠。
> 旧闻蜜唧尝呕吐,稍近虾蟆缘习俗。
> 十年京国厌肥羜,日日烝花压红玉。
> 从来此腹负将军,今者固宜安脱粟。
> 人言天下无正味,蝍蛆未遽贤麋鹿。
> 海康别驾复何为,帽宽带落惊童仆。
> 相看会作两臞仙,还乡定可骑黄鹄。

苏氏兄弟晚年时齐齐被贬,哥哥在儋州,弟弟在雷州,听说弟弟到贬地后体重骤减,因作此诗。子由为什么瘦?当然是生活条件不佳和营养不良所致。岭南之地,本就与内地风土相殊,不只气候有异,且饮食差别大,再加上生活艰苦,不瘦才怪。苏轼所在的儋州的生活,因处海外,实际比弟弟更差。这首诗既有调侃,也有劝慰,是想告诉弟弟不畏眼前困苦,鼓足勇气,迎接未来的人生。

儋州的生活有多艰苦呢?五天才能吃一次花猪肉,十天才能吃一次黄鸡粥。当地人顿顿吃芋头,也经常吃熏鼠和烧蝙蝠。初到海南时,一听到蜜唧这道菜"我"就想吐,待得久了,勉强能尝一下蛤蟆肉。刚生下的小鼠,用糖渍过之后食用,是为蜜唧。

接着回忆京师里的富贵生活,天天珍馐美味,令人厌倦。既然之前都是肚子辜负将军,现在不妨也让将军辜负肚子一回,让它吃点粗粮。关于这一句,苏轼有注——俗谚云:大将军食饱扪腹而叹曰:"我不负汝。"左右曰:"将军固不负此腹,此腹负将军,未尝出少智虑也。"这是开了一个玩笑,早先对肚子太好,现在要让它吃点苦头。

苏轼继续开玩笑:有人说,天下食物没有哪种是纯正滋味,蟋蟀或者蜈蚣的味道未必不如麋鹿。这里的"人言",是"庄子言",出自《庄子·齐物论》:"民食刍豢,麋鹿食荐,蝍蛆甘带,鸱鸦耆鼠,四者孰知正味?"

接下来，苏轼仍然发挥其乐观精神与弟弟调侃：按现在没有肉吃的情况继续下去，你大概会瘦到连头上的帽子也要掉下去吧。你我兄弟相看，像极两个瘦神仙，咱们这么瘦，一定可以骑上黄鹄回老家了！

苏辙读到这样的诗，即便日子再艰难，定也会笑起来——哥哥的脾气秉性，令他越处艰苦越可以乐观，这乐观一定感染了弟弟——更何况，还要和哥哥一起回故乡，咬咬牙，勒勒裤带，困苦一定会过去，兄弟相聚的日子会来临。

苏轼还写过一首《戏子由》，亦是这种乐观主义的呈现：

> 宛丘先生长如丘，宛丘学舍小如舟。
> 常时低头诵经史，忽然欠伸屋打头。
> 斜风吹帷雨注面，先生不愧旁人羞。
> 任从饱死笑方朔，肯为雨立求秦优。
> 眼前勃溪何足道，处置六凿须天游。
> 读书万卷不读律，致君尧舜知无术。
> 劝农冠盖闹如云，送老斋盐甘似蜜。
> 门前万事不挂眼，头虽长低气不屈。
> 余杭别驾无功劳，画堂五丈容旗旄。
> 重楼跨空雨声远，屋多人少风骚骚。
> 平生所惭今不耻，坐对疲氓更鞭箠。

道逢阳虎呼与言,心知其非口诺唯。

居高忘下真何益,气节消缩今无几。

文章小技安足程,先生别驾旧齐名。

如今衰老俱无用,付与时人分重轻。

这首诗作于熙宁四年（1071年），苏轼在杭州，苏辙任陈州（别名"宛丘"）学官（州学教授）。

前六句上来先写苏辙面临的窘况：宛丘先生身高如孔丘，但学舍却低矮如小舟，不得不经常低着头诵读经史，不经意地伸一下懒腰，头就撞上了屋顶。斜风吹着门上那块破布，雨水直接打到脸上来了，旁人以此为羞，而先生不以为意。表面上，这六句是对弟弟的调侃，实际上苏先生是在夸苏辙。

学舍屋陋，生活清苦，苏辙却不以为意，这是为何？儒者求道，追求的是精神世界的满足，一心修己，对外在的物质条件并不以为意。夫子说："饭疏食，饮水，曲肱而枕之，乐亦在其中矣。"夫子也曾夸奖颜回："贤哉，回也！一箪食，一瓢饮，在陋巷，人不堪其忧，回也不改其乐。"外在条件的好与坏都不能改变苏辙的求道之志。

接下来十句，仍然是称赞子由——在夸弟弟这件事上，苏轼向来是不吝投入的。

"任从饱死笑方朔,肯为雨立求秦优"包括两个典故。前句典出《汉书·东方朔传》,东方朔曾对武帝说:"侏儒饱欲死,臣朔饥欲死。"侏儒身高三尺多,自己身高九尺多,但二者的俸禄相同。后句典出《史记·滑稽列传》,秦始皇殿上摆酒,适逢下雨,陛楯郎(殿前执楯的卫士)被雨淋。侏儒优旃同情他们,便在殿上向他们大叫:"汝虽长,何益!幸雨立。我虽短也,幸休居!"始皇方才下令,陛楯郎轮流值勤。这两句的意思是说:宁可让饱死的侏儒嘲笑饥饿的东方朔,岂肯为避雨而求于侏儒(优旃)。苏轼赞美弟弟品行高洁,不与当权者(变法派)同流,宁可过清苦的生活,也不愿屈己求人。

"眼前"二句中的"勃溪""六凿",均出自《庄子·外物篇》:"心有天游,室无空虚,则妇姑勃溪;心无天游,则六凿相攘。""勃溪"是吵架,"六凿"即六情,喜、怒、哀、乐、爱、恶,这两句是讲:房舍低陋,家人争吵,这些生活琐碎不值一提,要想祛除精神上的拘束,还须遨游宇宙。这是赞美子由将眼前困苦、纠纷置之度外。

"读书"二句有发牢骚的意味,也有对变法派的不屑。宋人朋九万的《乌台诗案实录》里收录了东坡在乌台诗案中的一段供述,最能说明这两句的意思,"是时朝廷新兴律学,轼意非之。以为法律不足以致君于尧舜,今时又专用法律忘记诗书，故言我读万卷书不读法律，盖闻法律之中无致尧舜之术也"。表面是说，"我"读万卷书而不读法律，因为法律中没有可以使国君成为尧舜的"术"，实际上却有两层意思：一是讽刺朝廷重法轻儒，变法派搞这些玩意儿纯属瞎折腾；二是表达愤懑和不满，坚定自己的政治主张，行教化，施仁政，唯有如此，方才可能实现"致君尧舜上，再使风俗淳"之理想。

"劝农"二句的意思是，朝廷派遣到各地视察农事的官吏多不可数，闹得人心惶惶；而我的弟弟子由却能守在学官这个位置上，宁静淡泊，以苦为甜。

"门前"二句的意思是，所有事情子由都不放在心里，迫于某些现实有时不得不低头，但意气从来不屈。

这十句是变着花样夸弟弟子由：有理想，有追求；穷则独善其身，达则兼济天下；威武不能屈，贫贱不能移；淡泊明志，宁静致远。

"余杭"以下十句，则是诗人自嘲，与上文子由的情况对照。

"余杭别驾无功劳，画堂五丈容旗旄"，是诗人自嘲，"我"来到杭州，并没有做什么事情，而住处富丽宽敞，与子由那狭窄低矮的学舍形成鲜明对比。我住的地方到底有多宽敞，有多舒适呢？"重楼跨空雨声远，屋多人少风骚骚"，重重楼阁凌越高空，我住其间，连雨声都听不清楚；

屋多人少，只觉得凉风习习。又与子由学舍的"斜风吹帷雨注面"形成鲜明之对比。

"平生所惭今不耻"以下六句，是诗人自嘲"气节消缩"，更突出弟弟品行高洁。前四句具体写，后两句概括写。

这六句的大意是：对贫困百姓用刑，本是平生惭愧之事，可现在我却不以为耻。自己本来是反对变法的，现在却成为执行变法的地方官，为祸百姓。遇到阳货这样令人讨厌的人，明知他是错的，却仍然要连连称是。如今我身处高位而志气卑下，气节几乎消缩殆尽，我终于活成自己最讨厌的那种人。

当然，苏轼并不是这种人，仍然是借机发牢骚表达对变法派的不满而已。人在江湖，身不由己，如今变法派当道，自己只不过被动地执行变法的命令。

最后四句继续发牢骚，表达不满：文章不过是雕虫小技，哪里值得效法？你我过去枉自以文并称。如今我们兄弟都已衰老，成了无用之人，让人们去随意品评吧。

写作此诗时，苏轼不过三十六岁，子由也才三十三岁，正是年富力强建功立业之时，诗中所言说"衰老俱无用""小技安足程"不过是反语，是调侃，是激愤之词。

调侃是苏氏兄弟沟通的一种重要方式。

他们之间，除了互相敬重，还有一层比大多数兄弟更融洽无碍的关系。

我的偶像陶渊明[1]

东坡喜欢陶渊明,喜欢到什么程度呢?

为了表达对陶的喜欢,东坡不惜贬低各位诗坛大神:

> 渊明作诗不多,然其诗质而实绮,癯而实腴,自曹、刘、鲍、谢、李、杜诸人皆莫及也。

这段文字出自苏轼写给苏辙的信。他告诉弟弟:我偶像陶渊明诗写得不算多,但他的诗看起来朴实,实际上华丽,看起来清瘦,实际上丰腴,曹植、刘桢、鲍照、谢朓、

---

[1] 本篇创作亦得益于2012年天涯论坛的帖子《苏轼"和陶诗"动机考论》,作者ID为枫桥闻笛。

李白、杜甫这些诗人不配给他提鞋。三国曹刘、南朝鲍谢、唐代李杜，皆是首屈一指的诗人代表，但到陶渊明面前都不值一提——这显然是身为粉丝的狂热压倒了理智——看到这里，好想送苏先生两个字，"呵呵"。

换个角度，也可以看作是修辞手法，是为了强调自己对陶的喜欢。

苏轼不允许别人说陶渊明不好。

南梁昭明太子萧统是陶渊明的另一位狂热粉丝，他只因在《陶渊明集序》里说了几句陶的不好，而被东坡"挞伐"。萧统评陶说："余爱嗜其文，不能释手，尚想其德，恨不同时。故加搜校，粗为区目。白璧微瑕，惟在《闲情》一赋，扬雄所谓劝百而讽一者，卒无讽谏，何足摇其笔端？惜哉！亡是可也。"萧统认为文中没有讽谏，大大削弱了这赋的意义。苏轼不以为然，反唇相讥："渊明《闲情赋》，正所谓《国风》好色而不淫，正使不及《周南》，与屈宋所陈何异？而统乃讥之，此乃小儿强作解事者。"

这位萧先生，你不配做陶老师的粉丝，简直是胡说八道！陶老师这赋写得即便不如《周南》，但跟屈原和宋玉比未有差别。谁给你的勇气让你乱下结论？

或许骂得不过瘾，他还讥讽起萧统的业务能力："舟中读《文选》，恨其编次无法，去取失当。齐、梁文章衰陋，而萧统尤为卑弱，《文选》引斯可见矣。"萧统编的《昭明文选》是个什么玩意儿，没有章法，没有标准，烂透了！

后人评论前人，前人无法还嘴——这是不公平的地方，如果能给萧统一个穿越的机会，双方来场辩论才好。

仅是维护偶像跟人打嘴仗，那只能算是初级粉丝。优秀的粉丝还需要体会并理解偶像的作品，以偶像为榜样，切切实实地学习他、感受他，有可能的情况下还要超越他——是为一个粉丝的修养——苏先生就是这样的粉丝。

东坡喜欢陶渊明的诗到什么程度呢——不舍得读，生怕读完之后无可读。

"每体中不佳，辄取读，不过一篇，唯恐读尽后，无以自遣耳。"有人送他一本陶渊明诗集，每当心情不好时，才舍得拿出来读，且每次只读一篇，生怕读完后就没有排解愁闷的方式了。

苏轼对于陶渊明，简直是五体投地的崇拜，字里行间尽是赞美。他读"平畴交远风，良苗亦怀新"时评论："非古之耦耕植杖者，不能道此语；非余之世农，亦不能识此语之妙也。"他读《归园田居》"种豆南山下"评论："览渊明此诗，相与太息。噫嘻，以夕露沾衣之故，而犯所愧者多矣！"

他点评陶氏诗作："所贵乎枯淡者，谓其外枯而中膏，似淡而实美"。

为什么这么喜欢陶渊明,或者说到底喜欢陶渊明哪里?给弟弟的信里,苏轼给出了答案:

> 然吾于渊明,岂独好其诗也哉?如其为人,实有感焉。渊明临终,疏告俨等:"吾少而穷苦,每以家贫,东西游走。性刚才拙,与物多忤,自量为己必贻俗患,黾勉辞世,使汝等幼而饥寒。"渊明此语,盖实录也。吾今真有此病而不早自知,半生出仕,以犯世患,此所以深服渊明,欲以晚节师范其万一也。

这段文字的意思是——我喜欢陶渊明,主要有两个原因:一是他诗写得好,二是他人品气节过人——临终时,陶先生告诉儿子们:"我年轻那会儿,家庭穷苦,常为生计东奔西跑。我性格刚直,不知变通,才能浅薄,与世道多有违逆。我自己估量,照这个性子发展下去,定会给你们留下祸患。于是尽力辞去世事,却让你们从小就过着挨饿受冻的生活。"——陶先生这些话,说的是实情。我现在也有这种毛病,但因此前未及发现,以至于做了半辈子官,却招来灾祸——这就是我十分佩服渊明,并想在晚年学得他身上的一点点长处的原因。

——这是夸陶渊明不与俗世同流,宁愿过穷苦日子,不改其志。

东坡称"欲以晚节师范其万一也",他是这么说的,也是这么做的,他不只写了一百零九首和陶诗①,也时时向陶渊明学习,践行他的生活态度。

一

陶氏生前,其为人所关注的,并非诗作,而是他的隐士身份,当时的主流审美,偏向于华美艳丽的风格,陶渊明那些冲淡平和的作品,不入同时代评论家的法眼。

即便与他交好的颜延之,对陶氏人品个性颇多赞赏,但对其作品,只用"学非称师,文取指达"八字一笔带过——陶渊明有学问,但不卖弄学问;其作追求辞达,不事雕琢。这评价不能说低,但太过含糊。

此后评论家或者忽略了陶氏之存在,或者评价不高:钟嵘的《诗品》将陶诗列为"中品",沈约撰《宋书》人物传记,将陶渊明列入《隐逸传》而非《文苑传》,可见对陶氏

---

① 关于苏轼和陶诗的数目,学界向有争论,主要有一百零九、一百二十四、一百三十四等数种说法。

诗作之轻视。

直到昭明太子萧统，这一情况才得以改变，萧氏不只为陶编集，且撰写《陶渊明传》《陶渊明文集序》，称其"文章不群，词彩精拔；跌宕昭彰，独超众类；抑扬爽朗，莫与之京""横素波而傍流，干青云而直上"，萧氏不由得感慨，"余爱嗜其文，不能释手，尚想其德，恨不同时"。在其编撰的《文选》中，共选入陶氏诗文九篇，使陶氏文名进入主流视野。

到唐代，陶渊明仍以隐士名，他的名字频频出现在诗人笔下，李白有"陶令日日醉，不知五柳春""何日到彭泽，长歌陶令前""渊明归去来，不与世相逐"，王维有"复值接舆醉，狂歌五柳前"，孟浩然有"尝读高士传，最嘉陶征君"，高适有"乃知梅福徒为尔，转忆陶潜归去来"……这所有诗句中所取，皆为陶氏之隐逸形象，而非他的诗人形象。杜甫则表现出对陶氏诗文之欣赏，"焉得思如陶谢手，令渠述作与同游"——若得陶渊明、谢灵运那样的妙手，使其述作，并同游于江海之上，岂不快哉！

至中晚唐，陶诗名声越来越大，为主流文坛关注和推崇，白居易居功至伟。他不只作《效陶潜体诗十六首》《访陶公旧宅并序》等诗，且对陶氏诗文赞美有加，"数峰太白雪，一卷陶潜诗""常闻陶潜语，心远地自偏""常爱陶彭泽，文思何高玄"，在其著名的诗论《与元九书》中提及陶渊明，"以渊明之高古，偏放于田园"；他还曾以陶渊明自比，"异世陶元亮，前生刘伯伦"，刘伯伦，即刘伶，魏晋"竹林七贤"之一。

宋人对陶诗之评价到达巅峰，宋初西昆、白体等各派诗人如徐铉、林逋对陶氏诗风有所发扬，后经王安石、欧阳修、梅尧臣、曾巩等一干文坛大佬的鼓吹，陶渊明成为宋代最受尊崇的诗人之一，王称"渊明词彩精拔，晋宋之间，一人而已"，欧称"晋无文章，惟陶渊明《归去来兮辞》"，梅盛誉陶诗之风格，"作诗无古今，唯造平淡难"，曾则践行陶氏之处世，"直从陶令酷爱尚，始有我见心眼开。为怜清香与正色，欲搴更惜常徘徊。当携玉轸就花醉，一饮不辞三百杯"。

二

苏轼是陶渊明闻名于世的主要推手。陶渊明地位之确立，与苏轼的大力鼓吹密不可分——在某种意义上，东坡占一半功劳。

他读陶诗，和陶诗，写下许多评论，并积极地追摹陶渊明的生活态度。

东坡读陶诗甚早,但他的创作前期,诗文中所呈现与陶相关的意象不多,这显然亦与年轻时积极入世有关,"奋厉有当世志",心下想的是建功立业,与陶渊明的隐逸行为相去甚远,不予关注也在情理当中。据山东大学李剑锋教授统计,熙宁四年(1071年)出为杭州通判之前,苏与陶有关的诗仅有四首,直到乌台诗案(1079年)发生前,其与陶有关的诗歌总共也只有三十八首。

前期创作与陶相关的诗中,东坡所关注的,依然是作为隐士的陶渊明,其所述主题侧重于对现实的不满,表达归隐田园的愿望。如"田园处处好,渊明胡不归""自非陶靖节,谁识此闲趣""想像斜川游,作诗寄彭泽",等等。

乌台诗案发,东坡被贬黄州,耕种东坡,过起了半隐居的生活。随着境遇和心态的改变,对陶渊明的认知亦有所改变,他一步步向陶氏靠近。

元丰四年(1081年),苏轼作《东坡八首》描述黄州躬耕生活,王文诰的《苏文忠公诗编注集成》注引赵次公评语,"八篇皆田中乐易之语,如陶渊明"。

元丰五年(1082年),苏轼据陶氏的《归去来兮辞》之

意,作《哨遍①·为米折腰》词:

> 陶渊明赋《归去来》,有其词而无其声。余既治东坡,筑雪堂于上。人俱笑其陋,独鄱阳董毅夫过而悦之,有卜邻之意。乃取《归去来》词,稍加隐括,使就声律,以遗毅夫。使家僮歌之,时相从于东坡,释耒而和之,扣牛角而为之节,不亦乐乎?

> 为米折腰,因酒弃家,口体交相累。归去来,谁不遣君归?觉从前皆非今是。露未晞,征夫指予归路,门前笑语喧童稚。嗟旧菊都荒,新松暗老,吾年今已如此!但小窗容膝闭柴扉,策杖看孤云暮鸿飞,云出无心,鸟倦知返,本非有意。

> 噫!归去来兮,我今忘我兼忘世。亲戚无浪语,琴书中有真味。步翠麓崎岖,泛溪窈窕,涓涓暗谷流春水。观草木欣荣,幽人自感,吾生行且休矣!念寓形宇内复几时?不自觉皇皇欲何之?委吾心、去留谁计?神仙知在何处?富贵非吾志。但知临水登山啸咏,自引壶觞自醉。此生天命更何疑?且乘流、遇坎还止。

---

① 东坡创作的词牌。

词序说，我喜欢《归去来兮辞》，但苦于没有音乐相配——因而根据五柳先生的原意改编了一把，让它能够配合音乐演唱，且把这词送给我的同道中人董毅夫。在东坡上干活时，让家童唱它，我一边跟着哼唱，一边敲着牛角打拍子，相当快活。

虽是"隐括"原文，但因文体不同，叙述方式不同，如何以更少的字数精妙地概括原文，且不背离主旨，颇须下一番功夫。东坡巧妙构思，一挥而就——来自陶，却不拘泥于陶——这词大约也最符合他在东坡时的心境，因而要借渊明之酒，浇自己胸中块垒。

宋人张炎的《词源》评："东坡词如《水龙吟》，咏杨花、咏闻笛，又如《过秦楼》《洞仙歌》《卜算子》等作，皆清丽舒徐，高出人表。《哨遍》一曲，隐括《归去来辞》，更是精妙，周、秦诸人所不能到。"明人杨慎的《草堂诗余》称："《醉翁亭》《赤壁前后赋》，当时俱隐括为词，俱泊然无味，独东坡《归去词》特胜，不特其音律之谐也。"

黄州时期受挫的苏轼，一步步走进了陶渊明的世界。

再看《陶骥子骏佚老堂二首》：

> 文举与元礼，尚得称世旧。
> 渊明吾所师，夫子仍其后。

挂冠不待年,亦岂为五斗。
我歌《归来引》,千载信尚友。
相逢黄卷中,何似一杯酒。
君醉我且归,明朝许来否。
我从庐山来,目送孤飞云。
路逢陆道士,知是千岁人。
试问当时友,虎溪已埃尘。
似闻佚老堂,知是几世孙。
能为五字诗,仍戴漉酒巾。
人呼小靖节,自号葛天民。

此诗写于离开黄州北归的路途之上,经历黄州五年岁月的洗礼,东坡对为官、出世有了比较切实的思考,对陶氏的诗作和德行有了充分的体认,"渊明吾所师,夫子仍其后",决心以陶为师,向他学习,孔夫子反而要排在陶氏的后面——单看这一句,还以为他终于可以挣脱牢笼,下定隐居决心,其实不然——仍是一种修辞,无须较真——综观东坡一生,儒家救世思想和佛道隐逸思想经常相互缠绕——但终归是致君尧舜的志向压倒一切。

这也是他和陶渊明的本质区别,陶氏可以绝尘而去,一心一意隐逸,东坡却游移难决,他一边牵挂着庙堂,一边心系着田园，两头都显得没着没落，无法安心。

元丰八年（1085年），苏轼为朝廷重新起用，儒家思想重又成为苏轼人生的主轴，隐居之梦逐渐沉了下去。之后虽在仕途上步步高升，但也因此卷入险恶的党争，进退出处又成为横亘在他面前的一道难题，因而愈加倾慕陶渊明的高风亮节。至元祐八年（1093年）外任定州，此一时期他共创作与陶相关的诗歌三十二首。

择一首《和林子中待制》欣赏：

> 两翁留滞各幡然，人笑迂疏老更坚。
> 共把鹅儿一樽酒，相逢卵色五湖天。
> 江边遗爱啼斑白，海上先声入管弦。
> 早晚渊明赋归去，浩歌长啸老斜川。

林希，字子中，与苏轼同榜进士，二人政见相左，但关系处得不错，可惜这位林先生晚节不保，后来亦加入构陷苏轼的队伍当中。这首诗写于元祐六年（1091年）二月，二人年纪皆在五十五岁左右。这首诗的大意是说：你我人在仕途，已是满头白发，人们笑我们言行见解陈旧，不合时宜，这并不妨碍我们老当益壮，穷且益坚。且让我们趁这良辰美景，饮下一杯美酒。我们都在杭州留下仁德的名声，如今年华已老,是时候找个地方隐居了。像陶渊明那样写下《归去来兮辞》,在斜川上仰天长啸,纵情放歌。

三

苏轼真正的和陶诗,则是作于元祐七年(1092年)知扬州时的《和陶饮酒二十首》。自此之后,一发不可收,到他去世为止,这一阶段所写和陶诗竟达百余首,并频频在书信、词作、题跋中提及陶渊明,陶氏成为其一生追随的精神象征。

所谓"和诗",是指唱和之诗,顾名思义,就是先有诗人作一首诗,其他诗人跟进唱和。关于平仄的运用、节奏的安排,不同体裁有不同要求,讲究步韵、依韵、用韵。步韵是用他人诗作韵脚的原字及其先后次第来写诗唱和;依韵是按照他人诗歌的韵部作诗,韵脚用字只要求与原诗同韵而不必同字;用韵是以原诗韵脚为韵脚,而不按其次序。

下面选择《和陶饮酒二十首》中的几首赏读:

其一
我不如陶生,世事缠绵之。
云何得一适,亦有如生时。

东坡有佳作

寸田无荆棘，佳处正在兹。
纵心与事往，所遇无复疑。
偶得酒中趣，空杯亦常持。

其三

道丧士失己，出语辄不情。
江左风流人，醉中亦求名。
渊明独清真，谈笑得此生。
身如受风竹，掩冉众叶惊。
俯仰各有态，得酒诗自成。

其八

我坐华堂上，不改麋鹿姿。
时来蜀冈头，喜见霜松枝。
心知百尺底，已结千岁奇。
煌煌凌霄花，缠绕复何为。
举觞酹其根，无事莫相羁。

十一

民劳吏无德，岁美天有道。
暑雨避麦秋，温风送蚕老。

三咽初有闻，一溉未濡槁。
诏书宽积欠，父老颜色好。
再拜贺吾君，获此不贪宝。
颓然笑阮籍，醉几书谢表。

诗言志，酒寄情，当诗情遇到酒意，诗人的灵感彻底打开了，平时压抑不得抒发的情感，亦不得不发了——酒是诗的缘起，诗是酒的后果。陶渊明如此，苏轼亦如此。他们在酒与诗里，诉说自身际遇，吟咏田园生活的美好，点评人物故事，感慨天地人生。苏轼曾交代《和陶饮酒二十首》的写作背景："在扬州时，饮酒过午，辄罢。客去，解衣盘礴，终日欢不足而适有余。因而和渊明《饮酒》二十首，庶以仿佛其不可名者，示舍弟子由、晁无咎学士。"

"其一"表达了对陶氏的仰慕之情，苏轼与陶潜性格有异，追求亦不相同，苏轼积极入世，想的是为世所用，建功立业；陶潜主动出世，积极归隐，虽然生活清苦，但仍能乐在其中——事实上，陶氏的主动，也是一种被动，为官场所迫，不得不辞——与屈原投江一样，是不得不做的选择。东坡有意隐藏了陶氏归隐的这一层"被动"原因，是他有意美化的结果，是他刻意塑造出陶氏这个典范的结果。

有此完美的榜样，苏轼才能够发出"我不如陶生，世事缠绵之"的感慨。

既然无法到达陶生那样的境界，不妨追随他，学习他，"饮酒"所体现的，正是一种欢乐自适的人生态度。

"其三"称颂陶渊明志行高洁，不与俗世同流。大道既废，斯文坠地，世人追名逐利，唯有陶渊明仍保有"清真"之姿，谈笑间度过一生。人生在世，多是身不由己，但总有人可以自得其乐，饮酒写诗。

"其八"是夫子自道，表明自己的志向和追求。"我坐华堂上，不改麋鹿姿"，有专家解释，苏轼这是反思自己元祐时在朝为官的野性。这种说法是错误的，由东坡另外的诗句"我本麋鹿性，谅非伏辕姿"可证，"伏辕"即为利禄而奔走，"麋鹿性"便是不为利禄奔走的性格，指的是自由奔放的天性。这两句的意思是，我即便为官，却不改自由奔放的本性。"时来蜀冈头，喜见霜松枝"，讲自己来到扬州，看到傲霜松枝，经霜弥茂，犹如见到同道中人，不免暗喜，"霜松枝"依然是自喻。蜀冈，一作"独冈"，据扬州大学钱宗武教授及其研究生杨飞的《"蜀冈"得名新解》一文，通过对扬州方言进行历时比较，"蜀"字古音义同"独"，"蜀冈"即"独冈"，是指突兀于平原的山冈。

"心知百尺底，已结千岁奇"是说，我明白自己所想所思，我知道自己秉性难移。"煌煌凌霄花，缠绕复何为"，

"凌霄花"喻世俗羁绊，这两句是说，自己仍不能忘情于世俗羁绊，仍未达自然恬适之境。"举觞酹其根，无事莫相缠"，举起酒杯浇到凌霄花的根上，告诉它不要再苦苦纠缠——意思是我要和你分道扬镳了——其实是表明心志，不与世俗同流。

"十一"却又将自己拉回现实，关注起民生来。他感慨农民劳苦，官吏无德，即便有大丰收之年，不过是天道使然。一旦遭遇天灾，民生又成为大问题。苏轼知扬州是元祐七年（1092年），是年夏，扬州周边瘟疫大作，苏轼上书要求宽免赋税，这回终于打动皇帝，下诏宽免一年。

他虽然一意学陶氏归隐，但心中仍为世事牵绊——他总是难以拔出深陷于现实泥潭的双腿，这亦是他与陶渊明的本质区别。

苏轼晚年读陶，已跳出文字的框架，领会陶诗的精神，他尝断言："陶渊明意不在诗，诗以寄其意耳。"东坡和陶，意亦不在学得像与否，他不是生搬硬套，不是简单的模仿和重复——而在于学习陶氏的高风亮节，高蹈出尘。懂得了这一点，方能弄明白苏轼如此迷恋陶渊明之原因。

对陶氏诗品人品的仰慕，对陶氏任心自然的认同，以及苏轼对官场的厌弃、对归隐的向往，才是苏轼和陶的本质所在。

东坡"和陶诗"影响深远，宋代其他诗人亦陆续和陶，此后历朝诗人,以及日本、韩国的古代汉诗创作中,也出现"和陶诗"多种。袁行霈《陶渊明集笺注》附录中,收录和陶诗九种(十家),除苏轼、苏辙兄弟外,还有元代刘因,元末明初戴亮,明代周履靖、黄淳耀,明末清初方以智,清代舒梦兰、姚椿、孔继镣。

四

东坡学陶到底学得如何?后人见解各异,归纳起来,无非有两种:一种说他学得好,一种说他学得不好,只得个皮毛。

最近恰好读到朱光潜先生的这句点评:"后来诗人苏东坡最爱陶,在性情与风趣上两人确有许多类似,但是苏爱逞巧智,缺乏洗练,在陶公面前终是小巫见大巫。"

"性情与风趣上两人确有许多类似",这句比较含糊,跟没说一样,二人有相似的地方,但差异亦巨:一个冷峻,一个热闹;一个内敛,一个豪放;一个出世,一个入世。"爱逞巧智,缺乏洗练"这个"罪状"看起来似是而非,东坡诗作逞巧智者不乏,但不逞巧智者亦多,缺乏洗练者不少,但洗练者也不缺。"小巫见大巫"竟有贬损之义了,至少东坡先生也算"中巫"了吧——就这样下结论,不免让人为东坡打抱不平。

我们来看看古人的评断。

理学大师朱熹认为,苏轼和陶没有灵魂:"渊明诗所以为高,正在不待安排,胸中自然流出。东坡乃篇篇句句依韵而和之,虽其高才,似不费力,然已失其自然之趣矣。"——东坡才情虽高,但写得刻意,其和陶诗自然之趣缺缺。

南床词人刘克庄则认为,天下之人仅苏轼有资格和陶:"陶公如天地间之有醴泉庆云,是惟无出,出则为祥瑞,且饶坡公一人和陶可也。"

清人李重华评论:"至坡老和陶,好在不学状貌。"这是说东坡和陶诗,不是做样子,玩技巧,而是学他的精神骨髓。

李重华的诗友吴觐文则持不同见解:"坡公才情飘逸豪放,晚年率归平淡,乃悉取渊明集中诗追和之,此是其好陶之至,不自知其言之病也。"吴认为东坡太喜欢陶渊明,执迷其中,一意和陶,诗的毛病不少。

但必须指出的是,苏轼和陶时,并没有亦步亦趋,一味模仿,他保持了自己独立的艺术个性和艺术追求。他一生慕陶,但也深知自己无法成为陶渊明,他在本质上是一介儒生,以"致君尧舜"为理想,意趣追求与陶有着本质的不同。

有三位苏诗专家认识到这一本质:其一是元好问,他称"东坡和陶,气象只是东坡";纪晓岚则评论,"敛才就陶,亦时时自露本色";王文诰的看法是,"公之和陶,但以陶自托耳。至于其诗,极有区别"。这些都是真知灼见。

李一冰先生在《苏东坡新传》里说:

> 苏轼和陶巧于用意,本与渊明朴质的风格不同,两者实是不能比较的;而世之论东坡和陶诗者,议论纷纭,却尽在似与不似之间打滚,实在并不了解苏轼意不在与陶潜较量长短,更不肯邯郸学步,以摹拟为能。

作家张炜在《斑斓志》里也有一段精彩的评论:

> 苏东坡爱陶渊明人所共知,但这不是对另一个诗人的简单跟随,也不是刻意模仿,而是对自我的一种认知和警策,是一种"陶诗注我"的过程。可以说对陶渊明最为知晓的是苏东坡,有很大误解的人也是他。他对陶渊明的道理与心绪意志都有自己的解释、发挥和取舍;他曾经亲自体验过对方的生活,但并没有一步步沿袭。他留下的唱和文字中,将深刻的感悟、深情的向往和迷恋掺在了一起。有时候他似乎要看个透明,有时候又故意双眼迷茫,只用唱和的方式来疗救自己,用以提醒和安慰。

是的,陶渊明是陶渊明,苏东坡是苏东坡,苏氏学陶,不在于"自然之趣",不在于技巧章法,他不过是以和陶自怡,以求与世界达成和解。

夜来四万八千偈：东坡禅[①]

东坡与佛，颇有渊源。

他曾经坚定地认为，自己的前世是一个和尚——这位和尚有名有姓——是宋代的高僧大德师戒禅师。

元丰七年（1084年），苏轼离开黄州北归，先是绕道九江游庐山，次去筠州看苏辙。接信的前几日晚上，苏辙和相熟的真净克文禅师、圣寿省聪禅师做了同样的梦，梦到三人出城迎接五祖师戒禅师。五祖，指的是五祖寺。

克文禅师第二天一大早跑来告诉苏辙，话还未完，省聪禅师也来了，也是来说梦中事，三人拊掌大笑。

[①] 本篇写作亦受益于《走出自然——从苏轼的山水诗看自然诗化的走向及其意义》，中国人民大学学报1990年第4期，作者冷成金。

接到苏轼后,苏辙将此事告之,结果引出苏轼讲的一段故事:他八九岁时,常梦见自己是一和尚,往来陕右。母亲程氏怀孕时,曾梦见一个和尚来家里投宿。在母亲的记忆里,这和尚身材瘦长,瞎一只眼。克文禅师大惊,遂告诉苏氏兄弟,师戒禅师是陕西人,瞎一只眼,晚年弃五祖寺来游高安。掐指一算,到现在为止,师戒禅师圆寂正好五十年。

东坡时年四十九岁,亦有眼疾,如此一说,大家都认为他是师戒禅师转世。他自己也深信不疑。

后来在京城给克文禅师写信,以戒和尚自居,"戒和尚不识人嫌,强颜复出,真可笑矣。既法契,可痛加磨砺,使还旧规,不胜幸甚"。

他的方外友人中,和尚占了不小比例。两次杭州任上,他与和尚们交往频繁,没事就去找和尚聊天、吃茶,有时还在寺庙里睡个午觉。"吴越多名僧,与予善者常十九",他最为器重的高僧有五人,分别是海月惠辩、辩才元净、南屏梵臻、大觉怀琏、明教契嵩。苏轼一生所交往的姓名可考的僧人,有一百三十余位之众。

苏轼的家乡四川,本是佛事兴盛之地,其所撰《大圣慈寺大悲圆通阁记》云:"成都,西南大都会也,佛事最盛。"苏轼同时代人李之纯《大圣慈寺画记》则称:"其铸像以铜,刻经以石,又不可概举。"苏轼家人中信佛者众,父亲苏洵与云门宗禅师居讷、惟简来往密切，他自幼便在浓郁的佛事氛围中成长。

少年时代，苏轼游历于蜀地众多寺院，并结识著名僧人惟简、惟度，其所撰《中和胜相院记》中有载："吾昔者始游成都，见文雅大师惟度，器宇落落可爱，浑厚人也。能言唐末、五代事传记所不载者，因是与之游，甚熟。惟简则其同门友也。其为人，精敏过人，事佛齐众，谨言如官府。二僧皆吾之所爱。"

苏轼交往甚深的僧人还有参寥和了元禅师。

参寥，即道潜，初与秦观交好，苏轼为杭州通判时与之相识，认为其诗清绝，与林逋不相上下。其后二人交往甚笃。道潜本名昙潜，苏轼改为今名。苏轼遭贬谪居黄州，道潜不远千里相从，留黄一年有余，后复於潜西菩山。苏轼晚年被贬海南，道潜打算渡海相随，苏轼写诗劝阻。因与苏轼关系深厚，道潜亦受牵连而被治罪，诏令还俗，谪居兖州，建中靖国元年（1101年），受诏复还，仍削发为僧。崇宁三年（1104年）赐号妙总大师。崇宁末年（1106年）归老于江湖。

了元，即佛印，佛印是神宗所赐之号，因与苏东坡交往，他成为中国文化史上最著名的和尚之一，后代文人编排了很多他与东坡的段子。这些段子大多是两人斗智的内容，谐趣横生，令人捧腹。

东坡一生,受佛教影响甚深,阅读佛经是其摆脱痛苦彻悟人生的重要手段之一。他不光自己学佛,还带动家人学佛,王朝云即受其影响,刻苦攻读佛经。朝云去世前仍诵《金刚经》六如偈,苏轼为其所书铭文中云:"浮图是瞻,伽蓝是依。如汝宿心,惟佛之归。"

东坡参禅,不是玩票,而是入之甚深,苏辙为其兄所作墓志铭有记:"后读释氏书,深悟实相,参之孔、老,博辩无碍,浩然不见其涯也。"

他还写了大量的禅诗,这些诗是其创作的重要组成部分,对于研究东坡的思想和认知,对于理解东坡的某些行为,都有极为重要的意义。

缪钺先生说:"凡唐人以为不能入诗或不宜入诗之材料,宋人皆写入诗中,且往往喜于琐事微物逞其才技。"将禅理入诗,是宋代诗人试图在诗这一文体上创新的积极尝试。

西南民族大学左志南认为,诗人学佛并行诸诗歌创作的行为,为宋诗提供了新的题材。在塑造宋诗不同于唐诗的新品格方面,文人的学佛行为起到了举足轻重的作用。并且,随着儒释整合趋势的渐趋明显,儒林文苑的界限也日渐模糊,在北宋后期出现了全祖望所谓"诗人入学派"的普遍现象,士大夫对禅学的研习与其阐发儒学修养理论的自觉意识相结合,使北宋后期的诗人大多标举气格,鄙弃流俗,以日常生活、师友亲情等为诗歌的主要书写内容,诗风呈现向自在平和发展的整体风格态势。

苏东坡可谓典型代表。

一

东坡的山水诗里亦常有大量的禅意流动。

有学者将山水诗分为三个层次:一是客体层次,仅将山水自然看成独立于创作主体之外的审美对象,以描写自然为主,以抒情为辅;二是主体层次,将山水自然视为心灵之象征、情感之符号,创作主体以自身之情感去改造审美对象的固有形态,使情、景相互生发;三是哲理层次,超越自然和自我,使诗境超越现实,又在更高的层次上回归现实。

下面来看几首东坡的山水诗。

其一,《六月二十七日望湖楼醉书五绝》(选一):

> 黑云翻墨未遮山,白雨跳珠乱入船。
> 卷地风来忽吹散,望湖楼下水如天。

前两句写风云突变,骤雨不止,黑云如同打翻的墨一样布满天空，但还能看到远处的山峦，白色的雨点急切落下，像跳珠一样打到船上——可以想象，船上的客人一阵手忙脚乱，略显狼狈，赶紧进入船舱躲雨——这云这雨都来得猛烈，令人措手不及。

后两句却骤然起了变化，原因是来了一阵"卷地风"，将云吹散，雨亦即刻停止，空气清新，山色润泽，天空倒映水中，水天一色，融为一体。客人纷纷从船舱出来，欣赏这无边美景。

以天气之变喻心灵之变，禅意显现的过程与天气变化的过程相互生发，合而为一。由混沌之境入澄明之境，因而有豁然开朗感。这诗亦可与"也无风雨也无晴"相互参照，境界或许后者更胜一筹，但此首亦禅意十足，令人有茅塞顿开之感。

其二，《饮湖上初晴后雨二首》（其二）：

> 水光潋滟晴方好，山色空蒙雨亦奇。
> 欲把西湖比西子，淡妆浓抹总相宜。

这是首咏西湖的山水诗，但若只停留在西湖山水之美这层意思上，怕亦辜负了这首诗。诗人要表达什么？只从字面意思看，无非是西湖无论何时何种天气，"水光潋滟"也罢，"山色空濛"也罢，都有值得欣赏的地方。晴天有晴天之美，雨天有雨天之奇。诗人说，西湖好有一比，比作那古代美女西施——不论淡妆，还是浓妆，总是恰到好处。

但它又不是一般的山水诗，它的内里隐藏着作者的一颗禅心：无所不可，一切皆宜。如冷成金先生所言："在这首诗中，分不清哪是山水自然，哪是心情意绪，其实根本就无须分辨，因为山水自然、诗意禅理、心情意绪三者都在审美的深处统一起来，山水自然早已不是外在的客观存在，也不是情感的载体，而是超度人的梯航。"

亦正因此，这首咏西湖诗才被历代注家认定为空前绝后之作，如王文诰言："此是名篇，可谓前无古人，后无来者。公凡西湖诗，皆加意出色，变尽方法，然皆在《钱塘集》中。其后帅杭，劳心灾赈，已无复此种杰构，但云'不见跳珠十五年'而已。"

其三，写于游访庐山时的《题西林壁》：

> 横看成岭侧成峰，远近高低各不同。
>
> 不识庐山真面目，只缘身在此山中。

黄庭坚读此诗，大加赞赏："此老于般若横说竖说，了无剩语；非其笔端有舌，安能吐此不传之妙？"这首诗写得直白、浅显，却因蕴含深刻哲理而为后人称道，几乎人人可背。它要告诉世人：人们看待世上诸事诸物，常以自我为中心出发，将"我"的眼光和标准作为标准，所见所闻难免主观——因而这些所见所闻，并非事物的本来面目。想要识得真面目，就须跳出庐山，站在庐山之外。唯有如此，方能破除虚假的外相，真正把握事物的本质。

苏轼离开黄州的首次庐山之游，不只是一次普通的风景之游，亦是一次参禅之游，一次观照自我之游。与庐山初相见，"青山若无素，偃蹇不相亲"，苏轼自觉与庐山没有交情，无法亲近，无法识得庐山真面目，但随着游览深入，才慢慢感受到庐山之美之胜——如同参禅，先是不入其门，而后经过摸索，方探得其玄妙意境。

佛家讲破除"我执"，什么是我执？我执就是抓住一个念头不放，摸到了象腿就认为大象是个圆柱，走进了西林寺就以为西林寺是庐山的全部——你以为你摸到、看到的便是全部，并坚信不移。

因有我执，才导致迷失本性，因而看不清事物的本来面目。原本一切事物之间，相互因果，彼此关联，只有对事物做深入的全方位的了解，才可能做出正确的判断。禅家主张，斩断对"境"不认识、不清楚的"无明"，方能实现由

"开悟"到"证信"——除却妄念,直指本心。

一旦将心充分打开,认知便会更加全面,烦恼就会减少,快乐就会增加。

二

苏轼还擅长从日常生活中汲取灵感,抒发禅心。特别是贬官黄州之后,自觉地学习佛老,写禅诗,这是他阅读佛经之外的修行方式。

武昌主簿吴亮将他一个姓沈的朋友所写的琴书送给苏轼看,苏轼因有所感,而有《琴诗》:

若言琴上有琴声,放在匣中何不鸣?
若言声在指头上,何不于君指上听?

诗似戏谑,容易令读者误认为是他的逞巧弄智之作,但东坡的态度是认真的,在诗前他特别写了一个序,交代写此诗的缘起:"武昌主簿吴亮君采,携其友人沈君十二琴之说,与高斋先生之铭、空洞之文、太平之颂以示予。予不识沈君,而读其书,乃得其义趣,如见其人,如闻其十二琴之声。予昔从高斋先生游,尝见其宝一琴,无铭无识,不知其何代物也。请以告二子,使从先生求观之此十二琴者,待其琴而后和。元丰六年闰八月。"

他提出两个问题,但重点并不是要一个答案。苏轼自认此诗是"偈",是有一个启发和警示的作用,引导读者思考禅理。清代学者冯景注云:"《楞严经》:'譬如琴瑟、箜篌、琵琶,虽有妙音,若无妙指,终不能发,汝与众生亦复如是。'又偈云:'声无既无灭,声有亦非生。生灭二缘离,是则常真实。'此诗宗旨,大约本此。"妙音与妙指结合,方能产生音乐,二者缺一不可。

佛说:"一切有为法,尽是因缘合和,缘起时起,缘尽还无,不外如是。"一切事物和现象,无非是由"因"和"缘"结合而成,世间诸事无一例外。佛教把使事物生起、变化和坏灭的主要条件称为"因",把辅助条件称为"缘",二者缺一不可。

套用到这首诗里,声音是手指和琴共同作用的结果,只有琴,或只有手指,都弹不出动人的音乐。——东坡是谈音乐,又不只是谈音乐,他想借琴与指的关系,来阐明因缘合和的佛家道理。

苏轼曾听天目山的唐道士说,每次打雷闪电下雨,只听到云中有婴儿的声音,却听不到雷声隆隆,因而有感,作

《唐道人言，天目山上俯视雷雨，每大雷电，但闻云中如婴儿声，殊不闻雷震也》：

> 已外浮名更外身，区区雷电若为神。
> 山头只作婴儿看，无限人间失箸人。

唐道士，字子霞，著有《天目山真境录》，曾居天目山，后主洞霄宫。常戴铁冠，人呼铁冠道人，后死于战乱。

天目山在杭州临安区，距市中心约八十公里，山上有昭明寺、禅源寺等胜迹。几年前，我曾有幸到天目山小住几日，参天大树林立，风景幽雅清新，在山中漫步，犹如遨游仙境。

这首诗的意思是说，滚滚红尘中的一切，于佛道中人，皆是身外物。打雷闪电这等令普通世人惊惧之事，在他们那里不过如婴儿之行，并不当一回事——你越在意，你越惊惧，你不关注，便获自在。

佛家和道家都推崇婴儿的状态。

老子《道德经》言："专气致柔，能婴儿乎？""专"同"抟"，气指鼻息，抟气是凝神屏息，"专气致柔"就是婴儿睡着的样子，如婴孩一般，示人以弱——在老子眼里，这才是理想的状态——如同他所奉行的"无为"一般。

隋代高僧慧远著《大乘义章》指出，婴儿行有自利、利他二义。就自利而释，菩萨之所行，为远离分别之大行，犹如婴儿之所作，故称婴儿行；就利他而释，则人、天、声闻、缘觉等诸乘，犹如婴儿，菩萨为化度彼等，起大悲心而化度之，故称婴儿行。

《涅槃经》则以婴儿行为五行之一，认为"总离分别"的婴儿行为是菩萨之大行；日本真言宗有"十住心"之说，其中之一即为"婴童无畏心"。

"失箸"典出《三国志·蜀书·先主传》：

> 是时曹公从容谓先主曰："今天下英雄，唯使君与操耳。本初之徒，不足数也。"先主方食，失匕箸……

曹操与刘备煮酒论英雄，曹操说："当今天下英雄，就只有你与我了。像袁绍那些人，不在英雄之列。"正在进食的刘备，听闻此言吓得筷子掉在了地上。心中隐藏之事被识破，因而惊惧。若刘备没有当英雄的"机心"，自然不会失箸。

在这首诗中，东坡借用佛道经典中的"婴儿"及《三国志》里"失箸"的故事昭示世人：只须做到像婴儿那样无牵无挂，便能坦然无我，不会为浮名挂怀，不必为雷电惊惧——苏轼是这么说的，也是这么做的，晚年接连被贬，他已经能够坦然接受命运在他身上做的事，他无惊无惧，从容自由——之所以可以如此，是因为做到了"山头只作婴儿看"，再不把坎坷的命运放在心上。

还有一首游庐山时的诗《赠东林总长老》，亦是游玩后的禅悟之作。游玩归来，东坡夜宿东林寺，与东林寺住持常总禅师讨论"无情话①"，有所省悟，第二天呈献此诗：

> 溪声便是广长舌，山色岂非清净身？
> 夜来八万四千偈，他日如何举似人？

诗题中的"东林"指东林寺，是庐山名刹，是东晋高僧慧远法师的道场，寺旁不远处有虎溪。元丰三年（1080年），宋神宗诏改东林律寺为禅寺。总长老，即东林寺常总禅师，北宋临济宗黄龙派禅师。东坡这次游庐山，常总是向导，东坡以此诗赠高僧。

"溪声便是广长舌，山色岂非清净身"，"广长舌"是佛陀三十二相之一，为第二十七相，据说佛陀舌广而长，覆面至发际。《法华经》卷六《如来神力品》："现大神力，出广长舌，上至梵世。""清净身"即清净光明的佛身，

---

① "无情"，佛教指无生命、无意识之物，与"有情"众生相对。

《俱舍论》卷一六曰:"暂永远离一切恶行烦恼垢,故名为清净。"这两句的意思是,溪水的声音便是佛陀说法的声音,眼前的青山又何尝不是佛在说法?苏轼听到虎溪溪声终夜鸣响,看到庐山山色长年青翠,一时觉悟——不管溪水或是山色,皆是在向世人说法——万事万物又何尝不是在说法。

诗人以拟人手法描摹庐山风光之美,却又借青山秀水比拟佛典之奥妙。庐山溪水潺潺,犹如佛陀广长之舌;庐山群山青秀,又似佛陀清净光明之身。东坡借禅家之语,赋风景以人格,又以风景之美喻禅理精妙。因此,南宋孙奕《履斋示儿编》赞此两句:"以溪山见僧之体,以广长舌、清净身见僧之用。诚古今绝唱。"

"夜来八万四千偈,他日如何举似人",指溪声山色一直不停说法,未有间歇,世间佛理数不胜数。但这"八万四千偈"却只有在此时此刻的庐山才能真正体会。一旦远离了这溪声山色,以后该如何向别人传达自己心中所悟呢——禅宗主张不立文字,禅境只可体会,无法言传,只可自证,无法他求,说出来必将有所偏离——别人所述,亦不过是一"话头",只能去自悟自证。

三

前文提及，苏轼交往最多的僧人是参寥和佛印，此处来聊聊苏轼与二僧的往还诗词。

参寥学识渊博，少时出家，于内外典无所不窥，擅文章和诗，和东坡一见如故。某一日，东坡宴请群僚，酒罢对座中客人道："参寥没来参加这个聚会，但不能饶他，走，咱们去给他制造一点麻烦。"便带着一帮客人和侑酒妓女去寻参寥，并令马盼盼持纸笔向参寥索诗，参寥笑，遂作绝句：

寄语东山窈窕娘，好将幽梦恼襄王。
禅心已作沾泥絮，不逐春风上下狂。

一向文思敏捷不肯轻易服人的东坡大惊，向众人道："我曾经看到过柳絮落入泥中的情景，想以此入诗，还没来得及作，被参寥领先了啊，可惜了，可惜了！"

参寥虽是出家人，但脾气秉性，却刚烈直接，看到不顺眼的事，常常脱口而出，不像人们印象中的出家人，苏轼却常为他辩解："参寥是性情中人，骂人并无心机，如虚舟触物,未尝真怒。"

苏轼知徐州时,参寥曾来看他,将要离开时,苏轼有《送参寥诗》:

上人学苦空,百念已灰冷。
剑头惟一吷,焦谷无新颖。
胡为逐吾辈,文字争蔚炳?
新诗如玉屑,出语便清警。
退之论草书,万事未尝屏。
忧愁不平气,一寓笔所骋。
颇怪浮屠人,视身如丘井。
颓然寄淡泊,谁与发豪猛?
细思乃不然,真巧非幻影。
欲令诗语妙,无厌空且静。
静故了群动,空故纳万境。
阅世走人间,观身卧云岭。
咸酸杂众好,中有至味永。
诗法不相妨,此语当更请。

开头八句东坡提出一个问题:参寥身在佛门,百念俱枯,但诗句却可以清警华美,这到底是怎么一回事?

一般的文学理论，不管东方或是西方，古代还是现代，都曾强调"愤怒出诗人"，心中有忧愤之思，方能发之为诗。然而吃斋念佛四大皆空的僧人并无忧愤，何以成诗？苏轼对此不以为然，他认为"诗语妙"与"空且静"并不矛盾，"要想诗句巧妙，不必嫌恶空和静。虚静因而能懂得万物之变化，空明所以能接纳万事之境界"。诗禅融为一体，妙谛自成——将禅理入诗，非但不会破坏诗，还可以拓展诗的丰富性。

大约因参寥身在佛门，东坡与他之间的唱和及酬答诗词，多数旷达雅致，气象辽阔，像《八声甘州·寄参寥子》：

> 有情风万里卷潮来，无情送潮归。问钱塘江上，西兴浦口，几度斜晖？不用思量今古，俯仰昔人非。谁似东坡老，白首忘机。　　记取西湖西畔，正春山好处，空翠烟霏。算诗人相得，如我与君稀。约它年、东还海道，愿谢公雅志莫相违。西州路，不应回首，为我沾衣。

此词写于元祐六年（1091年），东坡召为翰林学士承旨，离开杭州，是以与参寥告别。老友即将离去，参寥应是不舍，东坡作此词寄他，大约是宽慰这位旧友。

风本无所谓"有情"或是"无情"，诗人却做了人格化处理，令其"有情"或"无情"，落脚点却是"无情"——强调这是一场离别，由此引出下面要叙说的内容。

有情风从万里之外席卷潮水而来，无情时又送潮返回。请问在钱塘江上或西兴渡口，我俩共赏过几次夕阳斜晖？不必思量古今变迁，亦不必感叹俯仰之间物是人非——对于古今变迁、人事代谢，泰然处之即可——就像白发满头的东坡一样，早已淡忘了仕进的机会。

请您记住曾经一起游赏过的那些美景，西湖西岸的大好春山，草木翠绿，云霏如烟。诗人之相处融洽如你我者，竟是如此稀少难得。那么，老朋友，让我们约定，日后像东晋的谢安那样，沿着长江航道直通大海向东而去，一起隐退。不要在西州路上回首痛哭，为我离去而泪湿衣襟。

东坡和参寥的交往，常常是才华的较量和真情谊的彰显；东坡和佛印的交往，则伴随着智力的角逐和谐趣的故事。

东坡离开黄州后，曾至金山寺与佛印相见，佛印听闻东坡有意在附近购置田产，便建议他买金山寺附近的土地，自己可代为照管。苏轼发现蒜山附近有块好地，遂生筑屋之想，便写诗《蒜山松林中可卜居，余欲僦其地，地属金山，故作此与金山元长老》告诉佛印：

魏王大瓠无人识，种成何翅实五石。

不辞破作两大樽,只忧水浅江湖窄。
我材濩落本无用,虚名惊世终何益。
东方先生好自誉,伯夷子路并为一。
杜陵布衣老且愚,信口自比契与稷。
暮年欲学柳下惠,嗜好酸咸不相入。
金山也是不羁人,早岁闻名晚相得。
我醉而嬉欲仙去,傍人笑倒山谓实。
问我此生何所归,笑指浮休百年宅。
蒜山幸有闲田地,招此无家一房客。

这是一首自嘲诗,写得趣味十足,令人忍俊,虽身在颠簸旅途,但东坡先生不以为意,却能自我调侃,可见此时他已放下仕途牵绊,对坎坷曲折不以为意。

他说,反正我不得重用,不如退隐江湖,饮酒为乐。我本非有用之材,又要那浮名何用?东方朔和杜甫都好自夸,说自己如何厉害,现在这两位儒士都不是我的菜了——特别是杜甫,晚年像柳下惠一样,官做得那么小还不辞官。了元禅师,你也是个不羁之人,早年就听说过你的大名,不料直到现在我俩才相知。我想和你一饮而醉,像神仙那般快活,此生归处就是蒜山这块土地了,让我这无家的旅人安家在此。

只是东坡并未买下这块田,最终在宜兴安家,此事也就不了了之。

清人潘永因《宋稗类钞》卷七载：苏轼第二次到杭州任职，过润州时再访了元禅师（此时他已被赐"佛印禅师"）。东坡到金山寺时，佛印正入室为弟子说法，苏轼直趋座前，佛印看到他，因有戏言："内翰何来？此间无你坐处。"

苏轼答："暂借和尚四大，用作禅床。"

佛印云："山僧有一转语，内翰言下即答，当从所请；如稍涉拟议，则所系玉带，愿留以镇山门。"

苏轼将玉带解下，置于几上，佛印便吟道："山僧四大本空，五蕴非有，内翰欲于何处坐？"

未等东坡回答，佛印便急忙招呼："收此玉带，永镇山门。"

两人相视大笑，佛印以衲裙相赠，苏轼以急智扬名，未想却输给了禅门机锋，他因而作四绝：

> 病骨难堪玉带围，钝根仍落箭锋机。
> 欲教乞食歌姬院，故与山云归衲衣。

在民间传说和文人编排的段子中，东坡与佛印的较量，多是东坡落了下风，个中原因值得细品。

从来佳茗似佳人:东坡茶

茶至宋代,获得了长足的发展和进步——无论是种茶的技术、制茶的方法,还是饮茶的场景、以斗茶为游戏的乐趣,都比前代更为成熟和发达。

宋代出现了一批制茶品茶的行家里手,蔡襄、丁谓、沈括、叶清臣、苏轼、黄庭坚、宋徽宗赵佶皆为其中的杰出代表,他们或制作茶饼,或写作诗词宣扬茶之文化,或者著书立说解读茶之奥秘。

在唐代煎茶法的基础上,宋人又发展出独特的点茶。经由文人和士大夫的鼓吹,点茶成为风靡全国的饮茶法。

在士大夫,点茶是重要的精神活动,它与焚香、挂画、插花一道,成为他们追求风雅的标志。

茶在有宋一代获得了前所未有的普及,它不只是显贵之家和文人雅聚的专属，也走进寻常百姓家，成为世俗饮品。东京开封街头，茶肆遍地，人们在此流连、闲聊，直至深夜方才散去。打开张择端的《清明上河图》，茶事的发达更为直观：沿河茶肆众多，屋檐下、店门前设有茶桌，饮茶人怡然自得地尽享欢乐时光。

苏东坡是资深茶客，也是宋代最为重要的茶文化推广人。如果整个宋代选一个茶的代言人，亦非东坡莫属。

他饮过各地的茶，自己也种过茶，并写过八十首与茶相关的诗。

他有一套自己的饮茶方法：选择什么水，使用何种茶具，配合什么样的场景。

如果说酒是他逃避现实的最佳道具，茶则是他通往精神世界的幽径。

如果说酒是忠直不贰的男性好友，茶则是他滚滚红尘里的红颜知己。

只要有酒，他就能神采飞扬，才华横溢；但凡有茶，他就可以写下清新可人的诗词佳作。

一

为什么要喝茶？

在苏轼这里，喝茶的理由有很多，其中两条最关键：一则，茶如良药，可以治病强身；二则，茶是精神的法宝，失意时，难过时，痛苦时，精神涣散时，一杯香茗，能令人忘却烦恼，获得精神上的解脱。

苏轼有个养生秘诀，便是以茶漱口。《仇池笔记》中有《论茶》篇："除烦去腻，不可缺茶，然暗中损人不少。吾有一法，每食已，以浓茶漱口，烦腻既出，而脾胃不知。肉在齿间，消缩脱去，不烦挑刺，而齿性便若缘此坚密。率皆用中下茶，其上者亦不常有，数日一啜不为害也。此大有理。"

东坡每每饭后，就用粗叶浓茶漱口，令油腻不入肠胃，牙齿亦变得坚固而不生蛀牙——世人只知道他爱吃美食，不曾了解在爱护自己的肠胃方面，他亦是下足了功夫——这才是一个老饕的基本修养，保护好身体，才是继续品尝美食的关键所在。

他随时找各种理由喝茶，下面举例若干。

其一,解渴解酒思饮茶。如《浣溪沙》:

> 簌簌衣巾落枣花,村南村北响缫车。牛衣古柳卖黄瓜。
> 酒困路长惟欲睡,日高人渴漫思茶。敲门试问野人家。

元丰元年(1078年)春夏之交,时苏轼在徐州知州任上,当地枯旱,灾情严重,苏轼率众人到城东二十里的石潭求雨。得雨后,又与百姓同赴石潭谢雨,此词便作于石潭谢雨路上。

风吹着衣巾簌簌作响,枣花飘落,村里到处是缫车纺丝的声音。穿着麻衣的老农在一棵老柳树下售卖黄瓜。酒劲上来了,晕晕乎乎的直想睡觉。日头正毒,口干舌燥,能喝上一口茶水该有多好!抱着侥幸心理敲一敲农人的院门,兴许可以讨得一碗热茶来喝。

词写得很有画面感:酒劲上头的苏太守,昏昏沉沉,又困又渴,略显狼狈,忙不迭地去敲人家的门,希望得到一碗茶来缓解眼下的酒意和干燥的口舌——也不知他最终得到这一碗热茶没有。

其二,老友会面要饮茶。如《赠包安静先生茶三首》(其一):

> 皓色生瓯面，堪称雪见羞。
> 东坡调诗腹，今夜睡应休。

包先生，你看这茶，沫色乳白，即便雪见了也自愧不如吧。老朋友，让我们一起饮茶作诗，畅谈通宵。

东坡原诗下有注："偶谒大中精蓝中，遇故人烹日注茶，果不虚示，故诗以记之。"他到大中寺时，遇到老友烹日注茶。日注茶，又名日铸茶、日铸雪芽，产于绍兴县东南五十里的会稽山日铸岭。大概是饮到开心，聊得高兴，灵感源源不断涌来，忍不住起了作诗的心，遂有此作。

其三，提神醒脑要饮茶。如《赠包安静先生茶三首》（其二）：

> 建茶三十片，不审味如何。
> 奉赠包居士，僧房战睡魔。

原诗下有注："昨日点日注极佳，点此，复云罐中余者，可示及舟中涤神耳。"这日注茶甚佳，喝得我精神十足，顺便将剩下的茶打包带到船上来喝，以洗涤精神。

其四，得道成仙全靠茶。如《游诸佛舍，一日饮酽茶七盏，戏书勤师壁》：

示病维摩元不病，在家灵运已忘家。

何须魏帝一九药，且尽卢仝七碗茶。

熙宁六年（1073年）六月六日，时苏轼在杭州任通判，告了个假溜出衙门玩，独游湖上净慈、南屏、惠昭、小昭庆诸寺，当晚又到孤山拜谒惠勤禅师，这一天下来，他共饮七碗浓茶。"七"未必是确数，这里是为对应卢仝的《七碗茶歌》中之"七"。

维摩，即"维摩诘"之省称，是大乘佛教居士，著名的在家菩萨，其才智超群，擅论佛法，深得佛祖尊重。维摩诘言："从痴有爱，则我病生；以一切众生病，故我病：若一切众生得不病者，则我病灭。"人有执着，有七情六欲，就会有痛苦烦恼产生，菩萨本来没有痛苦烦恼——但因为众生有烦恼，这就是菩萨的烦恼。直到度尽众生脱离苦海，众生没有烦恼，菩萨也就没有烦恼。这里的"病"，不是疾病，而是指包括疾病在内的一切痛苦烦恼。

灵运，指谢灵运。《传灯录》载，鸟窠禅师曰：汝若了净智妙圆，体自空寂，即真出家，何假外相？汝当为在家菩萨戒施俱修，如谢灵运之流也——通晓了佛法真谛，便是真出家，又何必借助外相？要向谢灵运学习，做个在家菩萨。

"魏帝一丸药"典出曹丕《折杨柳行》:"西山一何高,高高殊无极。上有两仙童,不饮亦不食。与我一丸药,光耀有五色。服药四五日,身体生羽翼。"这药想必即是成仙之药了。

"卢仝七碗茶"典出卢仝诗作《七碗茶歌》①:"一碗喉吻润,二碗破孤闷。三碗搜枯肠,惟有文字五千卷。四碗发轻汗,平生不平事,尽向毛孔散。五碗肌骨清,六碗通仙灵。七碗吃不得也,惟觉两腋习习清风生。"

东坡这首诗的意思是说,维摩诘和谢灵运都是得道之人,一般人无法到达那样的高度。但也并非没有办法:只须喝上七碗茶!显然,这是戏谑的说法,但东坡却传达了另外一层意思:茶能令人放松,使人愉悦,能让人暂时摆脱世俗生活的烦琐与乏味。

其五,转移注意亦须茶。如《望江南·超然台作》:

> 春未老,风细柳斜斜。试上超然台上望,半壕春水一城花。烟雨暗千家。　寒食后,酒醒却咨嗟。休对故人思故国,且将新火试新茶。诗酒趁年华。

---

① 《七碗茶歌》,又称《七碗茶诗》,是卢仝隐居少室山时所作诗《走笔谢孟谏议寄新茶》中的一部分。

春意盎然，东坡却无心欣赏，总是无来由地想念故乡，怎么办？那就用今年的新火煮一杯今年的新茶吧。"新茶"好理解，"新火"是什么？古代钻木取火，四季各用不同的木材，易季时新取之火称新火，即"一别都门三改火"中之改火也。

他告诉自己，时光荏苒，逝者如斯，珍惜当下，过好当下。

二

苏东坡爱茶爱到什么程度？

茶在他眼里，根本不是茶，而是红颜，是美女，是高洁之士，是济世之才。

他说："从来佳茗似佳人。"

他特地为茶作了一篇传记——《叶嘉传》，用拟人化的修辞手法，将茶大大夸奖了一番："今叶氏散居天下，皆不喜城邑，惟乐山居。氏于闽中者，盖嘉之苗裔也。天下叶氏虽夥，然风味德馨为世所贵，皆不及闽。闽之居者又多，而郝源之族为甲。嘉以布衣遇天子，爵彻侯，位八座，可谓荣矣。然其正色苦谏，竭力许国，不为身计，盖有以取之。"

他随时随地饮茶。

鉴赏名画时要饮茶，"唤人扫壁开吴画，留客临轩试越茶"，只鉴赏不饮茶会少一些仪式感；

练习书法要饮茶，"子瞻书困点新茶"，写字写得哈欠连连，来一杯新茶提提神；

写诗时要饮茶，"东坡调诗腹，今夜睡应休"，茶是灵感的来源；

加夜班时要饮茶，"煮茗烧栗宜宵征"，一边饮茶，一边吃着烧栗子，长夜不再漫漫；

监考时要饮茶，《试院煎茶》正是苏轼做主考官时所作；

出差时要饮茶，《将之湖州戏赠莘老》告诉朋友孙莘老要为他备好顾渚紫笋茶；

睡前也要饮茶，"沐罢巾冠快晚凉，睡余齿颊带茶香"，洗完澡，饮杯茶，带着茶香入睡，一定可以做个美梦吧；

梦里还须饮茶，"梦人以雪水烹小团茶，使美人歌以饮"，雪水煮茶，美人在旁轻歌，这绝对是个美梦；

春天时要饮茶，"且将新火试新茶"；

夏天时仍须饮茶，"日高人渴漫思茶"；

……

东坡爱酒，但酒尚可停上几日；东坡爱茶，茶则须臾不可分离。

东坡一生，因仕途流转和贬谪之故，流离失所，生活无定，但也因此有广博见闻和口舌之福：他尝尽天下名菜，发明了诸多美食，也品到了各地的名茶，成为各地名茶的知音。他曾骄傲地宣称："我官于南今几时，尝尽溪茶与山茗。"苏某人已经喝遍南方名茶！

"白云峰下两旗新，腻绿长鲜谷雨春"，说的是杭州西湖边上的名茶"白云茶"；

"雪芽为我求阳羡，乳水君应饷惠泉"，说的是宜兴雪芽；

"千金买断顾渚春，似与越人降日注"，说的是湖州名茶"顾渚紫笋茶"和绍兴名茶"日铸雪芽"；

"未办报君青玉案，建溪新饼截云腴"，说的是南剑州所产茶饼；

"浮石已干霜后水，焦坑闲试雨前茶"，说的是广东大庾岭下所产"焦坑茶"；

"雪芽双井散神仙"，说的是黄庭坚的家乡江西修水所产白芽茶；

"环非环，玦非玦，中有迷离玉兔儿"，说的是四川涪州所产月兔茶；

……

诸君，你看天下名茶，尽入吾腹中矣。

三

东坡饮茶有哪些讲究?

宋代茶文化有两大特点:一是市井需求的兴起,茶成为日常必需品,饮茶之风在民间盛行;二是内省精致的趋向,文人和士大夫阶层将饮茶视为风雅之事,讲究品位和情调,讲究氛围之幽雅,讲究器具之名贵,讲究与饮之对象。欧阳修有诗称"泉甘器洁天色好,坐中捡择客亦嘉",一场好的茶局,四要素必不可缺:甘甜泉水,茶具洁净,天气晴好,客人匹配。所谓客人匹配,大约是指谈得来的朋友,且品位相近,能诗能画——将饮茶这一文雅之事发挥到最大功效。

下面来看东坡饮茶的讲究。

其一,《试院煎茶》:

> 蟹眼已过鱼眼生,飕飕欲作松风鸣。
> 蒙茸出磨细珠落,眩转绕瓯飞雪轻。
> 银瓶泻汤夸第二,未识古人煎水意。
> 君不见,昔时李生好客手自煎,贵从活火发新泉。
> 又不见,今时潞公煎茶学西蜀,定州花瓷琢红玉。

我今贫病长苦饥，分无玉碗捧峨眉。

且学公家作茗饮，砖炉石铫行相随。

不用撑肠拄腹文字五千卷，但愿一瓯常及睡足日高时。

熙宁五年（1072年）八月，苏轼主持杭州乡试，考场设于望海楼。苏轼对眼下的考试内容颇多怨言，但这是分内工作又推却不掉，监考之余，便想着法子自娱：他一边看钱塘江潮，一边品茗消遣。全希望借着美景和香茗，将自己从烦恼窟里解脱出来，以获得精神上的自由。

前两句是烧水时的场景，水声如飕飕松风。

"蟹眼"、"鱼眼"是指烧水时水的状态。陆羽《茶经》称，水有三沸：其沸，如鱼目，微有声，为一沸；缘边如涌泉连珠，为二沸；腾波鼓浪，为三沸；已上，水老，不可食也。"鱼目"是陆羽的说法，"蟹眼"则是唐人皮日休的发明，是发生在"鱼目"前的一个过程，指水泡如蟹之眼，比"鱼目"更小一些。

初沸之水，水性尚生，此水冲茶，无法激活茶的品性；当壶中出现"涌泉连珠"，是为二沸，此时水性最佳，最易煎出好茶；待壶中出现"腾波鼓浪"的三沸之水，用来泡茶，茶就不好喝了。三沸之后的水，则完全不可用。

好茶须配好水，好水二沸最佳。所谓好水，在古人那里也有明确的标准，如《茶经》言："其水，用山水上，江水中，井水下。其山水，拣乳泉，石池漫流者上。"陆羽还将天下好水分了二十个等级，以庐山康王谷水帘水为第一，以天降雪水为最末。

明人张大复《梅花草堂笔谈》指出，"茶性必发于水，八分之茶，遇十分之水，茶亦十分。八分之水，试十分之茶，茶只八分耳。"水的品质之重要可见一斑。

东坡亦有诗句"精品厌凡泉"，足见他对好水之重视。

次两句讲磨茶和分茶时之场景。将碾好的茶末投入二沸之水，茶煮好后，将茶汤倒入杯中，茶汤于杯中旋转，漂着乳白饽沫，香气四溢。

再接下来两句是说，用银瓶或金瓶煎水并不重要，一味执着于名贵茶器，那显然是没明白古人煎水的用意，水好，温度合适才最重要。一味地鼓吹名贵茶器，并不可取。

后面那几句是说，眼下贫困，条件有限，做不到像唐人李约那么讲究，以活火来煮新泉；像文彦博那样享受，使用定窑出产的红瓷茶具，我只希望饱睡一场后有杯好茶，再不为那五千份考卷牵肠挂肚。

在东坡饮茶的仪式感里，睡一觉醒来，再饮一杯好茶，那才是至高之享受。

其二，《汲江煎茶》：

> 活水还须活火烹,自临钓石取深清。
> 大瓢贮月归春瓮,小杓分江入夜瓶。
> 雪乳已翻煎处脚,松风忽作泻时声。
> 枯肠未易禁三碗,坐听荒城长短更。

这首诗作于元符三年(1100年),时东坡在儋州,生活条件极为艰苦,然不改其乐,对生活品质的追求亦未间断。他在夜间至宜伦江汲水,归而自烹自饮,喝得开心,便有此诗。

前四句写饮茶前的准备工作:取水,分水。

老人再次强调,想喝到好茶,两要素必不可缺:一是要活水,二是要活火。

什么是活水?就是流动的水,有源头的水,有生命力的水。

什么是活火?就是燃烧的火,旺火,有生命力的火。

苏轼取宜伦江水煎茶,取江之水,须到远离人群居住之地,这样才能保证水质不受污染。他趁着月色,到很远的江边取水,他站在一块石头上,取深江之清水。"大瓢贮月归春瓮,小杓分江入夜瓶",用大瓢将江水倒进瓮里,回家后再用小杓分入瓶中。清澈透明的江水,带着月光之精的江水,就这样浪漫且富有诗意地被诗人带走了。

为喝一口好茶,看来是颇下了功夫。

后四句写煎茶和饮茶的场景。

水煮沸时，投入碾好的茶，茶沫如雪白乳花翻腾漂浮，倒出时，恰似风吹过松林时所发出的松涛之声。

三碗哪能够治愈我枯竭的才思啊（这么好的茶至少要喝七碗），茶饮完了，心满意足地听着长短不齐的打更声。

好茶须细品，好茶亦须多饮——这大概也算东坡的一种讲究了。

这首《汲江煎茶》对后世影响颇深，它不只是一首诗，还是重要的茶论，是文人饮茶竞相模仿的对象。

南宋胡仔评论："此诗甚奇，道尽烹茶之要。且茶水非活水不能发其有鲜馥，东坡深知其理矣。"

杨万里在《诚斋集》中称：

> 东坡煎茶诗"活水还须活火烹，自临钓石取深清"第二句七字而具五意：水清，一也；深处取清者，二也；石下之水非有泥土，三也；石乃钓石，非寻常之石，四也；东坡自汲，非遣卒奴，五也。大瓢贮月归春瓮，小杓分江入夜瓶。其状水清美，极矣。

清人吴乔评论："子瞻煎茶诗'活水还须活火烹'，可谓之茶经，非诗也。"

对于茶具，东坡亦有讲究。他曾作《谢周仁熟惠石铫诗》：

铜腥铁涩石宜泉，爱此苍然深且宽。
蟹眼翻波汤已作，龙头拒火柄犹寒。
姜新盐少茶初熟，水渍云蒸煎未干。
自古函牛多折足，要知无脚是轻安。

周穜，字仁熟，与苏轼同朝为官，他赠给东坡一把石铫壶，东坡特别作诗以谢。他特别强调，煮水器具以石铫壶为佳，铜壶有腥味，铁壶煮出来的水泡茶发涩——他还补充说，喜欢这把石铫壶的青黑色外貌，壶底深（能盛装更多的水）、壶口宽（方便观察水的状态），它还有一个好处是：水开时热气腾腾，而石铫壶的手柄依然是本来温度——不烫手，隔热性能好，方便使用。

因此，煮水的器具首选石铫壶。

铫，即宋代所谓"铫子"，除石铫外，还有银铫。石铫是宋代比较流行的煮水器具，宋人吴则礼有"吾人老怀丘壑情，洗君石铫盱眙城"的诗句，另一宋人李光有"山东石铫海上来，活火新泉候鱼目"的诗句。扬之水先生考证，铫雅称为鼎，陆游诗句"正须山石龙头鼎，一试风炉蟹眼汤"中之鼎，正是石铫。

茶杯也有讲究，东坡喜好建盏，建盏是建宁府所产名盏，出自建窑，基本器形为敞口小足，斜直壁，因其釉料独特，烧制过程中会产生不同的筋脉和色彩，成品呈油滴、兔毫、曜变而斑纹，他的诗句"明窗倾紫盏""忽惊午盏兔毫斑"都是指建盏。

定窑好盏也是他的心头好，《试院煎茶》里那句"定州花瓷琢红玉"所指便是定窑红瓷。

连磨茶用的石磨，东坡亦有讲究。他认为，其家乡四川一带出产的良磨是石磨中之珍品，《次韵黄夷仲茶磨》中有记："巴蜀石工强镌凿，理疏性软良可咄。予家江陵远莫致，尘土何人为披拂。"

饮茶时对卫生亦有讲究。《到官病倦未尝会客毛正仲惠茶乃以端午小集石》中称，"坐客皆可人，鼎器手自洁"，喝茶时要将茶器擦得干干净净。

四

茶是苏轼批判现实或抒发感情的手段或道具。

如这首《荔枝叹》：

十里一置飞尘灰，五里一堠兵火催。
颠坑仆谷相枕藉，知是荔枝龙眼来。
飞车跨山鹘横海，风枝露叶如新采。
宫中美人一破颜，惊尘溅血流千载。
永元荔枝来交州，天宝岁贡取之涪。
至今欲食林甫肉，无人举觞酹伯游。
我愿天公怜赤子，莫生尤物为疮痏。
雨顺风调百谷登，民不饥寒为上瑞。
君不见，武夷溪边粟粒芽，前丁后蔡相宠加。
争新买宠各出意，今年斗品充官茶。
吾君所乏岂此物，致养口体何陋耶？
洛阳相君忠孝家，可怜亦进姚黄花。

这首诗作于绍圣二年（1095年），时苏轼被贬惠州，惠州盛产荔枝，食荔枝之余，写荔枝诗多首，《荔枝叹》为其中之一。诗人借古讽今，追思汉唐时进贡荔枝之害，表达对执政者不察民疾的愤怒及对劳动者无奈进贡的同情。

诗人由汉唐两朝的贡荔之害，延及本朝贡茶之害：官员们争相邀宠，却不顾百姓死活，这是何等无耻！"前丁"是指丁谓，"后蔡"指蔡襄，丁蔡二人曾先后担任福建漕使，督造贡茶。

又如《和蒋夔寄茶》：

> 我生百事常随缘，四方水陆无不便。
> 扁舟渡江适吴越，三年饮食穷芳鲜。
> 金齑玉脍饭炊雪，海螯江柱初脱泉。
> 临风饱食甘寝罢，一瓯花乳浮轻圆。
> 自从舍舟入东武，沃野便到桑麻川。
> 剪毛胡羊大如马，谁记鹿角腥盘筵。
> 厨中蒸粟埋饭瓮，大杓更取酸生涎。
> 柘罗铜碾弃不用，脂麻白土须盆研。
> 故人犹作旧眼看，谓我好尚如当年。
> 沙溪北苑强分别，水脚一线争谁先。
> 清诗两幅寄千里，紫金百饼费万钱。
> 吟哦烹噍两奇绝，只恐偷乞烦封缠。
> 老妻稚子不知爱，一半已入姜盐煎。
> 人生所遇无不可，南北嗜好知谁贤。
> 死生祸福久不择，更论甘苦争蚩妍。
> 知君穷旅不自释，因诗寄谢聊相镌。

熙宁八年（1075年），时苏轼在密州任上，某日收到友人蒋夔寄来的新茶，因有此诗。诗人描述了杭州、密州两地生活的巨大反差：在杭州，锦衣玉食，品尽芳鲜，饮尽香茗；在密州，无甚美味，无甚好茶——借此来表达自己的人生态度，字字句句都透着乐观与开朗的心态：那又有什么要紧，任缘随便，随遇而安吧——活在当下就好。

茶在这里是他表达这种心态的道具，茶具久已废弃，饮茶也没了什么讲究，这样的生活我已经适应。

此诗潇洒随性，戏谑趣致，读来令人嘴角上扬，细思之下，又若有所感。

东坡另有一首《寄周安孺茶》，共120句，600字，是少见的咏茶长诗。在诗中，作者不厌其烦地介绍茶的历史，采茶、制茶、煎茶的工艺，述说饮茶的乐趣和妙处，颂扬茶的品德（"有如刚耿性，不受纤芥触""又若廉夫心，难将微秽渎"），最终的落脚点却是借茶来感慨人生：

> 乳瓯十分满，人世真局促。
> 意爽飘似仙，头轻快如沐。
> 昔人固多癖，我癖良可赎。
> 为问刘伯伦，胡然枕糟曲。

茶杯中的茶汤可以注满，人世间却有种种缺憾。饮茶之后精神爽快，飘飘若仙，头脑轻快，如同刚刚洗澡之后。先前名士有许多癖好,我这饮茶之癖好也应该保持下来。就想问问刘伶,为何枕酒入睡——人生苦恼何其多,幸亏有这项癖好,才不至于让我陷入无边的缺憾当中独自懊恼。

茶于东坡,是精神的良药。

只恐夜深花睡去:东坡花

咏花是中国诗词的一项重要传统。

随便翻翻古代诗词,咏花之作俯拾皆是。

李白在宣城看到杜鹃花:蜀国曾见子规鸟,宣城又见杜鹃花。

杜甫游走江畔独步寻花:黄四娘家花满蹊,千朵万朵压枝低。

牡丹之艳令刘禹锡发赞美心:唯有牡丹真国色,花开时节动京城。

桃花之盛让崔护起落寞心:人面不知何处去,桃花依旧笑春风。

紫薇花让杜牧生感佩心:晓迎秋露一枝新,不占园中最上春。

林逋为山园中的梅花所倾倒：疏影横斜水清浅，暗香浮动月黄昏。

元好问为梨花的品格所感动：孤芳忌太洁，莫遣凡卉妒。

李清照有感于桂花之美：何须浅碧深红色，自是花中第一流。

朱淑真有感于落花之悲：连理枝头花正开，妒花风雨便相催。

花因其美而让人动情，草因其绿而让人旷怡，它们是自然的一部分，是诗人欣赏珍爱的对象，也是他们寄喻内心情绪的一个出口。陆机《文赋》曰："遵四时以叹逝，瞻万物而思纷，悲落叶于劲秋，喜柔条于芳春。"

东坡诗词中，咏自然之物甚多，江河湖海，风霜雨雪，鸣雷闪电，大树小草，朝阳夕阳……皆在其写作范围之内，花亦占了不小比例，他诗中涉及的花多不可数：菊花、梨花、杏花、山茶花、海棠花、杜鹃花、牡丹花、荷花、梅花、桃花、杨花、槐花、紫薇花、瑞香花、桂花……还有叫不上名字的野花。

苏轼是真爱花，也是花的守护人。

在故乡眉山，荷花遍布小城，东坡的少年时代就在这荷花的氤氲香气中度过；

在凤翔时，在居住的官舍，他手植了桃杏松桧，还特地

买了一丛牡丹;

在密州时,因生活清苦,他常食菊花,这意外之举还治好了他的眼疾;

初到黄州时,悲苦于自己的命运,他作海棠诗,以海棠自喻;

开辟东坡时,从一位禅师处讨得茶树种植,那满眼茶花定令他心旷神怡吧;

在惠州时筑建白鹤峰新居,特意留了片地种花。

花是东坡生活的一部分,是东坡审美的一部分,亦是他表达情绪和抒发人生感慨的一部分。

——咏花诗亦是我们探寻和深入东坡的一种途径。

一

春夏秋冬四季里的花,他都写过。

多数花儿在春天开放,夏天则有荷花、石榴花,秋天有菊花、桂花,冬天有蜡梅花,所以花本身亦是一种刻度——时间的刻度——它代表生命的活力,代表美好和希望,代表季节的轮回和更替。

繁花盛开,草木吐绿,整个春天变得盛大繁荣——敏感的诗人总要先人一步,寻找美的蛛丝马迹,抒发感情。

先来看《惠崇春江晚景二首》(其一):

> 竹外桃花三两枝,春江水暖鸭先知。
> 蒌蒿满地芦芽短,正是河豚欲上时。

诗人为画题诗,显然受了画中春景的感染,诗情涌现,挥笔立就,仅用二十八字,就将活泼泼的初春展现得淋漓尽致:桃花不多,仅有三两枝,却是春天最早到来的号角,桃花与竹子映衬,桃红竹绿,尽是蓬勃的无法压抑的春意。

仅凭这三两枝桃花,就可以和率先感受到温度变化的小鸭子一起,宣示春天的到来。

接着却出人意料地写到两种野菜:蒌蒿和芦芽。这普通得不起眼的野菜,在多数诗人那里是入不得诗的,东坡却不以此为限,让它们隆重出场,末句又将河豚引出,实在是一个吃货的倔强——蒌蒿、芦芽虽然普通,却清香可口;河豚剧毒,却也味美。诗人却又是不耽于吃的,将这些他人不太入诗的意象写进来,在春诗上实现了突破。写春天有一万种方法,东坡却用了一种前无古人后无来者的方法:用吃货心态铺排和描摹春天,看似突兀,实则合理:想想看,经历过一个漫长的没有新鲜蔬菜的冬天,这新生的食材是不是格外诱人？

清代诗人王士祯《渔洋诗话》提供了一种解释：坡诗"蒌蒿满地芦芽短，正是河豚欲上时"，非但风韵之妙，盖河豚食蒿芦则肥，亦如梅圣俞之"春洲生荻芽，春岸飞杨花"，无一字泛设也。这几种意象皆是诗人的巧思，是经过熟虑之后的呈现，不是平白无故入诗的。

我个人以为，最重要的是：蒌蒿也好，芦芽也好，河豚也罢，皆是春天的代表和象征，就如那三两枝桃花一般。

写春天的好诗太多，若想写出新意，着实不易，因此要打破常规：桃花是被许多诗人写烂了，但加上"三两枝"，就独出新意；蒌蒿、芦芽、河豚一般诗人又不愿入诗，东坡偏偏将它们组合到一起，营造一种出其不意的效果。

普通人抒情，不过是"春天好美，我很爱它"，东坡只写了几种动植物，却让这诗作流传了千年——这告诉我们一个道理：表达情绪可以有技巧，不一定非要扯着嗓子喊才能引人关注。

再来看这首《阮郎归·初夏》：

> 绿槐高柳咽新蝉。薰风初入弦。碧纱窗下水沉烟。棋声惊昼眠。　　微雨过，小荷翻。榴花开欲然。玉盆纤手弄清泉。琼珠碎却圆。

这首词写的是少女眼中的初夏景象：槐绿柳高，蝉声终于消停了一会儿。暖风吹拂，令人迷醉，绿色纱窗下的香炉里，飘出沉香的袅袅轻烟。一场少女的惬意的午觉，被下棋的声音惊醒。细雨之后，荷叶被轻风吹动，石榴花开得如同红色火焰。纤纤细手拨弄着清池里的泉水，溅起的小水珠落在荷叶上，圆滚滚地可爱。"翻"是一个持续性动作，指风将荷叶吹得来回摇动，并非翻过来；"碎"是一种持续性状态，强调水珠之"小"，并非破碎之义。这两个字用得极佳，前者动，后者静，动中有静，静中含动。

上片极"静"，诗人从视觉、触觉、听觉几方面将"静"表达到极致：室外是漫天的凝固的绿，室内是缥缈的轻盈的烟，身体感受到的是微暖的风——下棋是"动"的，却也是为了衬托这"静"——棋子挪动的声音可以将人从睡梦中惊醒，更显这气氛之静。

下片则"动"，细雨声、弄水声，甚至风吹小荷的声音、石榴花开放的声音、琼珠落到荷叶上的声音，似乎都可以听得到。

或许是绿槐高柳的绿太浓了，需要一点其他色彩去"破坏"，火红的榴花便成了最佳执行者——这浓郁的绿和这热烈的红，令视觉上达到了平衡，初夏的景象便活脱脱地展示出来了——优秀的诗人总有一种能力——抓住最适合的意象，巧施妙手，略加组合，便能准确地呈现出自己想要表达的意境，为主题服务。

再来看这首《赵昌寒菊》：

> 轻肌弱骨散幽葩，更将金蕊泛流霞。
> 欲知却老延龄药，百草摧时始起花。

赵昌，字昌之，北宋画家，广汉剑南人，工书法、绘画，擅画花果，多作折枝花。

此诗亦为题画之作，菊花亦是常入诗的意象，为不落入俗套，诗人上来便运用拟人的修辞手法，赋予其人格特征：肉轻，骨弱，菊花清幽动人，楚楚可怜之态跃然纸上。次句进一步写菊花之动人，金色的花蕊就像天上流动的彩云。

三、四句说菊花如良药，可延年益寿，百草枯萎之时，它才开始开花——不与百花争春，不与群芳竞艳，却在秋天里独自绽放。

再看这首《西江月·梅花》：

> 玉骨那愁瘴雾，冰姿自有仙风。海仙时遣探芳丛。倒挂绿毛幺凤。　　素面翻嫌粉涴，洗妆不褪唇红。高情已逐晓云

空。不与梨花同梦。

这首词作于绍圣三年（1096年），是为了悼念死于岭外的侍妾朝云。晚年被贬惠州，朝云是苏轼精神上的重要慰藉，朝云早逝，对老先生的打击是巨大的，他写了一系列作品怀念朝云，此词便是其中之一。

上阕写梅花风姿。这生长在瘴疠之地的梅花，却不怕瘴气侵袭，因它冰雪般的肌体自带神仙风姿。海仙亦为这仙姿着迷，经常派遣绿毛小鸟到花丛中探望它。

下阕写梅花品性。岭南梅花的容貌天然洁白素雅，不屑于用铅粉妆饰；岭南梅花，花叶四周皆红，即使梅花谢了，而梅叶仍着红色。我对梅花深厚的情谊已随晓云成空，再不会梦见梅花，再不能像王昌龄那样做"梨花云"的梦了。王昌龄曾作《梅诗》："落落寞寞路不分，梦中唤作梨花云。"这里的"梨花云"即是梅花。"晓云"是指早晨的云，即为朝云，暗含悼念朝云之意。

词虽咏梅，却有寄托，寄托的是对朝云的一往情深。作者通过拟人和拟物的修辞手法，将花与人融为一体，令读者竟一时无法分辨，究竟哪句是写梅花、哪句是写朝云，可谓巧妙。难怪明人杨慎在其《词品》中感叹："古今梅词，以东坡此首为第一。"

二

思念家乡时，花也容易走进东坡的诗里。

看这首《安国寺寻春》：

> 卧闻百舌呼春风，起寻花柳村村同。
> 城南古寺修竹合，小房曲槛敧深红。
> 看花叹老忆年少，对酒思家愁老翁。
> 病眼不羞云母乱，鬓丝强理茶烟中。
> 遥知二月王城外，玉仙洪福花如海。
> 薄罗匀雾盖新妆，快马争风鸣杂佩。
> 玉川先生真可怜，一生耽酒终无钱。
> 病过春风九十日，独抱添丁看花发。

东坡初到黄州时，常去位于城南的安国寺沐浴、打坐，此地风景甚好，茂林修竹，陂池亭榭。

正卧于床上的诗人，听到百舌鸟的鸣叫，忍不住起身，到寺外去寻鲜花杨柳，村村风景大同小异。竹子挺拔高大，一朵红花伸向墙外。看到这刚刚盛开的花，诗人顿觉青春不再，对着酒杯，不免思念远方的家乡。

"看花叹老忆年少，对酒思家愁老翁。"这两句可以看作是互文之修辞，表达的是岁月无情老大伤悲的情绪，"看花"或"对酒"，本是令心情愉悦之事，但在这里诗人无法开心，一则"叹老"，一则"思家"，叹老却已老去，思家不得归家。在东坡诗里，思家通常有两层含义：一是思念亲朋故友，二是归隐乡里——这里触发的情绪是第二层。每当生命遇到重大挫折，归隐的想法便常常跑出来，占据了苏东坡，碍于种种现实无法实现，因而悲叹。

再看这首《满江红·寄鄂州朱使君寿昌》：

> 江汉西来，高楼下、蒲萄深碧。犹自带、岷峨雪浪，锦江春色。君是南山遗爱守，我为剑外思归客。对此间、风物岂无情，殷勤说。　　江表传，君休读。狂处士，真堪惜。空洲对鹦鹉，苇花萧瑟。不独笑书生争底事，曹公黄祖俱飘忽。愿使君、还赋谪仙诗，追黄鹤。

这是在黄州时写给鄂州太守朱寿昌的赠作。特别提一句，黄州、鄂州一带有溺女婴的恶习，苏轼曾发起救助女婴之善行，朱寿昌给予过大力支持。

长江、汉水自西奔流而来，从高楼远眺，江水如葡萄般碧绿澄澈，宛如带着岷山、峨眉山融化的雪水浪花，这是我家乡锦江的春色啊。老朱，你是在陕州留有爱民美誉的通判，我却是蜀地思乡未归的浪子。面对这般景色，岂会没有感情，我将殷切述说。

你不要读《江表传》，祢衡那般狂士，真是令人同情、惋惜。如今你我只能空对鹦鹉洲，任苇花萧瑟。我等书生不必与权势人物纠缠，就算曹操与黄祖也不免会一闪而过。希望你能像李白一样潜心作诗，追赶崔颢的名作《黄鹤楼》。

苏轼大约是安慰朱寿昌，也是与朱氏共勉：不必与当下朝中那些炙手可热的人物相争，他们去争权倾轧，我们来赏景作诗——但其中所隐藏的寂寞情绪却将东坡出卖了：空洲对鹦鹉，苇花萧瑟——苇花与荻花、芦花一样，是古诗中的固定意象，象征着伤心、仕途不归、思念家乡。

他又想家了，又想归隐了，又对仕途厌倦了。

再看这首《王进叔所藏画跋尾五首·踯躅》：

> 枫林翠壁楚江边，踯躅千层不忍看。
> 开卷便知归路近，剑南樵叟为施丹。

王进叔是苏轼的朋友，元符三年（1100年）出任岭南监司。这年八月，苏轼自儋州渡海北归，抵广州，与王进叔遇。进叔自京城带来许多书画藏品，他拿出五幅画让苏轼观赏，因而题诗五首。

"踯躅"是杜鹃花的别名。

首句点明踯躅生长的地点。"楚江"即为长江，漫山遍野杜鹃花开在长江边的蜀山翠壁上、枫林边上。画家赵昌是蜀人，画上的杜鹃花是蜀山之花，久在异乡的苏轼，看到这幅满是家乡杜鹃花的画，如何能不触发深深的思乡之情——次句"不忍看"，便是怕触动这思乡之情。

到底还是触动了。

下一句"开卷便知归路近"，心一下飞到故乡去了。接下来，如果一般诗人处理，大约要写恨不得立刻回家，苏轼却笔锋一转，又回到画上，夸画家技艺高超：剑南樵叟为施丹——我家乡的画家赵昌巧妙地施用丹红，才点染出这般浓郁的色彩。

从开卷展画到思念家乡，又从思念家乡拽回现实世界，但诗人心中所起的波澜却一览无余地展现于读者面前了。

三

古人眼中，花有品格：菊之高洁，梅之孤傲，荷之脱俗，兰之典雅……因此，夸人或自夸时，花亦经常入诗。

如东坡这首《八月十七日天竺山送桂花分赠元素》：

> 月缺霜浓细蕊干，此花元属玉堂仙。
> 鹫峰子落惊前夜，蟾窟枝空记昔年。
> 破戒山僧怜耿介，练裙溪女斗清妍。
> 愿公采撷纫幽佩，莫遣孤芳老涧边。

杨绘，字元素，时任杭州知州，是东坡在杭州通判任上的顶头上司。天竺寺的僧人送来桂花，东坡分赠杨元素，因而作诗。

中秋已过两日，因此"月缺"，从天竺寺运桂花到杭州需要时间，因此"细蕊干"。此花高洁超脱，不同俗物，是玉堂仙的所爱。"玉堂仙"是翰林学士的雅号。

三、四句是说山寺桂花落下，令我想起当年您曾经蟾宫折桂，定是桂花知音。

接下来说这桂花品性令人叹服：其耿介令山僧动了恻隐心，其清丽不输溪边洗裙的女子。

末二句说希望老杨多采些桂花，做成佩饰戴在身上，不让它们孤独地在溪边谢掉。

说白了，诗人看重的是桂花品性，清妍、耿介。他以桂喻元素，赞赏其人品高洁；也是喻己，指自己与元素本是同道中人。

还有这首《赠刘景文》：

> 荷尽已无擎雨盖，菊残犹有傲霜枝。
> 一年好景君须记，最是橙黄橘绿时。

此诗写于元祐五年（1090年），刘景文是苏轼好友，其人豪放，为苏轼看重，视为"慷慨奇士"曾向朝廷推荐。刘景文本是世家子弟，在官场上颇不得意，年近六十，仍朝不保夕。诗人与刘氏一见如故，既悯其愁苦，又希望他振作起来，不致因老病困穷而颓唐，勉励他保持志节，继续努力。

"荷尽"、"菊残"，点明时间是秋末冬初，荷花早已凋谢，荷叶枯萎，菊花亦已凋谢，但其花枝依然傲寒斗霜。这里重点是强调菊之品格：不畏严寒，坚强不屈——借菊喻刘景文，赞颂其为人如"傲霜枝"。

瑟瑟寒风，枝叶凋零，最适合吟咏凄苦寂寞心态，作者却一反常态，赞之为"一年好景"，为何是一年好景？因为橙黄橘绿，是收获季——君子不改其志，逆境而行，终可以有所获。老刘，你要振作起来，切记切记。

苏轼还不止一次咏过红梅，选一诗一词来看，《红梅三首》（其一）：

> 怕愁贪睡独开迟，自恐冰容不入时。
> 故作小红桃杏色，尚余孤瘦雪霜姿。
> 寒心未肯随春态，酒晕无端上玉肌。
> 诗老不知梅格在，更看绿叶与青枝。

《定风波·红梅》：

> 好睡慵开莫厌迟。自怜冰脸不时宜。偶作小红桃杏色，闲雅，尚余孤瘦雪霜姿。　　休把闲心随物态，何事，酒生微晕沁瑶肌。诗老不知梅格在，吟咏，更看绿叶与青枝。

这两首诗词表述的内容和主题完全一致，都是自勉之语：不合时宜又如何，被贬又如何？我偏不愿随波逐流，我就不想迎合大众，我就是要展示自己的"孤瘦雪霜姿"——老子就是要做梅花。

《东坡志林》载："石曼卿《红梅》诗云：认桃无绿叶，辨杏有青枝，此至陋语，盖村学究体也。"苏轼认为，石曼卿的咏梅诗专求形似，却没有抓住红梅的神韵，因而鄙陋——岂不知，"梅格"才是最重要的啊。

四

花也是东坡实现超越的工具。

生活中有无穷的烦恼,现实中有无数的羁绊,像东坡这种坎坷的人生,非得实现超越,才能让自己拔出双脚,才不至于陷入泥潭,无法动弹。

观花与饮酒、赏月一样,都是他对抗乏味现实的途径,实现超越的方法。

所以,我们看到的苏东坡,才如此旷达乐观,才如此潇洒飘逸,才如此随缘自适,才可以"此心安处是吾乡",才可以"出本无心归亦好,白云还似望乡人"。

看这首《独觉》:

> 瘴雾三年恬不怪,反畏北风生体疥。
> 朝来缩颈似寒鸦,焰火生薪聊一快。
> 红波翻屋春风起,先生默坐春风里。
> 浮空眼缬散云霞,无数心花发桃李。
> 悠然独觉午窗明,欲觉犹闻醉鼾声。
> 回首向来萧瑟处,也无风雨也无晴。

在海南这种生活条件恶劣之地，如果没点超越的意识，生活断是无法继续——气候恶劣，缺衣少食，精神生活也没有——需要自我调整，主动化解生活危机——东坡一方面自嘲，说自己在海南三年，早已适应了此地的生活：习惯了瘴疠之气，恬然自适，反害怕回到大陆可能为北风所吹，生出疥疮；一面又起乐观之心，幻想动人场景：眼前现出无数彩虹霓霞，心花怒放如桃李争艳。

——立刻超然了！立刻放下了！什么痛苦，什么欲望，什么人间烦恼，都不是事了。

再看这首《赠岭上梅》：

> 梅花开尽百花开，过尽行人君不来。
>
> 不趁青梅尝煮酒，要看细雨熟黄梅。

苏轼从海南北归，再过大庾岭，感慨万千，因作此首诗。过岭时正值早春，但岭上梅花已改，结出子来了。

梅花君，你等我很久了吧，行人过尽，我还没来——说起来真是遗憾，我没能一睹芳容——不过那有什么要紧——还有青梅可赏，我不急着用青梅煮酒，且等看细雨催青梅变黄——东坡以梅自喻，精神不衰，要知道，经历过人生种种磨难之后,现在的东坡已至暮年,时日无多,但他仍然愿意等看黄梅。

梅花、青梅、黄梅亦不妨看作是对应人生的几个阶段:青年、中年、老年。青年如梅花,枝头怒放,香气浓郁;中年如青梅,以其煮酒,清香诱人;老年如黄梅,塞一颗入口,百般滋味,各有各的风格,各有各的美好——错过了梅花,失去了青梅,又何妨品味一下黄梅的滋味。

人到老年,易生惶恐,怕时日无多,怕空留遗憾,怕功未建业未立,但在这首诗里,苏东坡完全超脱了,不再惶恐了,他放过了自己,与生命达成了彻底的和解,他不再想着功名利禄,一心只想"要看细雨熟黄梅"。

叹息斯人不可见：东坡和弟子

拜在苏轼门下的，不只有"苏门四学士"，四学士加上陈师道、李廌，合称"苏门六君子"，另有"苏门后四学士"，分别指李格非、廖正一、李禧、董荣。

苏轼颇以自己发掘四学士而自得，在写给李昭玘的回信里提及："如黄庭坚鲁直、晁补之无咎、秦观太虚、张耒文潜之流，皆世未之知，而轼独先知。"苏某人慧眼独具，大家尚未听说过他们的名字时，我就在茫茫人海里发现了他们。

除此之外，苏轼还有一些比较特殊的弟子。

比如米芾。小米个性傲娇，清高自许，入他法眼的人不多，苏老师算一个。他经常向苏轼请教问题，但从未叫过他苏老师——不过没关系，小米内心怕是已经偷偷叫过。一向狂放的小米遇到苏轼，经常自觉地谦虚起来。苏轼自海南北归,与他一起游览金山,有人请苏轼题词,苏说:"小米,你来。"小米答道:"某尝北面端明,某不敢。"苏轼曾任端明殿大学士,小米的意思是说,我是苏老师的学生,哪里敢在老师面前卖弄。

比如王蘧、王适兄弟,二人同为苏轼弟子。苏轼特别喜欢这对兄弟,让他们做自己儿子的家庭教师,还为王适做媒,婚配于苏辙次女。后王适将女儿"第十四小娘子"嫁给苏符,苏符是苏迈之子,苏轼之孙,苏轼与王氏兄弟,可谓亲上加亲了。

比如姜唐佐。小姜是苏轼被贬海南时所收弟子,读书比较刻苦,有半年时间,每天都来找苏轼问学。问学之余,还陪苏老师一起喝喝茶聊聊天,令处于孤独之中的老人有了一个与外界连接的出口。可惜半年后,小姜要回老家琼州,老人重又陷于寂寞,甚是伤感:"子归,吾无以遣日。"你走后,老师我不知道如何打发时间了。

苏轼与弟子之间往还诗作,亦颇值得一说。

一

苏轼弟子中,成就最大者为黄庭坚,其诗与苏轼并称

"苏黄",其书入"宋四家",他还是苏门中年龄最大的弟子,与苏轼相差九岁——这容易让人联想起孔子和子路,二人年龄差别亦是九岁。在更大概率上——四君子中,苏与黄关系最为亲近,黄庭坚的舅父李公择和岳父孙莘老都是与苏轼交好的朋友。

苏轼和黄庭坚因诗结缘,他最早知道黄庭坚是在熙宁五年(1072年)。时在杭州任通判之职,因公事出差到湖州,与湖州知州孙莘老饮酒,老孙拿出一沓诗稿请苏轼品评,苏轼"耸然异之,以为非今世之人"。老孙说,这位诗人并非别人,而是自家女婿——他拜托苏轼帮女婿广为宣传,使之扬名,苏轼笑答:"此人如精金美玉,不即人而人即之,将逃名而不可得,何以我称扬为!"——这家伙诗写得好,哪里用我为他扬名,人家出名是迟早的事!

两人未见面前,彼此已生倾慕之心,元丰元年(1078年),三十四岁的黄庭坚从北京(今大名县)寄《古风二首》给苏轼,称颂这位未谋面的文豪:

其一

江梅有佳实,托根桃李场。

桃李终不言,朝露借恩光。

孤芳忌皎洁,冰雪空自香。

古来和鼎实，此物升庙廊。
岁月坐成晚，烟雨青已黄。
得升桃李盘，以远初见尝。
终然不可口，掷置官道旁。
但使本根在，弃捐果何伤。

黄庭坚为苏轼鸣不平，认为他这样的超凡人才，应是国家宰辅人选，如今被放逐于大众当中，实属不该，但他仍能够坚持立场，保持风骨。

苏轼作和诗两首回赠，是为《次韵黄鲁直见赠古风二首》，借以勉励黄庭坚：

其一

嘉谷卧风雨，稂莠登我场。
陈前漫方丈，玉食惨无光。
大战天宇间，美恶更臭香。
君看五六月，飞蚊殷回廊。
兹时不少假，俯仰霜叶黄。
期君蟠桃枝，千岁终一尝。
顾我如苦李，全生依路傍。
纷纷不足愠，悄悄徒自伤。

苏轼指出，这是最坏的时代——"嘉谷"被风雨吹倒，"稂莠"登场作妖——但请放心，是金子在哪里都可以发光，宇宙运行不息，才德君子总会有出头的那天。小黄，你要努力啊，要做那三千年一结实的蟠桃，不要像我这生在路边的苦李，只能独自心伤。

此后两人通过书信唱和不断。直到元祐元年（1086年），苏轼返京做官，二位神交近十年的笔友才有机会相见，苏门四学士齐聚京城，他们与苏轼往还酬答，度过了一段殊为难得的快乐时光。

有家乡人给黄庭坚寄来了老家的名茶双井茶，他赶紧拿一些送给老师，并附赠一首《双井茶送子瞻》：

> 人间风日不到处，天上玉堂森宝书。
> 想见东坡旧居士，挥毫百斛泻明珠。
> 我家江南摘云腴，落磑霏霏雪不如。
> 为君唤起黄州梦，独载扁舟向五湖。

这首诗话里有话，前四句是在夸苏轼文思泉涌，才华横溢，却生生在东坡居士中间夹了一个"旧"字——是暗示其身份之转变，此前是黄州隐士，现在是翰林学士，借以引起东坡反思——用意在下面那句"为君唤起黄州梦,独载扁舟向五湖"——他提醒老师,别忘了隐居的那段美好时光——官场诡谲变幻,不如趁早做个自在人——黄庭坚想说的是:老师啊,适时进退,掌握时机。

东坡是何等聪敏之人,一眼便看透了黄庭坚的用意,他回了首《鲁直以诗馈双井茶,次韵为谢》,明确表达了自己的态度:

> 江夏无双种奇茗,汝阴六一夸新书。
> 磨成不敢付僮仆,自看汤雪生玑珠。
> 列仙之儒瘠不腴,只有病渴同相如。
> 明年我欲东南去,画舫何妨宿太湖。

鲁直啊,你家乡分宁(今江西修水)的双井茶气质不凡,隐居汝州的欧阳(修)老先生曾为他的新作《归田录》而自得——由双井茶想到欧阳修,因为老先生也是江西人,双井茶也算他的家乡茶;另一个原因是,欧阳修曾在《归田录》中夸奖双井茶:"自景祐已后,洪州双井白芽渐盛,近岁制作尤精,囊以红纱,不过一二两,以常茶十数斤养之,用避暑湿之气,其品远出日注上,遂为草茶第一。"分宁属洪州辖县,因此欧阳修将双井茶称为洪州双井白芽。

我不敢将研磨好的茶末交给仆人煎煮，要亲自看着雪水中的茶末慢慢沸腾翻滚——可见他对这双井茶的珍视。这里提及去世多年的欧阳修，话里有话，有要效仿欧阳修去隐居的意思。

读书人多半都甚消瘦，只有在疾病或口渴时，才会像司马相如一样想起饮茶。待明年，我将去东南采茶，我要坐着游船到太湖上过夜——他要表述的意思是，时机成熟时将去隐居。

苏、黄唱和频繁，据不完全统计，二人的唱和诗作达百首之多，涉及范围亦广，如烧香、食笋、饮酒、论画、衣饰、送别、游玩，等等。

黄庭坚曾作《食笋十韵》：

> 洛下斑竹笋，花时压鲑菜。
> 一束酬千金，掉头不肯卖。
> 我来白下聚，此族富庖宰。
> 茧栗戴地翻，觳觫触墙坏。
> 戢戢入中厨，如偿食竹债。
> 甘菹和菌耳，辛膳胹姜芥。
> 烹鹅杂股掌，炮鳖乱裙介。
> 小儿哇不美，鼠壤有余嘬。
> 可贵生于少，古来食共噫。

尚想高将军,五溪无人采。

"洛下"指洛阳,"白下"指太和,时黄庭坚任太和知县,黄诗说洛阳之笋味美但价格昂贵,太和之笋遍地皆是,不为人重。我吃得开心不已,但儿子却不觉得好吃。"尚想高将军,五溪无人采",化自高力士诗《感巫州荠菜》中句"两京作斤卖,五溪无人采",喻指不受赏识,不被任用。这首诗明赋食笋,暗寓身世,含蓄委婉,诗人借笋抒志:即便不为人识,亦要坚持志向。

东坡有和诗《和黄鲁直食笋次韵》:

饱食有残肉,饥食无余菜。
纷然生喜怒,似被狙公卖。
尔来谁独觉,凛凛白下宰。
一饭在家僧,至乐甘不坏。
多生味蠹简,食笋乃余债。
萧然映樽俎,未肯杂菘芥。
君看霜雪姿,童稚已耿介。
胡为遭暴横,三嗅不忍喔。
朝来忽解箨,势迫风雷噫。
尚可饷三闾,饭筒缠五采。

时旁州士大夫多有和诗,但都不能令黄庭坚满意,东坡一眼便看穿了老黄的意思,因而和诗开头即写"似被狙公卖"。狙公的故事出自《庄子》,此人善养猴,是朝三暮四这个成语的主人公,擅长欺弄猴子——这里喻指黄庭坚之命运,指他被命运欺弄。接着"尔来谁独觉,凛凛白下宰"二句,是接老黄的话头,强调他不受命运摆弄。

"一饭"四句则将读书与食笋相联系,写谪居之乐,不妨多读书,多食笋;"萧然"六句写对竹笋的喜爱,暗用《语林》中孙休射雉的故事,指笋"虽为小物,耿介过人";结尾则化《续齐谐记》《荆楚岁时记》中屈原的传说,屈原曾为三闾大夫,五月五日投汨罗江,楚人哀之,每年此日以竹筒盛米投水祭之,是日人们又以五色线系臂避邪避病,称长命缕。作者用屈原的故事鼓励黄庭坚:即便举世皆浊,尔亦可独清!

真是知弟子者莫若师。

二

轮到秦观出场了。

秦观,初字太虚,后改少游,扬州高邮人。三十岁时,

即将赴京赶考,他带着黄庭坚舅舅李公择的介绍信到徐州面见苏轼,先写诗向苏轼致意:

> 人生异趣各有求,系风捕影只怀忧。
> 我独不愿万户侯,惟愿一识苏徐州。
> 徐州英伟非人力,世有高名擅区域。
> 珠树三株讵可攀,玉海千寻真莫测。
> 一昨秋风动远情,便忆鲈鱼访洞庭。
> 芝兰不独庭中秀,松柏仍当雪后青。
> 故人持节过乡县,教以东来偿所愿。
> 天上麒麟昔漫闻,河东鸑鷟今才见。
> 不将俗物碍天真,北斗已南能几人。
> 八砖学士风标远,五马使君恩意新。
> 黄尘冥冥日月换,中有盈虚亦何算。
> 掬龟食蛤暂相从,请结后期游汗漫。

秦观化用李白《与韩荆州书》中所引诗句"生不用封万户侯,但愿一识韩荆州",表达对苏轼的向往之情,在诗中,他将苏轼比为"天上麒麟"、"河东鸑鷟",向偶像致敬。

早在济南时,苏轼已在李公择处看过秦观的文章,赞其文章珠圆玉润,如今相见,看他不修边幅,为人却方正不苟,甚是喜欢。苏轼很关心他的未来和此次应试，回赠一诗《次韵秦观秀才见赠，秦与孙莘老李公择甚熟，将入京应举》：

> 夜光明月非所投，逢年遇合百无忧。
> 将军百战竟不侯，伯郎一斗得凉州。
> 翘关负重君无力，十年不入纷华域。
> 故人坐上见君文，谓是古人吁莫测。
> 新诗说尽万物情，硬黄小字临黄庭。
> 故人已去君未到，空吟河畔草青青。
> 谁谓他乡各异县，天遣君来破吾愿。
> 一闻君语识君心，短李髯孙眼中见。
> 江湖放浪久全真，忽然一鸣惊倒人。
> 纵横所值无不可，知君不怕新书新。
> 千金敝帚那堪换，我亦淹留岂长算。
> 山中既未决同归，我聊尔耳君其漫。

苏轼夸他的文章，鼓励他积极应试，争取"忽然一鸣惊倒人"，纵是眼下考试所采用的标准是王安石的《三经新义》，相信也难不倒他。

只可惜秦观落第，苏轼为其鸣不平，愤然作诗："回看世上无伯乐，却道盐车胜月题。"

绍圣四年（1097年），秦观在衡州见到于此做知府的孔平仲。孔氏亦为旧党人物，因贬而来，秦观向其赠送词作《千秋岁》。孔平仲读后和词一首。元符三年（1100年）四月，秦孔二人所作传到了苏轼处。秦观原词为：

> 水边沙外，城郭春寒退。花影乱，莺声碎。飘零疏酒盏，离别宽衣带。人不见，碧云暮合空相对。　　忆昔西池会，鹓鹭同飞盖。携手处，今谁在？日边清梦断，镜里朱颜改。春去也，飞红万点愁如海。

面对满眼美景，词人却疏于饮酒，衣带渐宽。满眼的花影，满耳的莺声，却不能引发他的游玩之兴。对于他而言，美好的花影是"乱"的，悦耳的莺声是"碎"的。

这是为什么呢？

因为没有知心友人相聚，当年携手同游的老友，再也不见一个；因为抱负未展，清梦不再，容颜却越发衰老。即便眼前这美好的春天，却也将远去，那"飞红万点"，不过是我如海的哀愁啊！曾布读此词后感慨："秦七必不久于世，岂有愁如海而可存乎？"孔平仲则惊叹："少游盛年，何以言语悲怆如此？"

一颗颓废的心，顿时无处安放。词人陷在自己的情绪中无法自拔,生命需要找一个出口,他找不到,只能形之于词——这是他用了生命的最后余力所作。

东坡亦和了这首词:

> 岛边天外,未老身先退。珠泪溅,丹衷碎。声摇苍玉佩,色重黄金带。一万里,斜阳正与长安对。　道远谁云会,罪大天能盖。君命重,臣节在。新恩犹可觊,旧学终难改。吾已矣,乘桴且恁浮于海。

秦词抒发离愁别绪,情意缠绵;苏词则开阔励志。

尽管被贬海岛,仍未失了进取之心,被贬之地与京城相隔万里,仍然心系庙堂,想要再回来干一番事业。

道远又如何?罪大又如何?我们要以国家为重,要坚持气节。或许还有被重新任用的可能,即便没有可能,但我们的坚持亦无须更改——大道不能行于天下,我们还可以乘桴浮于海。"乘桴浮于海"出自《论语》,孔子原话是:"道不行,乘桴浮于海。从我者,其由与?"我的主张不得施行,那就坐着木排到海上去。跟随我的,应该是子路吧?子路是夫子学生,秦观是苏轼门人。苏轼要表达的是,我们的主张不得施行,那我们还可以去隐居啊。

其中隐含的意思是,不必灰心,积极进取就是了。进取而不得，还可以到海外隐居。

东坡与秦少游是两种完全不同的人，东坡心思豁达，面对任何困难，总有一股豪气在，相信有解决的办法，大不了随遇而安，大不了安于当下；少游心思敏感，对挫折感受得更强烈，更容易受打击，一旦找不到出路，便容易一蹶不振。

苏轼写此词后，于当年六月二十五日，曾在雷州与秦观有短暂会面。之后不久，秦观因途中奔波过度，中暑而病，死在广西滕州。听闻消息，苏轼难过非常，在写给欧阳晦夫的信中说："闻少游噩耗，两日为之食不下咽。"

崇宁三年（1104年），路过衡州的黄庭坚看到了秦观遗作《千秋岁》，心有所感，亦追和一首，怀念这位去世的老友：

苑边花外，记得同朝退。飞骑轧，鸣珂碎。齐歌云绕扇，赵舞风回带。严鼓断，杯盘狼藉犹相对。　洒泪谁能会？醉卧藤阴盖。人已去，词空在。兔园高宴悄，虎观英游改。重感慨，波涛万顷珠沉海。

斯人已去，往事犹在，过往点点滴滴涌上心头，让黄庭坚如何不感慨？

少游啊，我还记得，小园边的百花丛外，我们一同退朝。马儿飞驰，马头上的玉饰敲击作响。宴会上，歌声像云一样在羽扇边萦绕，舞蹈似风在丝带间回旋。急促的鼓声突然停下，杯盘乱七八糟，我们相对欢笑。

谁能懂我今天的眼泪？无人能懂，我只得醉卧在伞盖般的藤阴之下。友人离去，词作还在。团聚的宴会自此消失，高谈阔论的游玩时光不再。只能再次长叹，我那愁绪如万顷波涛中的珠子，沉入深海。

三

接着说张耒。

苏门四学士中，这位似不显著，这实是一种结实的误解。

苏轼《答张文潜书》中评价张耒的文章："汪洋冲澹，有一倡三叹之声。"是说张耒文风简洁流畅，气势豪放，婉转而又富深刻含义。

钱锺书《宋诗选注》中评价张耒的诗作："在'苏门'里，他的作品最富于有关怀人民的内容，风格也最不做作装饰，很平易舒坦。"

张耒，字文潜，淮阴人，曾跟随苏辙问学，元祐中苏轼在翰林，荐张耒出任馆职，从此张耒成为"苏门四学士"的一分子。

元祐元年（1086年），钱穆父出使高丽归来，将所得高丽折扇分赠诸友苏轼、张耒、黄庭坚、孔武仲。张耒写诗《谢钱穆父惠高丽扇》：

> 三韩使者文章公，东夷守臣亲扫宫。
> 清严不受橐中献，万里归来两松扇。
> 六月长安汗如洗，岂意落我怀袖里。
> 中州剪就霜雪纨，千年淳风古箕子。

古代朝鲜半岛南部有三个小部族，分别是马韩、辰韩、弁韩，合称"三韩"。这首诗是称赞身为使者的钱穆父清廉严正，不收赠礼，只带回来几把高丽松扇。正值开封城炎热无比，有这一把松扇，可以让我得到凉风。老钱，这松扇之风堪比箕子的千年淳风。

箕子，商王文丁之子、纣王的叔父，因有感于商朝衰亡之运，远走朝鲜，箕子带去精通诗书、礼乐、医药、阴阳、巫术的知识分子以及各种技艺的能工巧匠，将中原文明带到朝鲜半岛，教化臣民，使古朝鲜习行中国礼乐制度，衙门官制、饮食起居逐渐沿袭中原习俗。

政治上，箕子颁布了八条成文法，禁止杀人、伤人、盗窃；经济上，推广殷商田亩制度和中原先进的耕作、养殖技术。

箕子在朝鲜不到三年，当地民风大变，民众节俭敬睦，社会和谐安定。

苏轼则写了一首《和张耒高丽松扇》：

> 可怜堂堂十八公，老死不入明光宫。
> 万牛不来难自献，裁作团团手中扇。
> 屈身蒙垢君一洗，挂名君家诗集里。
> 犹胜汉宫悲婕妤，网虫不见乘鸾子。

"十八公"即"松"，松扇是用柔韧的松皮编织而成。东坡的意思是，可怜朝鲜这些堂堂松树，到死也进不了明光宫（明光宫是汉武帝所造的求仙之所）——路途遥远难以进贡中原，只能做成一把把团扇。"屈身"四句，引用的是班婕妤的故事。班婕妤是汉成帝之妃子，为成帝宠幸，后赵飞燕被宠，班氏失宠，因作《团扇歌》诗："新裂齐纨素，皎洁如霜雪。裁成合欢扇，团团似明月。出入群怀袖，动摇微风发。常恐秋节至，凉飙夺炎热。弃捐箧笥中，恩情中道绝。""网虫不见乘鸾子"化自刘禹锡《团扇歌》中诗句"上有乘鸾女，苍苍虫网遍"，意思是班婕妤被彻底冷落，她院子里的树上结满虫网。

东坡借此故事讥讽张耒，你这小子，洗人家班婕妤的诗稿，放进自家诗集，可怜的班婕妤，再无人记起她来——这当然不是真的讽刺,只是调笑。

黄庭坚亦作诗两首,一首为《次韵钱穆父赠松扇》,一首为《戏和文潜谢穆父松扇》。我们来看第二首:

> 猩毛束笔鱼网纸,松柎织扇清相似。
> 动摇怀袖风雨来,想见僧前落松子。
> 张侯哦诗松韵寒,六月火云蒸肉山。
> 持赠小君聊一笑,不须射雉䎱黄间。

猩毛做的笔,捶捣而成的高丽纸,与松皮削片编织成的团扇,都是清雅之物。在胸前摇动这松扇,仿佛可以呼风唤雨,让我想到僧人坐于松树下静听落子之声。

老张啊,虽然你的诗如这生风的松扇一样凉意十足,但你太胖了,活像六月炎夏中蒸熟的肉山。不妨把这扇子送给你夫人——如此这般,就不须像贾大夫那样用黄间名弓博取美人一笑了。[①]

老黄,你也太欺负我们胖子了,说什么"六月火云蒸肉山",不能忍!

张耒曾有诗《赠李德载二首》(其二),深情回忆当年师

---

① 贾大夫的典故,见《猎鹿人:老夫聊发少年狂》一章。

友,极尽苏轼、苏辙兄弟及门下弟子的风流,故照录于此:

> 长翁波涛万顷陂,少翁巉秀千寻麓。
> 黄郎萧萧日下鹤,陈子峭峭霜中竹。
> 秦文蓓藻舒桃李,晁论峥嵘走金玉。
> 六公文字满人间,君欲高飞附鸿鹄。

东坡居士浩浩荡荡,如同万顷之海;苏二先生则像那峻峭秀丽的千尺山麓。如果说黄鲁直是那太阳落下时的仙鹤,陈师道则是高峻挺拔的傲霜之竹。秦少游辞采华丽如盛开之桃李,晁补之的文章发光如同金玉。六公的文字为天下之人传诵,李先生,你如果想要高飞,一定要跟定他们啊。

四

晁补之,字无咎,济州钜野人,苏轼的老友晁端友之子。

晁补之是少年天才,博闻强记,十七岁那年,他带着自己所写的《七述》,随父亲去见时任杭州通判的苏轼,苏轼叹之:"吾可以搁笔矣!"又称其文博辩隽伟,绝人远甚,必显于世。

苏门六君子之一的陈师道称其为"今代王摩诘"。

《宋史》则评价:"补之才气飘逸,嗜学不知倦,文章温润典缛,其凌丽奇卓出于天成。尤精《楚辞》,论集屈、宋以来赋咏为《变离骚》等三书。"

晁补之和苏轼一样,是艺术的全才型人物,两人在诗、词、文章、绘画上都有相当的欣赏能力和见解。

苏轼曾作《书鄢陵王主簿所画折枝二首》(选其一):

> 论画以形似,见与儿童邻。
> 赋诗必此诗,定非知诗人。
> 诗画本一律,天工与清新。
> 边鸾雀写生,赵昌花传神。
> 何如此两幅,疏澹含精匀。
> 谁言一点红,解寄无边春。

苏轼指出,评论诗、画不能以"形似"作为标准,绘画的要点是传神,作诗的要点在于韵味。绘画的高妙之处在于得之于心的"疏淡精匀",从"一点红",就能让人看到"无边春"——做到这一点,无疑就是成功的画家。

作诗何尝不是如此,味道在诗外,诗画共同的地方就在于自然和清新。

晁补之论画亦受东坡影响，在《和苏翰林题李甲画雁》（选其一）中对老师关于形与神之关系进一步阐发：

> 画写物外形，要物形不改。
> 诗传画外意，贵有画中态。
> 我今岂见画，观诗雁真在。
> 尚想高邮间，湖寒沙璀璀。
> 冰霜已凌厉，藻荇良琐碎。
> 衡阳渺何处，中址若烟海。

画画还是写诗，都需要形神兼备——画虽然要传神，但也要顾及形。诗所描述的画外之意，也要有画中之态。只有做到这一点，才能画出或写出优秀作品。

元祐五年（1090年），晁补之通判扬州。两年后，苏轼亦来扬州任职，师徒二人做了上下级，晁补之作诗欢迎老师，诗题为《东坡先生移守广陵，以诗往迎，先生以淮南旱，书中教虎头祈雨法，始走诸祠，即得甘泽，因为贺》：

> 去年使君道广陵，吾州空市看双旌。
> 今年吾州欢一口，使君来为广陵守。
> 麦如栉发稻立锥，使君忧民如己饥。

似闻维舟祷灵塔，如丝气上淮西脽。
随轩膏泽人所待，风伯何知亦前戒。
虎头未用沈沧江，龙尾先看挂清海。
为霖功业在傅岩，如何白首拥彤幨。
世上谁夫乱红紫，天教仁政满东南。
青袍门人老州佐，干世无成志消惰。
封章去国人恨公，醉笑从公神许我。
琼花芍药岂易逢，如淮之酒良不空。
一酾孤鸿烟雨曲，平山堂上快哉风。

老师，老师，你快来扬州，此地饥旱已久，百姓受苦。你来此地，必降甘霖。我愿随你在扬州大干一场，救百姓于危难之中。芍药开得正盛，美酒也已备好，让我们在平山堂上吹着快意的风，痛饮高歌。

苏轼则和以《次韵晁无咎学士相迎》：

少年独识晁新城，闭门却扫卷旃旌。
胸中自有谈天口，坐却秦军发墨守。
有子不为谋置锥，虹霓吞吐忘寒饥。
端如太史牛马走，严徐不敢连尻脽。
徘回未用疑相待，枉尺知君有家戒。

> 避人聊复去瀛洲，伴我真能老淮海。
> 梦中仇池千仞岩，便欲揽我青霞幨。
> 且须还家与妇计，我本归路连西南。
> 老来饮酒无人佐，独看红药倾白堕。
> 每到平山忆醉翁，悬知他日君思我。
> 路傍小儿笑相逢，齐歌万事转头空。
> 赖有风流贤别驾，犹堪十里卷春风。

我来了！咱们师徒确实要大干一番。现在还不是隐居的时候，现在还未到告老还乡的年纪，好久没有人陪我痛饮一场了，我就知道小晁你想我了。这次来扬州，有你辅助我，还有什么比这更为美好呢？

晁补之还和过东坡词《八声甘州》，诗题为《扬州次韵和东坡钱塘作》：

> 谓东坡，未老赋归来。天未遣公归。向西湖两处，秋波一种，飞霭澄辉。又拥竹西歌吹，僧老木兰非。一笑千秋事，浮世危机。　　应倚平山栏槛，是醉翁饮处，江雨霏霏。送孤鸿相接，今古眼中稀。念平生，相从江海，任飘蓬，不遣此心违。登临事，更何须惜，吹帽淋衣。

此词作于元祐七年（1092年），苏轼于此年三月由颍州改任扬州知州，九月即奉召还京，是苏轼离开扬州时晁补之的赠别之作。

上阕回顾苏轼半生经历，赞美其高洁通透。苏轼一直希望过隐居生活，然而世事弄人，一直不得解脱。"向西湖两处"以下五句叙苏轼行踪：先是出知杭州，杭州有西湖；六年改知颍州，颍州亦有西湖。"又拥竹西歌吹"，指苏轼任职扬州。上阕以"一笑千秋事，浮世危机"作结，指他不管"浮世"还是"危机"，皆毫不挂心，置之一笑，旷达潇洒。

下阕写平山堂送别时所见所感，表达对老师的追随之意：欧阳先生是您的恩师，您是我的恩师，我将追随您的脚步，纵是漂泊无定，纵是雨打风吹。

真是苏老师的好学生！

五

苏门四学士中，最先去世的是秦观。秦观去世一年之后，苏轼逝于常州。

一师一友两位至交先后辞世，黄庭坚感到非常孤寂。

有一次与花光寺仲仁和尚见面，仲仁拿出秦观和苏轼留下的诗卷,给黄庭坚观赏,并画梅数枝及烟外远山相赠。

再见亡友遗作,免不了思绪飘扬,感慨万千,遂作《花光仲仁出秦苏诗卷,思二国士不可复见,开卷绝叹,因花光为我作梅数枝及画烟外远山,追少游韵记卷末》:

> 梦蝶真人貌黄槁,篱落逢花须醉倒。
> 雅闻花光能画梅,更乞一枝洗烦恼。
> 扶持爱梅说道理,自许牛头参已早。
> 长眠橘洲风雨寒,今日梅开向谁好。
> 何况东坡成古丘,不复龙蛇看挥扫。
> 我向湖南更岭南,系船来近花光老。
> 叹息斯人不可见,喜我未学霜前草。
> 写尽南枝与北枝,更作千峰倚晴昊。

老黄这首诗,与其说是思念诗,不如说是明志诗。全诗的关键是"叹息斯人不可见,喜我未学霜前草",重点又在后句,意思是:我感慨东坡和少游已不可复见,但他们一定会欣喜于我未学霜前之草,傲骨仍在。

毫无疑问,苏门四学士与苏轼,志趣上相契,性情上相投,那一句"叹息斯人不可见",叹的不只是两位师友的离去,还有感慨当下同道越来越少的意思。

参考书目

[1]〔元〕脱脱. 宋史[M]. 北京：中华书局，1985.

[2]〔南宋〕李焘. 续资治通鉴长编[M]. 北京：中华书局，2004.

[3]〔北宋〕苏轼. 苏轼诗集合注[M].〔清〕冯应榴，辑注；黄任轲，朱怀春，校点. 上海：上海古籍出版社，2001.

[4]〔清〕查慎行. 苏诗补注[M]. 北京：中华书局，2019.

[5]〔北宋〕苏轼. 东坡乐府笺[M]. 朱孝臧，编注；龙榆生，校笺. 上海：上海古籍出版社，2009.

[6]钱钟书. 宋诗选注[M]. 上海：生活·读书·新知三联书店，2002.

[7] 夏承焘. 唐宋词欣赏[M]. 北京：北京出版社，2016.

[8] 叶嘉莹. 古诗词课：叶嘉莹讲古诗词[M]. 上海：生活·读书·新知三联书店，2018.

[9] 李一冰. 苏东坡新传[M]. 成都：四川人民出版社，2020.

[10] 蒋勋. 蒋勋说宋词（修订版）[M]. 北京：中信出版社，2014.

[11] 王水照. 苏轼选集[M]. 上海：上海古籍出版社，2014.

[12] 上海辞书出版社文学鉴赏辞书编纂中心. 历代名词鉴赏·宋词[M]. 上海：上海辞书出版社，2018.

[13] 谭新红. 苏轼词全集[M]. 武汉：崇文书局，2015.

[14] 孙机. 中国古代物质文化[M]. 北京：中华书局，2014.

[15] 陈鹏. 苏东坡传[M]. 北京：中国友谊出版公司，2017.

[16] 陈鹏. 苏东坡的下午茶[M]. 成都：四川人民出版社，2020.